通い猫アルフィーのめぐりあい

レイチェル・ウェルズ
中西和美 訳

A FRIEND CALLED ALFIE
BY RACHEL WELLS
TRANSLATION BY KAZUMI NAKANISHI

ハーパー
BOOKS

Published by K.K. HarperCollins Japan, 2020

ジェシカへ

通い猫アルフィーのめぐりあい

おもな登場人物

アルフィー――――通い猫
ジョージ――――アルフィーと暮らす猫
ジョナサンとクレア――――エドガー・ロードに住む夫婦。アルフィーの本宅住人
サマーとトビー――――ジョナサンとクレアの娘と息子
マットとポリー――――エドガー・ロードに住む夫婦
ヘンリーとマーサ――――ポリーたちの息子と娘
フランチェスカとトーマス――――元エドガー・ロードの住人夫婦
アレクセイとトミー――――フランチェスカたちの息子
シルビーとコニー――――日本からエドガー・ロードに越してきた母娘
ハナ――――シルビーたちの猫
ハロルド――――エドガー・ロードに住む老人
マーカス――――ハロルドの息子

Chapter 1

デヴォンには独特の雰囲気があり、それは普段暮らしているロンドンのエドガー・ロードとはまったく違う。毛並みをはためかせる潮風は、心をなだめてくれる一方で身を切るほど冷たい。このところ精神的にまいることがいろいろあって、それは仔猫のジョージも同じだったから、たぶんジョージはもう仔猫なんかじゃないと言うだろうけど、ぼくたちどちらにも環境の変化と骨休めが必要だったのだ。

人間の家族がデヴォンのリンストーに持っている別荘〈海風荘《シーブリーズコテージ》〉に二週間滞在することになって、本当によかった。人間の家族というのは、クレアとジョナサン夫婦に子どものトビーとサマーのことだ。猫の家族も忘れちゃいけない。息子のジョージと、ぼくたちが来る前から〈海風荘〉に住んでいたギルバート。すっかり仲良くなったギルバートにはあまり会えないけど、ここに来たときはいつも楽しい時間を過ごす。ぼくやジョージよりいり自立していて、ぼくたちに出会うまで何年もひとりで生きてきた。正直言って、ジョージとぼくはすごく甘やかされているから、ほかの生き方はできそうにない。

ぼくもずっとこうだったわけじゃない。しばらく宿無しだったときはひとりでなんとかするしかなかった。若くして最初の飼い主のマーガレットを亡くしたときは、すごく悲しくてすっかり打ちのめされたのに、追い打ちをかけるようにひとりぼっちになってしまった。複数の家と家族を持つ通い猫になったいまはいい思いをたくさんしているけど、その話はここではやめておく。幸い、宿無し暮らしのすえエドガー・ロードにたどり着き、そこでいまの人間の家族に出会った。仔猫のころ本宅にもらわれてきたジョージは、自分ひとりの力で暮らした経験がない。ぼくよりずっと甘やかされているけれど、心のやさしい子で、世界じゅうのイワシより大事な存在だ。

今年はジョージにとってもぼくにとっても辛い年だった。ガールフレンドでジョージの母親代わりでもあったタイガーが、クリスマスの前に天国へ旅立ってしまったのだ。正直言って、ぼくもジョージもまだ悲しくてたまらない。大事な誰かを恋しく思うのはやめられないと思うし、ぼくはこれまで大事な相手を何度も失ってきた。でも通い猫になったいまは人間の家族が大勢いる。クレアとジョナサン夫婦に子どものトビーとサマー。ポリーとマット夫婦に子どものヘンリーとマーサ。フランチェスカとトーマス夫婦に子どものアレクセイとトミー。みんなのことも近いうちに紹介できると思う。

今年はいろいろ悲しいことがあったけれど、ひとつ学んだのは、どれだけ深い悲しみを抱えていようと日々の暮らしはつづき、生きていかなきゃいけないということだ。

いた。

「ねえ、砂丘に行かない?」ジョージが言いだした。

「びりのやつは負け犬だぞ」ビーチで合流していたギルバートが一気に駆けだしたので、ぼくとジョージもあわててあとを追った。あと一歩の差でびりになったぼくは息が切れていた。

「ぼくは犬なんかじゃないからね」負け惜しみを言うと、ふたりが笑い声をあげた。

「ぼく、お尻ですべりおりるね」楽しそうなジョージを見ると嬉《うれ》しくなってしまう。ジョージがお尻をもぞもぞさせて砂丘をすべりおりようとしたが、ざらつく砂はすべりが悪く、糊《のり》みたいに毛にくっついている。前足で軽く押してやろうとしたら、ジョージのしっぽにつまずいてどすんとぶつかってしまった。

「うわっ」

「パパ、なにやってるのさ」文句を言うジョージと一緒に転がり落ちるはめになった。ちょっと怖かったけれど、無事砂丘のふもとに着地できた。

「すごくおもしろかったね」やっぱりジョージはもう子どもじゃないのかもしれない。でも、ぼくにとってはいつになっても子どもだ。「もう一回やろうよ」

「ちょっと息を整えさせて」ぼくはもうすっかりおとなだけど、ジョージのためならなんでもやる。

「おい、ジョージ」砂丘の上からギルバートが声をかけてきた。「アルフィーを休ませてやれよ。おれが一緒に転げ落ちてやるから。すごくおもしろそうだ」

そのあとは日が暮れるまでビーチで遊んだり転がったりして、ずっとほしかった穏やかな時間を過ごした。おかげで自分たちがどれほど恵まれているか、改めて実感できた。

デヴォンでの休みが必要だったのはぼくとジョージだけでなく、人間の家族も同じだ。ジョナサンは最近職場で偉くなり、それ自体はいいことだけど前より忙しくなって帰ってくるのが遅くなった。クレアは頑張るように励ましているが、家族への影響を心配している。でもジョナサンがぼくたちのために頑張っているのはわかってるから、クレアは応援するしかない。すべてはぼくとジョージにもっとイワシを買うため、そして子どもたちを〝いい学校〟とかいうものに通わせるためだ。それにクレアは車の買い替えまで考えている。だから今回の休みはぜひとも必要で、全員一緒に過ごしていると自分たちが仲のいい家族だと改めて思わずにいられなかった。もちろん問題がないわけじゃないけど、問題のない家族なんていないのは身をもって学んだ。子どもたちが寝たあとのジョナサンとクレアの会話からすると、ジョナサンが忙しくなったことや家族と過ごす時間が減ってしまったことにどう折り合いをつけるか、ふたりとも少し不安らしい。ぼくは心配しないようにしているけど、なかなかそうもできずにいる。大事な相手のことは心配せずにいられない。

休みのあいだ、クレアたちはビーチでピクニックをしたり、散歩やサイクリングを楽しんだりしている。ジョージはトビーの自転車のかごに入って一緒にサイクリングに行こうとしたけど、何度やっても落ちてしまうのでクレアにだめだと言われてしまった。みんなが人間の冒険をしているあいだ、ぼくたちは猫の冒険をしている。ギルバートはすごく活動的な猫で、〝いなかの散歩〟と呼んでいるものにしょっちゅう連れていってくれる。散歩というより畑をめぐるランニングに近い。初めて来たときヒツジの群れに囲まれて間一髪逃げだした畑にも行く。ギルバートとジョージが木登りするあいだ、ぼくは安全な地面で待っているし、もちろんビーチにも行くけど、たいていはほかに誰もいない夜に行く。タイガーが天国へ行ってから、自分に環境の変化がどれほど必要だったか気づいていなかった。デヴォンに来ると生き返ると言ったクレアの言葉は嘘《うそ》じゃなかった。タイガーを失ってから初めてまともに息ができた気がする。

夜になるとクレアは料理をし、ジョナサンはすっかりリラックスした様子で、はしゃぎまくった子どもたちは疲れてぐっすり眠る。たまにご近所さんが訪ねてきたり、クレアとジョナサンが地元のパブへ行くあいだベビーシッターが来たりすることもある。村に住むいくつかの家族とはすっかり仲良くなり、〈海風荘〉は第二の我が家になった。一度はぼくたちを村から追いだそうとしたお隣のアンドレアさえ、いまは友だちだ。〈海風荘〉の放火未遂に至るまでの顛末《てんまつ》は長い話になるが、ギルバートとぼくが力を合わせて放火を未然に防いだ。本当にいろいろあったけれど、夫に見捨てられたアンドレアはその後フレッドという陽気な男性に出会い、彼のおかげで人好きする女性になったと誰もが口をそろえている。アンドレアの飼い猫シャネルがそうでないのが残念でならない。ジョージの初恋の相手だったシャネルは、意地悪で無愛想な猫で、ジョージが夢中になったときは本当にどうしようかと思った。幸いいまはジョージの熱も冷め、いつもしかめっ面をしている猫だとわかっている。アンドレア親子はうちの家族と仲良くなったのに、シャネルは相変わらずぼくたちを見かけるとシャーッと言ってくる。残念だけど、みんながみんなやさしいわけじゃないし、ぼくたちと仲良くなりたいと思っているわけでもない。シャネルは確実に違う。幸いジョージはシャネルに近づかないようになったし、近づいたらシャーッだけではすまないだろうからよかった。

「遅くなったから、クレアが心配しないうちに帰ろう」何度も転がり落ちたぼくはくたくたで、砂まみれになっていた。

「そうだね。でもまた遊びに来られるよね？」ジョージが言った。

「いい子にしてればな」ギルバートが答えてぼくにウィンクした。

「しばらく疲れが取れそうにないよ」ぼくは言った。「もうジョージと違って若くないし」

「そうだけど、年寄りでもないよ」ジョージがすかさず応えた。ぼくはギルバートと目配せした。タイガーを失ってから、ジョージはぼくまで失うんじゃないかと心配している。誰でもいつかは命が尽きるものだけれど、ぼくはどこにも行くつもりはない。もともと九つある命はまだたっぷり残っている。

「やっと帰ってきたのね」キッチンに入っていったぼくたちにクレアが気づいた。できるだけ砂を落としてきたが、落としきれたためしがない。〈海風荘〉からロンドンに戻ると、いつも砂も一緒についてくる。

「ミャオ」ぼくはひと声挨拶してから、みんなで夕食がよそってある食器へ向かった。

「ジョナサンとのんびり映画を観《み》るつもりなんだけど、一緒に観る?」クレアはいつも人間にするようにぼくたちに話しかけてくれる。猫はたいていの人間より賢いとはいえ、こんなふうに扱ってくれるのはやっぱり嬉しい。

「ミャオ」ソファで丸まって映画を観るのは、一日の終わりとしては最高な気がする。

食事を終えたぼくたちは、毛づくろいをしてからこぢんまりしたテレビ室へ向かった。ギルバートはお気に入りのひとり掛けソファに陣取り、ジョージとぼくはいちばん寝心地のいいソファの真ん中で丸くなった。

「なんだよ、クレア。ぼくたちのスペースがほとんどないじゃないか。猫に取られてる」ジョナサンが空いているわずかなスペースに体をねじこんだ。

「しょうがないわよ」クレアがジョナサンの頬にキスし、ぼくたちをどかそうとした。ジョージもぼくも眠っているふりをしたので、結局クレアはジョナサンの前の床に座るしかなかった。

Chapter 2

「明日はエドガー・ロードに帰るよ」ぼくはリンストーでの休日が終わる寂しさが声に出ないようにした。ここが好きだ。なかでもギルバートに会えたのが嬉しかった。クレアたちがリラックスしているのも嬉しいし、もちろんビーチも楽しかった。砂でさえけっこう好きになった。いや、正確に言うと、我慢はできるけど、糊みたいに毛にくっついて毛づくろいが大変になるから苦労している。それでも夕日を眺めるのも、やさしく打ち寄せる波の音を聞くのも大好きだから、砂にも我慢するしかないのだろう。

「うん、パパ。また仲間に会えるのが楽しみだよ、特にハナに。でもここが恋しくなるだろうな。ギルバートにも会えなくなるし」

「そうだね。でもまたすぐ来られるよ」ロンドンにいる家族は、そのうちみんなで必ずここへ来ようと話していた。全員がここに集まると楽しくてたまらない。大切な存在すべてがひとつ屋根の下にいると、世界でいちばん幸せな猫になった気がする。たしかに別荘はごった返して騒がしくなるけれど、それこそぼくが望むものだ。

「でも」ジョージが不安そうに言いよどんだ。「エドガー・ロードに帰ってもタイガーママがいないのは、初めてだね」涙声になっている。ぼくはジョージの気持ちを察し、顔をこすりつけて慰めた。

「そうだね」そう声をかけたぼくを、ギルバートがまばたきして励ましてくれた。「帰ってても旅行の話をするタイガーがいなくて変な感じがするだろうけど、話しかけることはできるよ」

タイガーの家の前を通るたびに思い出がよみがえり、心臓を突き刺されたように胸が痛む。もう出てこないとわかっているのに猫ドアの前でタイガーを待ちそうになることもある。悲しみは薄れていない。辛くてたまらないけど、おとななんだから前を見てジョージが悲しみを乗り越えられるようにしてやるのがぼくの務めだ。

喪失感から我が子を守ることはできないと学んだ。この世で起きるいやなことすべてから子どもを遠ざけておくことはできない。でも、辛い経験から立ち直れるように全力でサポートすることはできて、それならどんな親にもできる。親になると自分がどれほど愛情を注げるか気づかされるが、同時に限界も思い知らされる。どれだけ頑張っても、なにが起きるかまではコントロールできない。

休みの最終日が暮れていくなか、ぼくは大切に思う相手と、失ったものすべてに思いを馳《は》せた。悲しみは薄れなくても、きっと少しだけ慣れることはできるはずだ。

「ジョージ、タイガーはもういないって知りながら初めてあの家の前を通らなきゃいけなかったときのこと、覚えてる?」

「うん。いろんな意味ですごく辛かった」

「二度めはどうだった? クリスマスなのにタイガーがいなかったときは?」

「苦しかった」

「そうだね。でも毎回少しずつ楽になるんだよ」ぼくはこれが真実だと言わんばかりに断言した。

「でも、だからってタイガーママを大好きな気持ちがなくなるわけじゃないよね?」

「もちろん。タイガーを好きな気持ちは変わらないけど、いないことに慣れなきゃいけないのを受け入れたってことだ」これで伝わるだろうか。

「なあ」ずっと黙っていたギルバートが口を開いた。「誰かを恋しく思うのは当たり前だ。リンストーにおまえがいないとき、おれは会いたくなるよ、ジョージ。でも辛くても前を向いて生きていくしかないし、おまえに会いたくなったときは、おまえが言ったことや笑わされたときのことを思いだすと気持ちが楽になる。なんだかおまえがそばにいるような気がして」

ギルバートの言葉でぼくは胸が詰まった。

「タイガーママのことはいつも考えてる」

「ジョージ、見て」ぼくは勢いよく立ちあがり、夜空に現れ始めた星々を見あげた。「明るい星が出てる。見える？」

「ママだ。ママがいる」ジョージの声が明るくなった。「これで、ここで楽しく過ごした話ができるね」うなずくぼくの横でジョージが話しだした。ジョージが夜空のママと話せるように、ぼくとギルバートは少し離れたところから見守っていた。そしてこの不条理を考えすぎないように努めた。いまだにどうしてタイガーを奪われなければいけなかったのかわからないけど、いまはこの気持ちを抑え、ジョージに悟られてはいけない。ぼくが泣き叫んではいけない。少なくともひとりになるまでは。

「ぼくたちは恵まれてる」夜空のタイガーと話し終えたジョージがそばに来たので、ぼくは悲しみを悟られないように冷静な口調を保った。

「たしかに」ギルバートが言った。

ギルバートは家出したあと〈海風荘〉に住み着いた。動物をかわいがる人間ばかりじゃないようで、初めてギルバートの身の上話を聞いたときは同情したけれど、いまはぼくたちがいるし、ギルバートもここでの暮らしに満足している。一緒にロンドンで暮らすように誘ったが、海から離れた土地では暮らせないと言われてしまった。気持ちはわからないでもないけど、ぼくはロンドンも好きだ。車や人が行き来する通りやにぎやかな雰囲気が好きだし、なによりロンドンには仲間やほかの家族が住んでいる。

「そうだよね。ここでこうして一緒に過ごせるんだもの」ジョージが言った。「それにすてきな家族と仲間もいる。みんなに好かれるすごくハンサムでかっこいい猫だってことにも感謝しなきゃ」右目でウィンクしている。

「この親にしてこの子ありだな」ギルバートがにんまりした。

なにが言いたいのかてんで理解できない。

帰り支度は毎回大騒ぎになる。でもジョージとぼくは違う。たいしてやることはなく、クレアが持ってきた大量の荷物に文句を言うジョナサンを眺めているだけでいい。どうせジョナサンは「どうやってこれを全部車に積めばいいんだ？」とぼやくだろうけど、いつものことだ。きっと芝生に座って眺めるジョージとぼくの前で、子どもや猫に聞かせられないせりふをつぶやきながら、息を切らして日差しのなか汗だくになってスーツケースを車のトランクに積みこむのだろう。そのあいだにクレアは片づけをする。〈海風荘〉には掃除とギルバートの食事を担当してくれている管理人がいるのに、クレアは自分の家の掃除をしないなんて恥ずべきことだと思っているのだ。だから子どもたちが最後にもう一度友だちと遊びに行っているあいだに、家じゅうを隅々まですばやく掃除する。

ギルバートは姿を消してしまった。別れの挨拶は、今朝すませた。ギルバートは悲しくなるから見送りたくないそうで、いつもぼくたちが出発する前にどこかへ行ってしまう。逆境に耐えてきて、たいていの猫より強いくせに、たまにセンチメンタルになるのだ。ロンドンに帰ったらきっと会いたくなるだろう。でもまたすぐ会える。寂しいけれど、ぼくには仲間がたくさんいて、しかもすばらしい猫ばかりなのはやっぱり恵まれているのだ。

家のなかが空っぽになると、例によって改めて家じゅうをチェックせずにいられないクレアが忘れ物がないか確認しに行った。早く出発しないと、渋滞に巻きこまれるとジョナサンがぶつぶつ言い始めるのに。戻ってきたクレアに車に乗せられた子どもたちは、楽しい日々が終わるのが悲しくて涙ぐんでいて、クレアがもうすぐロンドンの友だちに会えると言って気持ちを引き立てた。ジョージとぼくはキャリーに入れられた。はっきり言ってキャリーは好きになれない。ジョージと一緒のキャリーだし、柔らかい毛布も敷いてあるけど、閉じこめられるのは好きじゃない。ジョージに白状する気はないものの、ちょっと不安になるのだ。ぼくはそういう自分の気持ちを表に出さないようにしてるのに、なんでジョナサンはできないんだろう。

「クレア。早く出発しないと何時間も余計に運転しなきゃいけなくなる」機嫌が悪い。

「はいはい、焦らないで。もうすぐだから。トビー、シートベルトを締めて」クレアがサマーのチャイルドシートのベルトを締めた。トビーは大きいからもう自分でできる。最後にもう一度家のなかをチェックしに行ったクレアが、ようやく車に乗りこんだ。

「もういいのか？」ジョナサンがいらいらしている。

「ええ、みんな、用意はいいわね？」

「おなかすいた」サマーがつぶやき、長いドライブが始まった。

エドガー・ロードに着いたときは暗くなっていた。ジョナサンの予想どおり大渋滞だったが、クレアはクロスワードパズルでじょうずにジョナサンの気をまぎらせていた。ジョナサンが自分は頭がいいと思えるように、クレアは答えられるとわかっている質問ばかりして機嫌を取ったのだ。さすがはクレア、よくわかってる。子どもたちはおやつをもらい、最後には眠ってしまったから、長いドライブも平和だった証拠だ。ジョージすらぼくの横ですやすや寝ていた。ぼくは脚を伸ばして新鮮な空気を吸いたくてたまらなかった。クレアがまずぼくたちを外に出してから子どもたちを家のなかに運び、そのあいだにジョナサンが荷物をおろし始めた。ぼくはロンドンの空気を吸いこんだ。デヴォンとはぜんぜん違うけど、すごく懐かしい。

「帰ってきたね」ぼくは一緒に伸びをしながらジョージに話しかけた。家に入る前に、タイガーが住んでいた家へ思いきって目をやった。だめだ、まだ辛い。でも近いうちに泣きたくなるのを我慢できるようになればいいと思う。

タイガーが元気だったころは、旅行から帰ると真っ先にタイガーに会いに行って、帰ってきたのがどれほど嬉しいか伝えた。でも、それももうできない。どんなに会いたかったか話せないし、もういないと知りながらあの家から目を背けなきゃいけないのがすごく辛い。

ぼくはまばたきして涙をこらえ、家に入るようにジョージを促して暖かい室内に踏みこんだ。キッチンへ行き、長くて疲れるドライブを終えたジョージに寝る用意をさせた。正直な話、なにもかも忘れて眠ってしまいたかった。どうか明日目覚めたときは気持ちが楽になっていますように。せめて新たな一日を始める気分になっていますように。

Chapter 3

デヴォンから戻った次の週、ぼくは休み明けのブルーな気分になった。ジョナサンはすぐ新しい仕事に取りかからなければならず、せっかく休みのあいだのんびりしていたのに、一夜にしていつにも増して疲れきってしまったようだ。クレアは新学期を迎える子どもたちの用意に追われ、制服や靴やかばんを買いに行くのに忙しい。みんなばたばたしている。でもぼくはなにもする気になれず、人間のほかの家族や猫の仲間に会っても気分は晴れなかった。

たしかにロンドンはデヴォンよりどんより曇っているけれど、気持ちがふさいでぜんぜん元気が出ない。ジョージにはタイガーを失った辛さもいずれ楽になると言い聞かせているのに、いまはそう思えない。エドガー・ロードに住む仲間のロッキーやエルヴィスやネリー、それにしかめっ面のサーモンに会っても、元気が出ない。歩く足が重く感じられ、立ち直らなきゃいけないとわかっているのにどうすればいいかわからない。猫でいるのは人間が思っているほど楽とは限らないのだ。

せめてもの救いは、多少なりとも悲しみを表に出せるチャンスがあることで、それはひとりになったときだ。ジョージは隣に住む親友のハナに会いに行った。ハナは去年日本から越してきたかわいらしい子だ。ジョージと同い年ぐらいで、三色の毛並みの猫を日本では三毛猫と言うらしい。かわいくて気立てもよく、すごく落ち着きがあるところがジョージとは正反対だ。もしかしたら友だち以上の関係なんじゃないかとぼくは疑っている。もうジョージも子どもじゃないんだから。でもハナについて訊《き》くと思春期の人間みたいにすぐに心を閉ざしてしまい、仲のいいただの友だちだとしか言わない。正直に答えないから余計に知りたくなってしまう。

ただ、どういう関係だろうとお互いのことが大好きなのは確かで、ほとんど一日じゅう一緒にいる。日本で室内飼いだったハナは外に出ず、ずっと家のなかだなんてぼくはぞっとするけど大いに興味もそそられる。ロンドンに来てからなんとか少し外出させたこともあるが、ハナは家のなかにいるほうが性に合うらしい。それがハナが選んだ道だし、いろんな猫がいるからこの世は成り立っているのだ。

ハナの家族はシルビーとティーンエイジャーの娘コニーだ。コニーのボーイフレンドのアレクセイは、ぼくにとって初めてできた人間の友だちだった。アレクセイのことはエドガー・ロードに越してきた日から知っていると言ってもいいほどだから、もうティーンエイジャーだなんて信じられない。子どもはあっという間に大きくなる。アレクセイとコニーは微笑《ほほえ》ましい関係で、しょっちゅう手をつないだり赤くなったりしている。どちらも分別のある子だから、ぼくはお似合いだと思ってる。

それにシルビーは新たにご近所さんになったマーカスとつきあい始め、幸せそうだ。エドガー・ロードに越してきたころは精神的に不安定なところがあって、少し心配だった。離婚で辛い思いをしたから無理もない。心細くて日本が恋しかったのだ。ぼくにも経験があるから、やり直す難しさはわかる。でも最近はよく笑うようになった。それに隣に行くといつも新鮮な魚をくれるからすごく嬉しい。マーカスに出会ったのは父親のハロルドと知り合いになったのがきっかけで、ハロルドは図らずもジョージにとって人間の親友になっている。去年倒れたとき、ジョージとぼくのおかげで命拾いをし、それ以来家族の一員になった。

親しい人間が大勢いて全員に問題がないかいつも確かめておくのは大変だけど、それが通い猫の務めだし、自分で言うのもなんだけど、ぼくはみんなの面倒を見るのが得意なのだ。

気分が落ちこんでいるのは、たぶん仲間外れになった気がするのも理由のひとつかもしれない。みんな恋をしているか、少なくともそんなふうに見えるのに、ぼくはこれまでできたふたりのガールフレンドを両方とも失ってしまった。最初のガールフレンドのスノーボールは、数年前家族と一緒に引っ越してしまったし、タイガーのことはみんなも知っているとおりだ。まったく、自分で自分に同情してしまう。

普段は身勝手な行動は慎んでいるけれど、今日は自分の気持ちに正直になろう。ぼくはなにがあろうと近づいちゃいけないと言われているジョナサンお気に入りのカシミアの毛布で丸くなり、昼寝をして心を癒した。

興奮したジョージに飛び乗られて目が覚めた。ぼくのしっぽの上に座っている。たまにちょっと不器用なところがあるのだ。

「なに？」ぼくは脚を伸ばしてあくびをした。

「クレアがヘンリーたちも連れて帰ってきたんだ。もうすぐポリーがみんなをびっくりさせるものを持ってくるみたいだよ」わくわくして目が輝いている。「きっとみんなのなかにぼくたちも入ってるよ」

ジョナサンの帰りが遅くなってから、クレアは子どもたちと過ごす時間を増やすためにパートの仕事を辞めた。そしてたまに忙しくなるポリーと、いつも忙しいマットの子どもたちの世話をしている。そのうえ、エドガー・ロードのはずれに住んでいるハロルドの面倒も見ている。代わりに買い物をしたり、しょっちゅう訪ねてきちんと昼食をとっているか確かめたりしているのだ。息子のマーカスが一緒に住んで世話をしているとはいえ、仕事があるしシルビーと会う時間も必要だからクレアがなにかと手伝っている。クレアは人間や猫の世話が大好きで、しかもそれが飛び抜けてうまい。ぼくから多くを学んだからだと思う。

「びっくりさせるもの？」ぼくは首を傾《かし》げた。「食べるものかな」

「わかんない。クレアがポリーに内緒にするって約束したんだ。トビーたちはわくわくしてるよ。ぼくたちにも関係あるかもしれない。早く下に行こうよ」ジョージが興奮して歩きまわり、またぼくのしっぽを踏みつけた。

「いたっ！　ジョージ、気をつけて」ぼくはやさしく注意した。でも注意しても無駄だ。効果があったためしがない。「今日は楽しかった？」ハナをどう思っているのかもっと知りたくて、訊いてみた。「ハナと会ってたんでしょ？」

「うん。あとで話してあげる。でもいまは下に行こうよ。でないとびっくりするものを見逃しちゃうよ」

　下におりたジョージは目をまん丸にして、ポリーの腕のなかでもぞもぞしているものを見つめた。「なにあれ」

「あんなの見たことない」ぼくは答えた。すごく小さい。仔猫だったころのジョージより小さい。その場にいる全員が目を凝らした。色は薄い茶色で、鼻先と耳の先がこげ茶だ。

「わんちゃん！」マーサが歓声をあげ、母親に駆け寄って仔犬に手を伸ばした。ジョージとぼくは目を見合わせた。まさか。そんなはずない。ポリーが屈《かが》みこんだ。

「そう、仔犬よ。でもまだ赤ちゃんだからやさしくしてあげてね。それから大きな声を出して怖がらせないように気をつけて」子どもたちが仔犬のまわりに集まった。

「誰が飼うの？」サマーがいぶかしそうに尋ねた。

「うちで飼うつもりよ」ポリーが答えた。「でもわたしが仕事に行ってるあいだはここにいるわ。みんなが学校から帰ってきたあとも。だから考えようによってはみんなで飼うのよ」

「アルフィーとジョージみたいに？」トビーが言った。呑《の》みこみの早い子だ。

「そう」

「名前はなんていうの？」とヘンリー。

「まだ決めてないの」ポリーが答えた。「だからこれからみんなで考えましょう。ちなみに、この子はパグよ」

「やった！」子どもたちがそれぞれ名前候補を言い始めたので、ジョージとぼくはその場を離れることにした。

「わんちゃんがいい！」サマーが大声で叫んだ。

「そんなのつまんないよ」とヘンリー。

「フラワーは？」マーサが提案した。

「でも男の子だよ」トビーが指摘する。

「スパイダーマン」ヘンリーが断言した。

「ぜったいだめ」サマーが言い返す。

「まさかと思うけど」退散したキッチンで、ジョージがぞっとしたようにつぶやいた。

「犬なの？　犬を連れてきたの？」

「あいにくそうらしい。かなり変な犬だけどね。しかも小さい。でもきっとおまえみたいに大きくなる」ポリーがこんな裏切り行為をするなんて信じられない。非の打ちどころのない猫が二匹いるところに犬を連れてくる人間がいるだろうか。

「それに、あの犬はしょっちゅううちに来るって言ってたよ」ジョージが言った。「ありえないよ。最悪だ」前足で頭を抱えている。ぼくも同じ気持ちだけど、あの仔犬がこの家で過ごすようになるなら解決しなきゃいけないことがたくさんある。

犬に好意を持ったことはない。タイガーと一緒によくリードをつけた犬をからかい、追いかけさせておいて届かないぎりぎりのところで澄ました顔をしてみせたものだ。すごくおもしろかった。実際に追いかけられたことも何度かあるけど、つかまったことは一度もない。いつだってぼくのほうが一枚上手だった。いや、話が脱線してしまった。問題は、ぼくは犬を脳みそのない猫みたいなものだと思っていて、犬が猫のように自立できないのはそのせいだと考えていることだ。でも同じ先入観をジョージに持たせないほうがいいだろう。なにしろどうやらあの仔犬はこの家にいる時間が長くなりそうで、だとすると仲良くするしかない。意地悪するわけにはいかない。そんなのぼくたちがやることじゃない。

それに人間の家族はあの仔犬を好きみたいだから、ぼくたちも好きにならないと。難しいかもしれないけど、努力はするべきだ。

「ジョージ、ぼくは犬が好きじゃないけど、正直に言うと、犬とまともにつきあったことはないんだ」

「え？　一度も？」

「うん。よく知ってる犬もいない」

「じゃあなんで犬は怖いものだって言ったの？」驚いている。

「うーん、いい質問だね。誰でもよく知りもしないくせに決めつけてしまうことがあって、ぼくは犬にそれをしたのかもしれない」ジョージがちっぽけな仔犬にトラウマを抱かないうちにダメージを最小限にとどめたい。「たぶん単に猫と犬は違うからだよ、犬はぼくたちとは別の生き物だからね。でもそれだけのことだ。あの犬はまだ赤ちゃんだから、チャンスをあげよう」説得できているのかわからないが、これはぼくにとって新たな局面だ。長年の信念をくつがえす必要に迫られている。簡単にはできそうにない。

「つまり、あの犬はだいじょうぶかもしれないってこと？」半信半疑でいる。でもぼくだって同じだ。

「たぶん。というか、きっとだいじょうぶだよ。ぼくたちはいつもみんなと仲良くなろうとするだろう？　あの仔犬ともそうしてみるんだ」あまり説得力がない気がするけど、こんな事態は初めてなんだからしかたない。

「じゃあ、シャーッて言っちゃいけないの？　引っかくのも？」

「そうだよ」いいことを思いついた。「だって、あの子はどう見ても赤ちゃんで、ポリーの家族と暮らすんだよ。仔猫だったおまえがうちに来たときと同じだ。最初のころはおまえも怖かっただろう？」

「うん。トビーも来たばかりのころは怖がってたよね」ジョージには困ったところがいくつもあるが、理解が早い。トビーは数年前この家の養子になった。いまはすっかり家族の一員だけど、最初はうまく馴染《なじ》めずにいた。

「あの仔犬も怖がってるかもしれないから、先輩として安心させてやらないと」ぼくはやさしくすることがなによりいちばん大事だと、常日頃から教えようとしている。

「わかったよ、パパ。今回は言われたとおりにするけど、もしあの子もその辺の犬と同じだとわかったら、ずっとやさしくするって約束はできないからね」

「うん、それでいいよ」あの仔犬がぼくたちの犬に対する考え方を変えてくれるかもしれないけど、そこまで楽観していいのか自信がない。長年抱いてきた考え方を前に、まだ迷っている状態だ。

　クレアがキッチンにやってきた。仔犬を抱いている。小さくてやけに脚が短い。どのぐらい大きくなるのか見当もつかないが、あまり大きくならないでほしい。大きな犬がそばに来たら怖いに決まってる。

「アルフィー、ジョージ、新しいお友だちを紹介するわ」クレアがゆっくり近づいてきて床に膝をついた。

ジョージとぼくはちらりと目を見合わせ、恐る恐る近づいた。こんなに近くで犬を見るのは初めてだった。仔犬はもう落ち着いて、まじまじ見つめるぼくたちの前で舌を出して鼻を舐《な》めた。そして大きな瞳で見つめ返してきたが、なにを考えているのかわからなかった。するとお尻に張りついているように見える短いしっぽを小さく振り始めた。

「まあ、もうあなたたちが好きになったみたいよ！」クレアが歓声をあげた。「これでもう家族の一員ね。アルフィー、ジョージ、ピクルスを紹介するわ。子どもたちの多数決で、ポリーが考えた名前に決まったの」

本気なの？　思ったとおり最悪だ。ピクルス？　こんなひどい名前があるだろうか。いくら犬につける名前だからって。

Chapter 4

今日は月曜日で、ぼくとジョージはパグのピクルスと初めて留守番をすることになった。子どもたちは新しい仔犬に夢中で、ジョージはちょっとへそを曲げている。みんなの注目を犬に奪われて機嫌が悪い。

クレアが子どもたちを学校に送っていくあいだ、家にはぼくたちだけになるから、今朝クレアからいくつか言い聞かされたことがある。まだ学校の送り迎えにピクルスを一緒に連れていけないけれど、もう少し大きくなったら連れていくらしい。それがぼくたちとどんな関係があるのかわからなかったが、とりあえず聞いておいた。少なくともぼくは。ジョージはむっつり肉球を舐めていた。

新しい友だちのピクルスは生後二カ月だとも言われた。ほかの家に行くはずだったのに、なにかわけがあってぎりぎりになってだめになったらしい。仕事仲間からかわいいパグの仔犬を飼ってくれる人に心当たりがないか訊かれたポリーは、マットが以前から犬をほしがっているのを思いだした。ヘンリーたちもよりによってずっと仔犬をほしがっていたらしく、ぼくはまだその事実を完全には受け入れられずにいる。そうなったら犬と一緒に暮らすことになるのに。たぶんぼくたちはしょっちゅう遊びに行くけどあの家で暮らしているわけじゃないから、ポリーもマットも仔犬が加わっても問題ないと判断したのだろう。

なんでも話すクレアによると、ピクルスは獣医に行ったので外には出られるらしい。つまり必要な予防接種はすませているのだ。犬だから猫と違ってひとりで外出はできないが、それは言われなくてもわかってる。だからクレアには、子どもたちを学校に送って帰ってくるまで庭に出たり朝の散歩に行ったりせずに、ピクルスと留守番していてほしいと頼まれた。通い猫には拷問に等しい。チャイムの音でようやく話が終わり、ドアをあけるとヘンリーとマーサを連れたポリーがいた。ヘンリーがピクルスを抱っこしていた。

遅刻しそうなポリーはあわてて出かけ、子どもたちが廊下でピクルスを囲んでちやほやし始めた。ジョージがぼくを見た。

「これからもずっとあの子が注目の的になっちゃうのかな」考えただけでぞっとするらしい。

「まさか。いまは物珍しいからこうなってるけど、いつも言ってるだろう？　愛はみんなに行き渡るほどいっぱいあるんだよ」

「そうかもしれないけど、ぼくのほうがずっとかわいいのに」地団駄を踏んでいる。

「当たり前だよ」

ジョージは注目の的でいるのにすっかり慣れているのに、ライバルが登場してしまった。思ったほど簡単にはいかないかもしれない。正直言って、もともと簡単にいくとは思っていなかったけど、予想を上回る悪夢になりそうだ。

「やあ」いよいよぼくたちだけになると、ぼくは声をかけた。猫語がわかるのだろうか。

「新しい友だちだよね?」ピクルスが応えた。

「そうだよ。どうやらきみの新しい友だちになるらしい」ピクルスの声はまだ幼くて、白状すると大きな瞳で見つめてくる姿がすごくかわいらしい。でもジョージはまだ不機嫌なままだから、同じ気持ちなのかわからない。

「よろしくね」ピクルスが言った。「知らないところに来て怖いけど、みんなやさしそうだよね」しゃべりながらその場でぐるぐる走りまわっている。なんでじっとしていられないんだろう。

「なにしてるの?」ジョージが不機嫌に尋ねた。

「しっぽを追いかけてるんだよ」ピクルスが答えた。

成長するにつれて賢くなるかもしれない。ぼくはジョージに目配せしてそう伝えようとした。

「じゃあ、新しい家に慣れてきたんだね?」まだ犬と話すのは落ち着かないけど、ぐるぐるまわるのをやめたので話しやすくはなった。

「うん。ゆうべは寂しくてちょっと泣いちゃった。でもヘンリーがポリーに頼んで一緒のベッドで寝かせてくれて、ヘンリーにくっついて眠ったから、そんなに悲しくなかった」

「ずいぶんおしゃべりだね」とジョージ。

「やさしく」ぼくは小声で注意した。

「エドガー・ロードに歓迎するよ」あまり歓迎しているようには聞こえない。

「ぼくたちもここに来たときはひとりだったんだ。だから落ちこむことがあったらいつでも相談に乗るよ」ぼくはやさしく話しかけた。

「ありがとう。ここが好きになりそうだよ」ピクルスがぺたんと床に座って皺《しわ》だらけの顔でにっこりした。

「パパ。出かけてもいい？」

「ピクルスの面倒を見るように言われただろ？」

「でも会いに行くってハナと約束したんだ」ハナはあまり外に出ないが猫ドアがあるのでジョージはしょっちゅう会いに行っているし、ぼくもたまに行く。出かけないで一緒にピクルスの面倒を見るように言ったら、ぼくに腹を立てそうだから無理強いはしないほうがよさそうだ。ここは黙って行かせるのがいちばんだろう。でも、ぼくだってほんとは出かけたい気分なのに。

「わかったよ。ピクルスの面倒はぼくが見る。でもこれからうちにいる時間が多くなるんだから、ピクルスに慣れなきゃだめだよ」ぼくはジョージと裏口へ向かいながら小声で言った。

「わかってる。やさしくするよ。でもいまはほんとの友だちと一緒にいるほうがいい」少し機嫌が悪い。ピクルスが登場したとたん子どもたちに見向きもされなくなったことにまだ腹を立てている。やきもちだ。兄弟によくあること。やれやれ、信じられない。ぼくときたら、早くもピクルスを家族の一員と思ってる。我ながらなんて心が広いんだろう。

「ピクルスにチャンスをあげるんだよ、ジョージ。まだ小さいんだから」

「そうかもしれないけど、パパはずいぶんあの子と仲良くしたいみたいだから、パパのごはんを食べないように注意したほうがいいかもよ」ジョージが不機嫌に言って猫ドアから出ていった。振り向くと、ピクルスがぼくの朝食に顔を突っこんでいた。

「ピクルス。それはぼくのだ。それに猫用だよ」怒った口調にならないように気をつけた。せっかく残しておいたのに、あとでおなかが空《す》きそうだ。

「変な味だと思ったんだ。でもだいじょうぶ。一緒に遊んでくれる?」

勘弁してほしい。また否応《いやおう》なく親代わりをさせられるのか。

ピクルスはずっとせかせか動きまわり、家じゅうを探検していた。片っ端から戸棚に入ろうとしたが、幸い毎回失敗に終わった。そのうち子どもたちがダイニングテーブルの下にこぼした食べ物を見つけ、ぼくにだめだと言われてもかまわず平らげたあげく、ドアにぶつかった。まだまだ学ぶことがたくさんあって、そのスタート地点に立ったばかりなのは明らかだ。食べたあとはわけもなくキッチンを走りまわり、クレアが隅に用意した犬用ベッドに飛びこんだ。

「だいじょうぶ?」息切れして鼻息が荒くなっているピクルスにぼくは訊いた。

「一緒に遊んですごく楽しかったよ、アルフィー。でも疲れちゃったからちょっと寝るね」そう言ってうとうとし始めたので、ぼくもひと眠りすることにした。もうぐったりだった。

クレアが帰ってきたときは、あんまり嬉しくて、駆け寄って脚に体をこすりつけてしまった。シルビーも一緒とわかって、さらに嬉しくなった。

「まあ、なんてかわいいの」シルビーがピクルスを抱きあげた。無視されたぼくはジョージの気持ちがわかる気がした。

「でしょ?　子どもたちは夢中だし、ポリーはめろめろよ。もうひとり子どもがほしかったのにマットにはその気がさらさらないものだから、ピクルスが子どもの代わりになってるんだと思うわ」

「なるほどね。わたしはどちらかと言うと猫派だけど、この子はほんとにかわいいわ。このちっちゃな顔を見てよ」シルビーの腕のなかで体をくねらせるピクルスの横で、クレアがぼくの頭を撫《な》でながら尋ねた。

「ジョージはどこ？」

「ミャオ」ぼくは答えた。

「うちにいるわよ」シルビーが言った。「さっき会ったわ」

「そう。なにか飲む？」

「ええ、コーヒーをお願い。でもピクルスをおろして飲む気になるかわからないわ」

「みんなすっかりその子に夢中なの。でもアルフィーとジョージが無視されてると思わないようにしないと」ぼくたちのことを気に留めてくれている人間もいるとわかり、嬉しくて喉が鳴った。

「クレア、あなたってたまにアルフィーたちを自分の子どもみたいに扱うのね」

「だってそうだもの」クレアが肩をすくめ、ぼくは同意の印にまた喉を鳴らした。

「マーカスとはその後どう？」クレアが尋ね、ぼくは最新ニュースを聞こうと腰をおろした。

「うまくいってるわ。お互いいろいろあったから、あまり急がないようにしてるけど、マーカスが近所に住んでてよかったし、すごくいい人なの。それに彼がいると落ち着いていられる。なんていうか、いやなことを考えずにいられるの」

「風の噂《うわさ》によると、ハロルドはあなたをすてきな人だと思ってるみたいよ」クレアが笑った。

「ハロルドにしては、すごい褒め言葉ね」シルビーも笑っている。ハロルドには気難しいところもあるが、チョコレートみたいに見た目の硬さとは裏腹に中身は柔らかいのだ。

「ハロルドと言えば、ちょっと様子を見に行かないと。ピクルス、一緒に行く？」クレアが言った。

「ワン」ピクルスが答えた。ハロルドが誰か知らないはずなのに、すごく行きたがっているから、これでぼくもひとりでのんびりできそうだ。

Chapter 5

ピクルスと遊んでぐったり疲れたぼくは、仲間の猫がいないか探しに行った。それに我が家を敬遠しているふしのあるジョージとばったり会えるかもしれない。ぼくだけでピクルスの面倒を見るのは無理なんだから、きちんとジョージと話してそれをわかってもらわないと。ピクルスのせいでもうくたくただ。まだ初日だというのに。

ジョージの複雑な気持ちは理解できる。犬には近づくなとさんざん言い聞かされてきたのに、家族として仲良くしなければいけなくなって、どうすればいいかわからないのだ。

エドガー・ロードで猫のたまり場になっている場所へ向かった。茂みの前にネリーが横たわり、そのそばでエルヴィスが葉っぱで遊んでいた。

「おはよう」ふたりが声をかけてきた。

「ジョージを見かけた?」

「さっき通りかかって、ハロルドに会いに行くと言ってたぞ」

「そう。仔犬の話をしてた?」

「ええ。あまりよく思ってない感じだったわ」ネリーが答えた。「その仔犬はまぬけで、あんなのにやさしくしなきゃいけないのはおかしいって言ってた」

「あんなのじゃなくてピクルスだよ」ぼくは言った。「やれやれ。思ったより簡単にはいきそうにないな。そんな気はしてたけど、ピクルスはまだ赤ちゃんで、もう家族の一員みたいなものなんだ。もといた場所に戻されるとは思えない。ぼくだって犬だろうと猫だろうとそんな目に遭ってほしくない」

「よりによって犬とはね。猫の世界に」エルヴィスがおもしろがっている。

「どうすればいいかわからないよ。ずっと犬を目の敵にしてきたのに、お守りをしてるんだよ。少なくともぼくは好感を持ってるから、ジョージもそうなるようにしたいんだ」

「あなたって、いつもややこしいことに巻きこまれるわね」ネリーが核心を突いた。たしかにそうだ。しかも今度はピクルスが現れた。

「チビすけはまだタイガーのことで傷ついてるのに、またしても変化が起きたんだからな」エルヴィスはその気になるとすごく鋭いことを言う。

「ぼくもそれはわかってるから、あまり強く言えないんだ。でもせめて早くピクルスを大目に見るようになってほしい。これからしょっちゅう、うちにいるようになるのに、そのたびにジョージが出かけてしまったら困るよ」ひとりでピクルスの子守りをすると思うと背筋の毛が逆立ってしまう。ピクルスのせいでジョージとぎくしゃくしたくない。「それにピクルスがもう少し大きくなれば、きっと留守番させてぼくたちだけで出かけられる。クレアがピクルスを散歩に連れていくのが増えるかもしれないしね。犬はよく人間と出かけるから、こんな状態もいまだけだ、たぶん」

「そうね。じゃあジョージには、その仔犬はもう家族の一員なんだから、弟だと思っていろいろ教えてあげるように言ってみたら？」

「え？」意味がよくわからない。

「つまり、連れてこられたのが仔猫だったらきっと、お兄ちゃんなんだから立派な猫になれるようにいろいろ教えてあげなさいってジョージに言ってたでしょ？　ピクルスにも同じことをするように言えばいいんじゃない？」

「ネリー、そうだね。お兄ちゃんになったんだからって言ってみるよ。それにこれまで経験してきたことをジョージがピクルスに教えてあげれば……」これまでジョージもピクルスが何度も巻きこまれたトラブルは考えないようにしよう。「そうすれば、ジョージが何度も受け入れやすくなるかもしれない。ありがとう。助かったよ。それはそうと、ロッキーは？」

「疲れたから昼寝をしに行った。ロッキーは寝るのが好きだからな」

「猫はみんなそうだよ」ぼくは応えた。

間もなくジョージが現れたので、探しに行かずにすんだ。

「ハロルドはどうだった？」ぼくは尋ねた。ハロルドとジョージはビスケットに目がない。

ハロルドは濃い紅茶にビスケットをひたし、柔らかくなったのをたまにジョージに食べさせている。

「だいじょうぶだったよ。それどころか元気いっぱいだった。あの家は静かでくつろげるんだ。うちと違って」つっかかるような口調は虫の居所が悪い証拠だ。「でもさっきクレアがピクルスを連れてきたら、ハロルドはかわいいって褒めてた」むしゃくしゃしている。

「ジョージ、ピクルスのことが不満なのはわかるけど、手伝ってくれないかな」ぼくは慎重に切りだした。

「手伝うって、なにを？」不機嫌な返事。

「おまえがうちに来たとき、ぼくはいきなりパパになった。おまえはすごく小さかったから、教えることがたくさんあった」

「だから？」たまに思春期の人間みたいになる。

「だから、おまえにはぼくがいただろう？　猫の仲間も。タイガーママも。立派な猫になれるように、みんなにいろいろ教えてもらっただろ？」

「だから？」

「でもピクルスには教わる相手がいない。ぼくたちを除いて。あの子は犬だから猫とは話が違うけど、あの子には犬の友だちがいないんだよ。まだ赤ちゃんだし、きっとママが恋しくてたまらないはずだ」

「だろうね。でもぼくにどうしろって言うの？」

「ピクルスのお兄ちゃんになるんだよ。アレクセイやヘンリーやトビーみたいに。すごく大事で責任のある役割だ」

「そうなの？」

「もちろん。家族のお兄ちゃんたちは、弟や妹の面倒を見てるだろう？　いまのジョージならきっとその役目が果たせるよ」

聞き耳を立てているエルヴィスとネリーが笑いをこらえている。みんな、ジョージをその気にさせるにはおだてるのがいちばんだと知っているのだ。

「それどころか」ぼくはたたみかけた。「きっと最高のお兄ちゃんになれる」

「無理だよ」ジョージが意外な反応をした。

「なんで無理なの？」

「ピクルスは一緒に暮らしてないから、弟じゃないもん」ぼくと目を合わせないようにしている。

「じゃあ、いとこは？」ネリーが水を向けた。「わたしはジョージのおばさんみたいなものでしょ。だからあなたはピクルスの年上のいとこになれば？」

「よく思いついたね、ネリー」ぼくは顔をこすりつけて感謝した。

「でも、年上のいとこって、なにをすればいいの？」ジョージが訊いた。

「いろいろ教えてやるんだよ」エルヴィスが答えた。

「そうよ」とネリー。「あなたは猫でピクルスは犬だけど、教えてあげられることはたくさんあるわ」

「ぼくにできることを教えてあげるってこと？」少なくとも興味は引かれているらしい。

「そうだよ。やさしさや思いやりの見せ方とか、これまでに教わった大事なことも教えてあげられるだろ？」

「パパはどうなるの？　パパはぼくのパパなんだから、ピクルスのパパにはなれないよ」

やきもちが再燃している。

「おまえがあの子のいとこみたいなものになるなら、ぼくはおじさんみたいな存在になるよ。それでいい？　ぼくにとっては息子のおまえがいちばんで、これからもそれは変わらないよ」

「わかった。みんなでピクルスにやさしくしなくちゃね。友だちになれるかもしれない」

ぴょんぴょん飛び跳ねている。さすがのぼくも突然態度が変わったのは予想外だった。

「偉いぞ、ジョージ。きっとピクルスが好きになるよ。保証する」とにかくそうなってほしい。

「もともとぼくはすごく心が広いんだ」

「そうね」母親みたいにネリーがうなずいている。

「誰にも負けないほど広い」その気になると気の利いたことを言うエルヴィスが、肉球を舐めながらたたみかけた。

「おまえを誇りに思わない日はないよ」ぼくは胸がいっぱいになった。

「日本から引っ越してきて寂しがってたハナと友だちになったときにちょっと似てるね。ピクルスにも同じようにしてみるよ。でもハナは親友だから、ピクルスを同じぐらい好きにはならないと思う」

「かまわないよ」前進は少しずつでいい。

「パパの言うとおりだよ。ピクルスはまぬけで、なにもわかってないものね？」

「まぬけかどうかはわからないけど、そうだね」はっきり言ってピクルスはまぬけだけど、ジョージにはピクルスをからかうのではなく仲良くなってほしい。

「つまり、ぼくが知ってることを全部教えればいいんでしょ？」

「そうだよ」

「じゃあそうするよ。明日の朝から始める。ピクルスが猫になれるようにする」

「え？」とネリー。

「だってそうでしょ。ピクルスは犬で、犬が猫より劣ってるのは常識だから、ぼくみたいになれるように教育して、ピクルスの可能性を高めてあげるんだ」

ネリーとエルヴィスとぼくは顔を見合わせて目をぱちくりした。思っていたのと違う展開だけど、こうなったのはどうやらぼくのせいみたいだから反論できない。弁解の余地はない。

「おまえが知ってることを教えてあげればいいんだよ」ぼくはくり返した。

「ぼくが知ってるのは立派な猫になる方法だよ。だからそれを教える。ピクルスにどうやって猫になるか教えるんだ。早く始めたくて待ちきれないよ」

Chapter 6

その夜は隣に住むシルビーの〝ジャパンナイト〟に招かれていたので、ピクルスの教育は先送りにするしかなかった。でも出発前はさんざんだった。ジョナサンの帰宅が遅かったせいでクレアと喧嘩《けんか》になったのだ。ジョナサンはスーツから着替えたがったのに、クレアはもう時間がないと言い、もっと早く会社を出なかったことを責めた。どちらの言い分も理解できる。ジョナサンは仕事が忙しくて、そうなることを前もって断っていたけれど、現実は理屈ほど甘くないらしい。

シルビーが用意していた日本食はどれもおいしそうで、みんなが席につく前にぼくとハナとジョージにもサシミをくれた。すごくおいしかった。シルビーがジャパンナイトをするとき、家族は都合がつくかぎり参加する。今夜はポリーとマットが来られず、トーマスは仕事なので、クレアとジョナサン、フランチェスカと息子たち、それにハロルドとマーカスが来た。もちろんぼくたち猫も。小さい子どもたちは、ときどきベビーシッターを頼んでいる近所のロージーに預けてきた。

「みんな、おなかは空いてる？」シルビーが色とりどりの料理が並ぶ大きなダイニングテーブルにみんなを案内した。ぼくはテーブルに飛び乗ってかぶりつきたかったけれど、ハナとジョージの前で行儀が悪いことはできないので我慢した。でもさっき食べたおいしいサシミのせいでよだれがあふれていた。ハロルドがいつもどおりジョージをちやほやしながら、ゆっくりごちそうに歩み寄った。

「パンはないのか？　イギリス料理は？」テーブルについたとたん、ハロルドがぼやいた。ジャパンナイトに参加すると言って聞かなかったくせに、日本食を食べる気はないのだ。もしかしたら残った分がぼくにまわってくるかも。

「なにか用意するわ」コニーが申し出た。「サンドイッチはどう？」やさしい子だ。

「そこまで言うならお願いしよう。少しハムを入れてくれると助かる」ハロルドがぼそぼそ答えた。

「遠慮は無用よ、ハロルド」シルビーが言った。最近はかなり落ち着いて寛大になったが、ハロルドが相手だと誰でもそうならざるをえない。

「ワインは？」マーカスがにこにこしながらグラスにワインを注《つ》ぎ始めた。

「うん、ちょうだい」トミーがおどけてみせた。兄弟のうち、面倒を起こすのはたいていこの子だ。

「トミー、子どもはだめよ」フランチェスカがいさめ、息子の髪を愛《いと》おしそうにくしゃくしゃにした。

「あなたもよ、コニー。よからぬことは考えないでね」シルビーが釘《くぎ》を刺したが、機嫌はいい。トミーはもうすぐ十二歳で、コニーとアレクセイは十五歳になる。子どもたちはあっという間に大きくなってしまう。初めて会ったとき、トミーはまだベビーカーに乗っていた。年を取った気がするのもとうぜんだ。

「ピクルスは落ち着いてきた？」マーカスが尋ねた。

「みんなあの子に夢中よ」クレアが答えた。「すごく愛嬌《あいきょう》があってかわいいの」

「でもジョージほどじゃない」ハロルドの言葉に、ぼくは喉を鳴らして賛成した。

「早く会いたいな」とコニー。今週末、クレアはピクルスの歓迎パーティみたいなものをやる予定で、とうぜんジョージはよく思っていない。ひげを見れば不機嫌なのは明らかだ。

「ぼくもだ。まだ見てもいないんだ」ジョナサンが口をそろえた。「残業がつづくと家族にもめったに会えないから、ましてやもらわれてきたばかりの仔犬になんか会えるはずがない」寂しそうな様子を見て、ぼくは心配になった。こんな状態もジョナサンが新しい仕事に慣れるまでの短いあいだだけみたいだけど、早く状況が変わってほしい。

「でも今週末はきっと楽しいわ、みんなで集まるんだもの」クレアは何度もこう言っている。「ハロルド、あなたも来てくれるでしょう？」

「普通の食べ物があるならな」ハロルドが不機嫌に答えた。

「ここにいるみんなが短気じゃなくてよかった」マーカスが笑っている。でもハロルドの気難しさにはみんな慣れっこになっているし、だからこそハロルドが好きなのだ。

「ランチのあと、一緒にサッカーを観ましょう」ジョナサンが持ちかけた。

「それはいい」にっこりしている。

「なにか手伝いましょうか？」シルビーが尋ねた。

「だいじょうぶ、来てくれるだけでいいわ」クレアが笑顔で答えた。

「トーマスもぜったい来るって約束してくれたわ」フランチェスカが言った。レストランを経営する夫のトーマスも働きすぎる傾向があるが、スタッフが増えたので最近はずいぶんましになった。

「ピクルスといちばん遊ぶのはぼくになると思うな」とトミー。

「どうして？」フランチェスカが訊いた。

「だって、ぼくは仲間外れだもん。コニーとアレクセイはずっと手をつないでいちゃいちゃしてるし、ほかの子たちはまだ小さいから、ぼくはどっちにも入れないんだ。ピクルスのしつけはぼくがやるよ。いくつか芸を仕込めるかもしれない。ダンスも教えてみる」せいぜい頑張ってみてよ。そう思いながらぼくはごちそうのほうへ歩きだした。

そして床に座って毛づくろいをし、おいしいものをひと口もらえるかもしれないと期待した。ジョージとハナは小さい頭を触れそうなほど近づけ、前足をからませて相手に夢中になっている。あの子たちに大事な存在がいることが、ただただ嬉しい。

「ジョージから仔犬の話を聞いたわ」仲間に加わったぼくにハナが言った。「おもしろそうな子ね」言葉を選んでいる。

「ピクルスっていうんだ。一緒にいるとへとへとになるけど、すごくかわいいよ。きみもすぐ会えるよ」

「会いたいわ。犬には会ったことがないから。でもちょっと不安」ハナは日本でかなり過保護な暮らしをしていた。

「だいじょうぶだよ、そのときはぼくがそばにいてあげる」ジョージが胸を張った。

「ありがとう、やさしいのね。それならその子に会うのが楽しみだわ」にっこりしている。ぼくも笑顔になった。ジョージとハナはお似合いだけど、中身はまったく違う。ジョージはエネルギーの塊でじっとしていないタイプだが、ハナはすごく穏やかで、立ち居振る舞いさえなめらかで品がある。ジョージの上品さは犬並みだ。いや、ピクルスが家族になったいま、そんなふうに考えるのはやめよう。

ハナと楽しそうにしているジョージのもとを離れ、人間の家族の様子を見に行った。アレクセイの膝に飛び乗ったら少しだけ食べ物を分けてくれたので、ありがたくいただいた。

「アルフィーは仔犬を気に入ってるの？」アレクセイが訊いた。

「アルフィーがどういう猫か知ってるでしょう。誰に対してもやさしいのよ」クレアがぼくの思いを代弁した。

「でも、猫は犬を嫌うものだぞ」とジョナサン。

「アルフィーもジョージも、好きになったみたいよ。それにピクルスもこの子たちが大好きなの。いつもあとをついてまわってるわ」

「アルフィー、近いうちにうちに来てよ。ごみばこは忙しくしてるけど、きっときみに会いたがってる」トミーが言った。フランチェスカ一家はエドガー・ロードから少し離れたところに住んでいて、ぼくはしょっちゅう遊びに行くし、泊まることもあるけれど、別荘から戻ったあとはまだ訪ねていない。いろんなことがあって忙しかったのだ。ごみばこはレストランにネズミが寄りつかないようにしている猫で、ぼくたちと仲がいい。ぼくが知るかぎりいちばん心が広い野生の猫だ。ここ数年、困ったときに何度も助けてもらったごみばこに会いたい。明日、ジョージとピクルスだけで留守番させてもだいじょうぶだろうか。そうすればジョージにも責任感が芽生え、ピクルスと仲良くなるきっかけになるかもしれない。そうなったらどちらも得るものがある。ジョージはお兄ちゃんかいとこになれるし、ぼくは休みが取れる。完璧だ。またしてもいいことを思いついた。

「明日は〝仕事の日〟なんだ」アレクセイが切りだした。

「なんだい、それは？」とジョナサン。

「将来やりたくなるかもしれないいろんな仕事について学ぶのよ。いまから考えられるように」コニーが説明した。

「ずいぶん早くないか？　ぼくなんて、十年前まで自分がなにをやりたいかわからなかった」マーカスが言った。

「ぼくはいまだにわからないよ」ジョナサンが冗談を返した。

「しょうがない人ね」クレアがあきれている。

「マーカスはどんな仕事をしてるの？」トミーが尋ねた。

「前は自分で会社を経営してたけど、いまはコンサルタント会社に勤めてる。会社を大きくするアドバイスをしてるんだ。けっこう気に入ってるよ」説明を聞いたトミーはぴんとこない顔をしている。

「ちなみにぼくは投資会社で働いてる」とジョナサン。

「ぼくは消防士になるんだ」トミーが宣言した。「人助けが好きだし、火も好きだから」

この発言についてはみんなノーコメントを貫いた。

「ぼくはレストランで働きたいな」アレクセイが言った。

「ママとパパにごまをすってるだけだろ」トミーが嚙《か》みついた。

「違うよ。仕事としておもしろそうだと思うんだ。人をもてなすのは好きだし、料理でみんなを幸せにできるのもいいと思う」

「まあ、コハニェ、いつかうちの店で一緒に働けたら嬉しいわ。でも本当にやりたい仕事でなくちゃだめよ」〝コハニェ〟はポーランド語の愛情表現のひとつで、フランチェスカはこの呼びかけをよく使う。「あなたはどうなの、コニー？」

「わたしは弁護士になりたい。資格を取れば、どこでも仕事ができるから」

「父親が弁護士なの」シルビーの声に悲しみがあふれ、表情が曇っている。こうなったときのシルビーは、気分がどっちに転ぶかわからない。

「じゃあ、たぶん遺伝だな」マーカスがすかさず口をはさんで緊張をやわらげた。マーカスはこんなふうに場をなごませるのがうまい。シルビーはいまだに元夫を許せずにいるが、無理もない。若い女性のために妻子を捨て、最近子どもまで生まれたのだ。いまも日本に住んでいるので、たまにスカイプでしか父親と話せないコニーは辛い思いをしている。でもマーカスはすごくいい人だ。ふたりの気持ちに寄り添えるから、シルビーとつきあうようになって本当によかった。

「そうね、遺伝かもしれない」コニーが話を終わらせた。「一生懸命勉強して、いい大学で法律の勉強がしたいわ」

「さて、そろそろ片づけましょうか」フランチェスカの言葉でみんなが立ちあがり、食器を重ね始めたので、なにもかも元どおりになった気がした。

　ぼくはジョージと我が家の裏口の前に座り、星を見あげた。

「じゃあ、明日はぼくがあの子を預かるんだね？」ジョージがもったいぶって胸を張った。

「ピクルスとふたりだけで留守番になるから、いろいろ教えてやってよ」ぼくは言った。

「いいね？　ピクルスにはとにかくやさしくするんだよ」

「するよ。でもピクルスはなんでもぼくの言うとおりにしなきゃいけないの？」

「それじゃまるでいばり散らそうとしているみたいに聞こえるよ。そうじゃなくて教育するんだ」

「わかった。でもピクルスはいちばん年下だよ。間違ったことをしたら、やめるように注意するのはかまわないでしょ？　ぼくのほうが年上だから、偉いのはぼくだ」

「やさしく注意するならかまわない」

「それなら任せて」

　これ以上あれこれ言っても意味がない。ぼくたちはもう少しだけ夜の空気を楽しんでから家のなかに戻った。そしてトビーのベッドの端に敷かれた専用の毛布の上にジョージを寝かせた。トビーとジョージの絆《きずな》が微笑ましい。こんなとき、家族や仲間を眺めるとき、ぼくは自分の幸せを数えてみる。明日ごみばこに会ったら、すごく嬉しいだろう。ジョージとピクルスも無事に過ごせるように祈るばかりだ。そして帰ったときもまだ家が無事なように祈ろう。

Chapter 7

翌朝、久しぶりにフランチェスカ一家の家へ向かった。秋の気配が感じられ、茶色くなりかけた木々の葉が散り始めていた。落ち葉で遊ぶとすごく楽しいから、この季節は大好きだ。空気はひんやり冷たいけれどよく晴れているし、ひとりの時間を楽しもう。親になってから、ひとりになれる時間の価値がわかるようになった。いまはジョージも大きくなって目を離せるようになったので、安心していくらかのんびりできるようになった。それなのに、ピクルスが来てから、ジョージが仔猫だったときみたいにほとんどひとりになれない。のんびり歩道を歩くぼくの横を、たくさんの脚が通り過ぎていった。みんな忙しそうで、誰ひとり寒そうに見えない。いくつもベビーカーをよけ、踏まれそうになったことも何度かあったけど、人間をよけるのは慣れている。リードをつけた犬にも二度遭遇したのでにっこりしてみせたのに、向こうは笑顔を返す気分じゃないようだった。犬社会と関係を築くには時間がかかりそうだ。

目的地に着くと、路地を走ってレストランの裏へまわり、友だちのごみばこがいつもいる〝ごみばこエリア〟へ向かった。ごみばこは毛がぼさぼさで、ちょっとかんばしいにおいがすることもあるけれど、かけがえのない友だちだ。ジョージにとっても。

「ごみばこ」声をかけたとたん、ぼくの足が止まった。ごみばこの隣にほっそりした女の猫がいる。初めて見る猫だ。

「よお、アルフィー」ごみばこが言った。「よく来たな」

「隣にいるのは誰？」よく見ると、しょうが色の猫はきれいなグリーンの目をしていて、その目でまじまじぼくを見つめている。

「アリーだ。近所の路地で暮らしてる。おまえが留守のあいだにふらりと現れて、ネズミ退治を手伝うと言ってくれたんだ。それからしょっちゅう会ってる」

　猫に頰を染めることができるとしたら、いまのごみばこはそうなっていたに違いない。それどころかひげさえちょっとピンクになっている気がする。ぼくたちとは仲良くなったけど、本来ひとりでいるのが好きだから、まさに予期せぬ展開だ。でも嬉しいし、ぼくが思っているとおりの関係ならもっと嬉しい。

「よろしくね」アリー《アリー》が急に恥ずかしそうな顔をした。野生の猫なら普通はこんなふうにはならない。

「こちらこそ」ぼくたちは見つめ合った。「じゃあ、最近このあたりに来たの？」

「そうでもないわ。少し離れた通りに住んでいて、探検しようと思い立ってたまたまここに来たらごみばこがいたから、話すようになったのよ」

「家族はいるの？　それとも、ごみばこみたいに外で暮らしてるの？」

「わたしは通りで暮らす猫よ」アリーが答えた。「家族と暮らしたことはない。あなたのことはごみばこからいろいろ聞いていて、いい猫だと思ってたし、ここに住んでる人間にも会ったから、あなたに会えてすごく嬉しいわ」

「ぼくも嬉しいよ」

「アルフィー、わたし、ちょっと用事があるから失礼するわ。またね、ごみばこ」

「またな、アリー」まともに目を合わせていない。

「さよなら」ぼくに声をかけられたアリーがしっぽをひと振りし、気取った足取りで去っていった。

「おやおやおや」ごみばことふたりになったところで、ぼくはひやかした。

「やめろ、アルフィー。女友だちのすばらしさをさんざん言ってきたのはおまえだ。知ってのとおり、おれはひとりが好きなんだ。でもアリーに会って、その、なんというか、とにかく一緒にいるのが楽しいだけだ」

「よかったじゃない。ぜんぜん問題ないよ。ぼくといるのも楽しいんでしょ？」

「ああ、でもアリーといるときとは違う。うまく言えないし、こんな気持ちになるなんて年甲斐《としがい》もない話なんだろうが、アリーと会うのが楽しみで、離れ離れになりたくない。いまもうまた会いたくなってる」若い猫みたいにしどろもどろになっている。

「ごみばこ、きみは恋をしてるんだよ。見ればわかる」飛び跳ねたい気分だ。友だちが幸せそうにしているのを見ると、嬉しくなってしまう。

「恋かどうかわからないが、アリーはいい子だ」ごみばこがぶっきらぼうに応えた。表向きは取りつくろっているけれど、その下に変化が垣間見える。足取りがいくらか軽くなり、明らかに前より幸せそうだ。

「そうだね。とりあえず、日向を探してのんびりしない？　そこでアリーの話をしてよ」

「ネズミをつかまえるのがすごくうまいんだ」感心しているらしく、さらにアリーについて話しだした。

　こんなごみばこを見るのは、嬉しいと同時にちょっと複雑だった。ごみばこはそんなに人間や猫といたがるタイプじゃない。だから瞳を輝かせて照れくさそうにアリーの話をするなんて、思ってもみなかった。もちろんよかったと思う。ぼくも二回恋をした経験があるから、終わったときは辛くても、恋をしている最中は幸せだと知っている。クレアはしょっちゅう「一度も恋をしないより、恋をして失恋するほうがまし」と言っているけれど、ぼくも心からそう思う。恋をすることと失うことは切り離せないけど、どちらも生きている証拠で、心臓が動いている証拠なのだ。ごみばこのせいでむかしを思いだし、すっかり感傷的になってしまった。いったいどうしたんだろう？

「女の子について知りたければ、いつでも相談に乗るよ」ぼくは脚を伸ばし、帰る用意をした。帰ってピクルスとジョージになにもないのを確認しないと。でも帰りたくない自分がいるのも確かだ。なにを目の当たりにするのか、怖い。

「ありがとな、アルフィー。だが、たぶんだいじょうぶだ。つまり、心配するようなことじゃない」まだなんでもないふりをしているけど、本心は見え見えだ。ごみばこに別れを告げたぼくは、家に帰るまでにやにや笑いが止まらなかった。

　猫ドアから家に入ったとたん、笑顔がかき消えた。クレアがピクルスを追いかけている。両腕を前に伸ばしたまま走りまわっているが、つかまえそうになるたびに逃げられてしまい、顔がどんどん赤くなっていく。

「ピクルス、放しなさい、悪い子ね」ジョージはそばに座ってのんびり肉球を舐めている。いったい何事？　クレアがピクルスをつかまえて抱きあげ、ジョナサンが大事にしているイタリア製の高級スリッパを口から取りあげた。

「ああ、アルフィー、帰ってきたのね、よかった」ちょっと疲れてるみたいだ。「この子たちのせいで、もうへとへとよ。最初はピクルスがソファの下から出られなくなって、なんでそんなことになったのかわからないけど、次は椅子の脚をかじりだしたの。そのあとはちょっとハロルドにランチを届けに行ってるあいだに、ジョージとピクルスの姿が消えてしまった。あわてて探したら、庭にいたのよ。猫ドアから出たのね。そしたら今度はジヨナサンが大事にしてるスリッパをくわえて放さないし。ジョナサンはきっとかんかんになるわ。仔犬って、こんなに手間がかかるものなの？　そろそろ子どもたちを迎えに行かなきゃいけないから、留守のあいだなにも起きないように見張っててね」そう言うと、ひと息つく間もなくあわてて出かけていった。

「どういうことか、どっちが話す？」ぼくは尋ねた。

「すごく楽しかった」ピクルスが答えた。

「知ってることを教えてたんだよ」とジョージ。「パパがそうしろって言ったでしょ。だからソファの下はあったかいって教えたんだ。ピクルスが出られなくなるなんてわかるはずないよ。それに椅子の脚をかじったのはぼくのせいじゃない。猫はものをかじったりしないって言ったのに、ピクルスは呑みこみが悪いんだ。変なものを片っ端からかじるんだよ」

「庭のことは？」

「出るしかなかったんだ。だって、トイレに行きたかったから。そしたらピクルスも猫ドアから出てきちゃった。だからぼくは悪くない」

やれやれ。これこそ親でいる醍醐味《だいごみ》だ。

「わかった。ふたりともよく聞いて」ぼくは精一杯厳しい口調で話しだした。「ピクルス、ジョージの言うとおり、猫はものをかじらない。だから、頼むからかじるのはおもちゃだけにしてよ」ぼくはピクルスの柔らかそうなベッドへ向かった。かじれるおもちゃがたくさんある。

「うん」ピクルスが答えたが、ジョージが言ったようにピクルスはまだ赤ちゃんだからほんとに理解しているのか疑問だし、何度も言い聞かせるしかないのかもしれない。

「それから、庭までならジョージと一緒にピクルスが外に出ても問題はない気がする」

「ピクルスを庭から出さないって約束するよ」ジョージが言った。

「それにぼくは木登りを練習しなきゃいけないんだ」とピクルス。

「本気で言ってるの？」ジョージを見ると、笑いそうになるのをこらえていた。ぼくはしっぽをひと振りした。ジョージはピクルスをちょっとからかっているに違いない。まあ、そのうちピクルスも木登りは無理だと気づくだろう。できるはずがない。

「ぼく、けっこう頑張ったでしょ？」ジョージが訊いた。

「初日よりはましだね」とりあえず認めたものの、本当のところはわからない。クレアはぜったい違う意見だろうけど、まずはジョージとピクルスが仲良くなりさえすればいい。

「ぼくは？　ぼくもいい子だった？」ピクルスに訊かれたが、ぼくは聞こえないふりをした。

　幸い、それ以上トラブルが起きないうちに玄関があき、クレアと四人の子どもたちが駆けこんできた。まっすぐキッチンへ来てぼくたちを撫でまわしてくれたので、ジョージも嬉しそうにしていた。

「ピクルスにリードをつけて、みんなで公園に行くよ」おやつを食べ終えたサマーが高飛車に宣言した。制服姿で、ポニーテールにした金髪がうしろでぴょこぴょこはねている。

「リードはぼくが持つからね」いちばん年上のヘンリーが言った。年齢のわりに背が高く、明るい茶色の髪と鼻にそばかすがあるところが父親にちょっと似ている。

「あたしも持ちたい」普段は物事にこだわらないマーサだが、ピクルスとなると別らしい。髪がつやつやで大きな瞳のマーサは、とてもかわいらしい。モデル経験のある母親のポリーは、娘は自分にそっくりだとよく言っている。

「あたしも」サマーがわめきたてた。

「ぼくは？」トビーはヘンリーと同い年だが小柄だ。髪は薄茶色で、生真面目そうな青い瞳をしている。とてもやさしい性格なので、サマーみたいに威張り屋の妹がいるのはいいことだ。

「みんな」クレアが子どもを諭す親の口調になった。「ピクルスの世話は順番でやるのよ。道を渡るときはおとなのわたしがリードを持つけど、それ以外のときはみんなで交代に持つようにしましょう。わたしがストップウォッチで時間を計るわ」

その提案には誰も反対しなかった。ピクルスとジョージもこんなふうに簡単にコントロールできればどんなにいいか。

みんなが公園へ出かけるころには、ぼくはくたびれきっていた。ソファに寝転ぶと、ジョージがやってきた。寄り添って寝るのは久しぶりで嬉しかった。ジョージはたいてい忙しく、そうでないときはもう父親にくっついて寝る年じゃないと言われてしまう。今日ピクルスとしたことをジョージが話してくれた。

「すごくおかしな子で、ぜんぜん言うことを聞かないくせに、からかわれてるのに気づかないんだ。だからごめん。でもかじっちゃだめだって言ったのに、やめないんだもん。それにぼくのごはんを食べようとしたんだ。好きでもないくせに。パパからそれは猫のごはんだって注意されただろって言ったら、忘れてたってとぼけてた。ぼくみたいになるようにするのは、思ったより難しいかもしれない」

「頑張ってつづけるんだ」ピクルスにジョージのようになってほしいと思ってるわけじゃないと言うのはやめて、いまは話を合わせておこう。「それはそうと、びっくりすることがあったんだよ」

「なに?」ジョージの耳が立った。噂話が大好きなのだ。

「ごみばこにガールフレンドができてた」

「嘘でしょ! 信じられない。ネズミをつかまえるのに忙しくて、恋なんてめそめそしたものにかまけてる暇はないって言ってたのに」

「うん。でも、どうやら気の合う子に出会ったらしい。アリーは近くの通りに住んでて、ごみばこと一緒にネズミを退治してる」

「お似合いみたいだね」

ぼくはうなずいて喉を鳴らした。ジョージは呑みこみが早い。ピクルスもこうなってくれたら万事丸く収まるのに。

「ごみばこが幸せでよかった。近いうちに会いに行こうよ。そうすればぼくもアリーに会えるかもしれない」

「そうだね。そのうち行こう。ピクルスのお守りをしなくてもいいときに。ごみばことアリーの関係は、おまえとハナの関係と同じ気がする」ぼくはここぞとばかりに探りを入れてみた。

「ぼく、ピクルスをちょっと好きになってきたよ。特に木に登ろうとするのを見てるときとか。すごくおもしろいんだ。前足で幹をつかもうとするたびにずるずる落ちて、尻もちをついちゃうんだ。あきらめないのは偉いけど、性格がいい証拠なのかとんでもなく頭が悪い証拠なのか、わからないや」つまり、例によってハナの話をする気はないのだ。

「性格がいいことにしよう。そのほうがやさしい考え方だ」口ではそう言ったが、正しい答えなのかぼくも自信がない。

「それと、庭にいるのを見つかったとき、ピクルスはクレアにちょっと叱られて家のなかに連れ戻されたんだけど、そのあとすぐ寝ちゃったんだ。大きないびきをパパにも聞かせたかったよ。ものすごい音なんだ」

「でも好きなんだろう?」

「うん。少しだけどね」

これは進歩だ。ぼくたちは寄り添って眠りに落ちた。

Chapter 8

「ちょっと、ジョージ、やめてくれない？　つまずいちゃうわ」足元にまとわりついて食べ物をねだるジョージをクレアがたしなめている。家族が集まる用意をしているせいで、ただでさえパニックなのだ。

「ジョージ」ぼくは小声で呼んだ。ジョージが跳んできた。

「なに？」無邪気な顔をしている。

「クレアの邪魔をしちゃだめだよ、忙しいんだから」

「だって、すごくおいしそうなにおいがするんだもん」

「邪魔をしなければ、あとでおいしいものをもらえるよ。だからいまはおとなしくしていよう」

「クレア、いったいどれだけ料理をつくるつもりだ？」ジョナサンがキッチンにやってきた。

「みんなにおなかいっぱいになってほしいのよ」

「昇進して給料があがってよかったよ。でなきゃここまでできなかった」不満そうだ。

「いいから飲み物を用意して。ああ、それからアルフィーたちにもなにか食べさせてあげて。邪魔されて困ってるの」

「ミャオ！」ぼくはやってない。邪魔したのはジョージだ。でも食べ物をもらえそうだから、ジョージに向かってにやりとした。ジョージが邪魔をしてくれたおかげだ。

家族が集合するのはかけがえのない時間で、次々に鳴るチャイムが大好きなみんなの到着を告げるたびに胸が高鳴った。

ポリー一家と今日の主役のピクルスが最初にやってきた。子どもたちがピクルスのまわりに集まったのがジョージは気に入らないようだったが、サマーとトビーとは今朝遊んだはずだ。マットに撫でまわされているうちに、またチャイムが鳴ってフランチェスカ一家が到着した。みんなでジョージとぼくをたっぷりかわいがってくれたので、ジョージも機嫌を直した。まだ廊下にいるあいだに、またチャイムが鳴った。シルビー親子だ。まわりに目もくれずにアレクセイのほうへ歩きだすコニーを見てシルビーはちょっと眉をひそめていたけど、手をつないでリビングへ向かうふたりを咎《とが》めはしなかった。

「マーカスはハロルドを迎えに行ったから、すぐ来るわ。でも念のために言っておくと、ハロルドはゆうべよく眠れなかったみたいでちょっと機嫌が悪いの」

「だいじょうぶよ。ジョージに会えば機嫌も直るから」それを聞いてジョージが得意げな顔をした。なにしろハロルドを明るい気持ちにできるのはジョージだけなのだ。あの子が喜ぶなら、どんなことでもぼくは嬉しい。

「ピクルスに教えたことがあるから見てよ」ヘンリーの言葉で、みんなが注目した。「座れ」ヘンリーが指示した。ピクルスはしっぽを振るだけで座ろうとしない。「座れ！」ヘンリーがくり返した。ピクルスは動かない。

「そうじゃないよ、こうするの」マーサが言った。「ピクルス、お座り」笑顔でやさしく話しかけている。ピクルスが吠《ほ》えた。

「ぼくにやらせて」トビーが口を開いた。「ピクルス、座って」ピクルスは廊下の先へ歩いていってしまった。

「ピクルス、お座り！」サマーが怒鳴りつけた。ピクルスが座ったが、みんなも座っていた。

「しつけ競争はサマーの勝ちみたいね」ポリーがつぶやいた。

「違うわ。いちばん怖いだけよ」とクレア。「サマー。仔犬をじょうずにしつける秘訣《ひけつ》は、怒鳴ることじゃないのよ。ピクルスはまだ赤ちゃんだから、怖がらせてしまうわ」たしかにサマーにはびくびくしてしまう。咎められたサマーが口答えしたせいでひと騒動起きそうになったとき、チャイムが鳴って救われた。マーカスとハロルドだ。ジョージがすかさずハロルドの胸に飛びついている。

「どうぞ入って。パーティを始めましょう」クレアもわくわくしているのがわかる。みんなばらばらの部屋にいるのは、この家に馴染んでいる証拠で、ほんとの家族みたいだ。

「参加できて嬉しいが、正直言って寒さがどんどん厳しくなってかなわん」ハロルドが不機嫌にぼやいた。ハロルドは文句を言うのが大好きなのだ。いまは九月で夏に比べれば気温が低いとはいえ、まだそれほど寒くない。

「ヒーターを入れるわ」クレアがハロルドをハグした。

「いや、あのセントラルヒーティングとかいう代物にはうんざりだ。人類が滅亡するぞ」

そうなの？　ほんとに？

「父さん、そんなことないよ」マーカスが父親を椅子に座らせた。ジョージはずっとハロルドから離れようとしない。お互いに相手が大好きなのだ。

「いまにわかる。二、三年先にはこの話でもちきりになるぞ。ヒーターが地球温暖化とオゾン層の破壊とホッキョクグマの減少を引き起こすんだ」ジョージがハロルドの顔を舐めている。どうやらハロルドは自分が世界一賢いと思っているらしい。

いつもどこから不満を見つけてくるのか、たまに不思議になる。ほかの家族の表情を見ると、みんなも同じらしい。それでもみんなハロルドを好きでよかった。

ぼくは天にも昇る気分で部屋から部屋へ移動し、大切な家族の様子を見てまわった。女性陣はキッチンでワインと料理を楽しみながらしゃべっている。男性陣はグラスと料理をのせたお皿を持ってリビングに集まり、ずっとハロルドから離れずにいるジョージも一緒にソファに座っている。どうやらハロルドに食べ物をもらっているようだが、いまは気分がうきうきしていて注意する気になれなかった。ジョージが楽しんでいるなら大目に見よう。ピクルスと二階にいる子どもたちの面倒はトミーが見ている。もう小さな子たちにはつきあっていられないといつも文句を言ってるけど、本当はゲームを考えてやるのが好きなのだ。今日はピクルスのために二階の踊り場に障害物コースがつくられていた。おもちゃの柵と、サマーが小さいころお気に入りだったトンネルが使われていて、輪っかはピクルスがくぐり抜けるあいだ持っていてやらなきゃいけないけど、スツールも置かれて乗り越えるようになっている。ピクルスはどうすればいいかわからないらしく、何度やっても失敗した。

「違うでしょ、ピクルス。トンネルのなかで座っちゃだめ」威張り屋のサマーが叱った。いくらサマーに叱られても、今度ばかりは効果がなかった。ピクルスになにかさせたければご褒美のおやつをあげなきゃだめだとポリーに言われたのに、なにかする前におやつをあげてるんだからとうぜんだ。ピクルスが障害物コースの抜け方をひとつも覚えないうちに、おやつは全部なくなってしまった。

「こうしよう」トミーが言った。「ジョージを連れてきて、ピクルスにお手本を見せてもらおう」

ぼくのひげが立った。どうかジョージがその役目を喜びますように。間もなくトミーがもがくジョージを抱いて戻ってきた。やっぱりあまり喜んでいない。

「さあ、ジョージ。ピクルスに障害物コースの抜け方を見せてやってよ」トミーが頼んだ。ジョージはぼくのそばに来て、子どもたちに背中を向けて座りこんだ。やれやれ。

「どうしたの？」ぼくは小声で尋ねた。

「ずっとぼくのこと無視してたくせに、ドジなピクルスのために簡単なことをやってみせろって言うんだもん」ジョージが小声で答えた。

「ジョージ、みんなおまえのことが好きだよ。それに無視されてるのはぼくも同じだ。でもみんなはピクルスが珍しいんだよ。おまえがどれだけすごいか見せてやれば、ピクルスも頑張れるかもしれない」やんわりそそのかしてみた。

「ぼく、すごいの？」

「もちろん」

「ミャオ」ジョージが元気のいい声を出し、子どもたちのところに戻った。歓声を浴びたジョージは得意げで、誰とでもすぐ仲良くなれる自分たちが誇らしかった。そこそこ仲良し程度の相手もいるけど、別にかまわない。

コニーとアレクセイは手をつないだまま階段に腰かけ、声をひそめて話していたが、こっそり寝室にもぐりこむようなまねはしていないからあまり心配する必要はない。ぼくはアレクセイの膝に飛び乗った。

「やあ、アルフィー」アレクセイが頭を撫でてくれた。

「ハナを連れてきたかったんだけど、来たがらなかったの。ゆっくり静かにしてたいだけだと思うわ」コニーが言った。ハナが来なくてもしかたない。ハナが臆病だからじゃない。たいていは来るけど、いつもじゃないだけだ。そのとき、ピクルスがジョージにぶつかり、跳ね飛ばされたジョージが悲鳴をあげて尻もちをついた。はずみでスツールから落ちたので下敷きになったピクルスも悲鳴をあげたが、怪我《けが》はなさそうで、子どもたちが大笑いしている。ジョージは本気でピクルスの世話を焼く気になったらしく、いらいらせずに障害物コースの抜け方を教えている。

「わあ、ピクルスはほんとにジョージのあとをついていってるよ」トビーが言った。「もう少しで成功しそう！」

ジョージは得意げだ。

「みんな、下に来て食事をしてくれない？」一階から呼ぶクレアの声がしたが、子どもたちはその場を離れようとしない。「早く！」クレアのひとことで、全員がのそのそ階段をおり始めた。子どもたちは少し不本意のようだが、ぼくは違った。

ジョージとぼくには丸々太ったイワシの入ったボウルが用意されていて、ピクルスが一緒に食べようと割りこんできた。

「おまえはこっち」マットがピクルスを抱きあげてくれたので助かった。ぼくはかなり心が広いほうだけど、イワシとなると話は別だ。ピクルスが不満そうにひと声鳴いた。「だめだよ、ピクルス。かわいそうだけど、おまえは仔犬用のフードしか食べちゃだめなんだ。太りたくないだろ?」

ピクルスは喜んで太りたいと言いたげな顔をしている。

食事のあと、子どもたちは庭に遊びに行き、ピクルスはベッドでぐっすり寝てしまった。おいしいイワシを平らげたジョージとぼくはおなかがいっぱいだ。リビングで眠るハロルドが気持ちよさそうにいびきをかいている。みんなを大切に思う気持ちがこみあげてきて、いつもこうだったらいいのにと思わずにいられなかった。

Chapter 9

ぼくは庭に出て、ピクルスが猫ドアから飛びだしてこないうちに頭のなかのチェックリストを確認した。早いものでもう十月で、冬がじわじわ近づいている。ぼくは暖かい季節のほうが好きだ。冬は脚の古傷の痛みがひどくなるからなおさら。でもくよくよする気はない。どんな状況だろうとそれなりに頑張るつもりだし、これまでもそうしてきた。

今日は二日間ハナに会えずにいたジョージが出かけるはずだから、一緒にピクルスを見てとは頼めない。ジョージとハナがお互いをどれほど幸せにするかわかっているし、会いたがるジョージの気持ちもよくわかる。クレアは子どもたちを学校に送ったあと、ほとんど家にいるはずで、ぼくだけでピクルスの世話をしなくていいのがせめてもの救いだ。

マーカスはハロルドを〝デイサービス〟とかいうところへ通わせている。ほかのお年寄りに会うためだが、ハロルドはろくなやつがいないと文句を言っていて、どうして行くのか理解できない。でも日中クレアはハロルドの様子を見なくてすむから、そのあいだに掃除や洗濯をしたり、子ども部屋を片づけたり、シーツをいっぺんに交換したりする。見ているだけで疲れてしまう。それが終わると子どもたちを学校へ迎えに行くまで、コーヒーと本と、運がよければぼくをお供にひと休みする。たしか正式な肩書きは主婦のはずだけど、楽な仕事じゃない。クレアを見ていると、外で働きながら家事や子どもの面倒までこなすなんてとうてい無理な気がする。

以前のクレアは働くのが好きでマーケティングとかいう仕事をしていたけど、サマーが生まれたあと仕事への意欲が少し薄れた。そしてトビーが一緒に暮らし始めると、子どもたちを最優先にしたいと思うようになった。母親業がいちばん楽しいと気づいたのだ。ジョナサンに安定した仕事があることとお金にきっちりしているクレアの性格が幸いし、好きなことに専念できている。それに、ぼくたちだってあれこれ面倒を見てもらわなきゃいけないのに、もしふたりが共働きだったらどうなっていたかわからない。ピクルスだってどうなっていたか。きっと大切なみんなの面倒を見ているぼくを見て、クレアも同じことをしたいと思ったんだろう。それにぼくもクレアも面倒を見るのがすごくじょうずなのだ。

チェックリストの話に戻ろう。ひとりひとりの顔を思い浮かべるかぎり、いまのところ家族に問題はなさそうだ。子どもたちは機嫌がよくて喧嘩もしていないし、ピクルスが来たせいでジョージがもらわれてきたころみたいにみんな浮かれている。アレクセイとコニーは幸せそうで、たぶん世界でいちばんしっかりしているティーンエイジャーだ。おとなも珍しくぼくがひと肌脱がなきゃいけないような事態にはなっていない。エドガー・ロードの家族はみんな上機嫌で仲がよく、それはほかの通りに住む家族も同じだ。もちろんピクルスも。

ありがたいことに、仲間の猫たちも問題ない。タイガーが天国に行ってしまって仲間のことがちょっと心配だったけど、みんな元気にしているようだ。ごみばこにガールフレンドができたのは予想外だったが、興味をそそられる。ジョージもなんとかやっている。まだタイガーを恋しがってはいるけれど、ぼくと同じで乗り越えつつある。心の傷が癒えるには時間がかかるのだ。ハナとの関係がほんとのところどうなっているかのほうが、いまのぼくには大事になった。詮索ではなく、心配なのだ。そう思っているのはぼくだけかもしれないけど、心配せずにはいられない。

毎日が穏やかで、去年の波乱は過去のものになったと思いたい。ピクルスの登場は穏やかとは言えないけど、言いたいことはわかってもらえると思う。

猫ドアが大きな音を立て、ジョージが飛びだしてきた。それよりのんびりしたペースでピクルスも出てくる。

「おはよう、アルフィー」ピクルスが足を止め、芝生を舐め始めた。たしかにかわいらしい。皺だらけの顔もかわいく思えてきた。

「調子はどう？」ぼくは尋ねた。

「すごくいいよ。今朝はちょっと具合が悪かったけど、ヘンリーがくれたものを食べたせいだってポリーに言われた。ヘンリーは少し叱られてたけど、食べちゃいけないなんて知らなかったんだ」

「ややこしいのはわかるよ。ざっくり言うと、きみの食器によそってあるものは食べてよくて、そうじゃないものは食べちゃだめなんだ」

「そんなの難しくて覚えられないよ」皺だらけの顔の皺をさらに深めている。「運に任せるしかなさそうだね」

「そう言うと思ったよ」ジョージがつぶやいた。「ピクルス、木に登るところをパパに見せてあげたら？」

「うん、そうだね」ピクルスが木に近づいて登ろうとした。残念ながら、幹にかけた前足が動かすそばからすべっている。すると今度は飛びつこうとしたが、まだあまり高くジャンプできず、ドスンと落ちてしまった。またしてもぼくが口を出すしかなさそうだ。

「きっと木登りは苦手なんだよ。ぼくもあまり得意じゃない」ぼくは声をかけた。ジョージは熱心に自分の肉球を見ている。

「でも木に登れないと猫になれないよ」

「ピクルス、きみは仔犬なんだから犬になるんだよ。猫じゃなくて」やさしく諭した。

「でも猫がいちばんなんでしょ。ジョージがそう言ってたよ。だからジョージに教わったことを全部やれば、ぼくも猫になれるんだ」振り向いてこちらを見た瞳に希望があふれている。ぼくは返す言葉が見つからず、ジョージを見た。

「ハナに会いに行かなくちゃ」それだけ言ってジョージは走り去ってしまった。

「一緒に家のなかに戻ろうか。気持ちよくひと休みする方法を教えてあげるよ」

「猫はそうするの?」

「もちろん。一生懸命やることのひとつだよ」なにをどうしていいのかわからないまま、ぼくはピクルスを連れて猫ドアから家に入った。幸いソファはピクルスでも飛び乗れる高さだったので、そこで横に乗るように合図した。ソファの上でピクルスは小さな脚を上下させ、少しのあいだうろうろしてから、なにもないところをさかんに舐めて腰をおろした。犬のやることは理解に苦しむけど、つきあった経験がないからしかたない。人間や猫なら問題ないのに。

「じゃあ、横になろうか。そしたら目をつぶってひと休みするんだ。猫はこれがすごくじょうずなんだよ」いたずら好きなジョージの真似をするのは気が咎めるけど、あれこれ考え事をしたせいでくたくただからしかたない。

「わかった」ピクルスが寝そべって前足に頭をのせ、あっという間に大きないびきをかきだした。ぐっすり眠ったのを確認したぼくは、この隙にちょっと出かけることにした。

猫ドアを抜け、大急ぎで隣へ行って裏にまわった。隣の家には裏庭のベランダに面したガラスドアがある。ここに来たのをジョージに見られたらただではすまないから、なかには入れない。でも別に盗み見するわけじゃない。まともな親なら誰でもやることだ。ガラスドアのそばにある茂みに隠れ、首を伸ばしてのぞいてみた。床の陽だまりにハナが横たわり、隣にジョージが座っている。なにか話しているようだけど、声が聞こえないから会話の内容はわからない。

ふと、記憶がよみがえった。最初のガールフレンドだったスノーボールがこの家に越してきたとき、ぼくは気を引こうとしてしょっちゅう裏庭に来ていた。スノーボールにストーカー呼ばわりされたこともある。でも最終的には気を引くことができた。まあ、そこに至るまでは死ぬ思いをしたり、消防隊が登場したり花壇がめちゃくちゃになったりといろいろあったけど、それはまた別の話だ。

もう少し近づこうと、枝の上でバランスを取って少しだけ体を持ちあげた。すると脚がすべって茂みの真ん中にある柔らかい地面に落ちてしまった。起きあがって毛についた土を払い、我ながらドジだと思いながらまたのぞいてみた。ジョージとハナはかなり仲がよさそうだけど、それだけで決定的な判断はできない。確かなことがわからないまま、ぼくは家に戻った。

幸い、ピクルスはまだ眠っていた。ぼくは隣に寝そべった。これで目を覚ましたピクルスはぼくがずっとここにいたと思うはずだ。疲れてうとうとしかけたとき、頰に濡《ぬ》れた鼻が触れた。ぼくはまたひと眠りするチャンスが来るように祈りながら伸びをした。

「ゆっくり休めたけど、次は遊びたい」ピクルスが言った。

「なにをして遊ぶ？」むかしもこんなことがあった。仔猫だったころのジョージはいつもなにかしたがった。

「わかんない。ぼくが知ってるのはジョージに教わったゲームだけだし」困っている。

「教わったのは、かくれんぼ？」

「ううん。それをしてもいい？」勢いよく振り始めたしっぽと一緒にお尻も左右に動いている。

「いいよ。じゃあ、まずぼくが数を数えるから――」

「かぞえる？」

「だいじょうぶ、それはそのうち教えてあげる。とにかく」ぼくはつづけた。「ぼくが数えるから、きみはどこかに隠れてよ。そうしたらぼくが探しに行く」

「うわあ、すっごくおもしろそうだね」ピクルスは自分がいる場所も忘れて興奮したせいで、ソファからうしろ向きに床に落ちてしまった。

「だいじょうぶ？」仔犬のお守りは楽じゃない。

「うん、ぜんぜん平気」一気に飛び起きている。「ぼく、すごくじょうずに隠れてみせるね」

ぼくは寝そべって、できるだけ長く数えるふりをした。ジョージはむかしからかくれんぼが大好きで、ぼくも数えているあいだ平和な時間を持てるこの遊びが好きだ。親はみんな試してみるといいと思う。

これ以上先延ばしにできなくなったので、ピクルスを探しに行った。廊下を抜けてキッチンに行くと、ピクルスが床でシリアルの箱に頭を突っこんでいた。体は丸見えだけど、隠れ場所としては悪くない。

「見ーつけた」ぼくはピクルスに近づいた。

「むむむ……」箱のなかでなにかしゃべっている。

「もう出てきていいんだよ、見つけたんだから」なにを言っているのかわかるようにさらに近づいた。

「はさまっちゃった」こもった声が聞こえたとたん、ピクルスが床にシリアルをまき散らしながらぐるぐる走りまわり、食器棚の扉にぶつかって悲鳴をあげた。「いたっ」

ため息が漏れた。どうすればいい？　猫のぼくには人間みたいな手はないから、どうやれば箱を取ってやれるかわからない。

「落ち着いて、ピクルス。とりあえず寝そべってみてよ。箱をつかめるか試してみる」ぼくの指示でピクルスが寝そべったが、まだ体をくねらせてもがいている。たしかにおもしろい。前足で箱をつかもうとしたけど、すべってつかめなかった。しっかりはさまってしまっている。ぼくは焦りだした。仔犬のお守り失格だ。ジョージも仔猫のころは何度か窮地に陥り、袋や箱や戸棚から出られなくなったことがあったけど、猫の窮地ならぼくも対処できる。仔犬の窮地となるとまったく別物だ。

「ぼく、死ぬまでこのなかにいるの？」悲しそうな声が聞こえたのでさらに頑張ってみたけど、箱はびくともしない。そのとき、玄関があく音がしてクレアが帰ってきた。ぼくは床に座り、罪悪感でいっぱいの目でクレアを見あげた。

「いったい何事？」クレアが箱をはずし、シリアルまみれになったピクルスを抱きあげた。

「ミャオ」責任はぼくにある。

「やれやれ、きれいにしないと。仔犬の世話も楽じゃないわね」クレアがピクルスを抱いたままやさしい声でつぶやき、空いたほうの手でぼくを撫でて怒ってないと伝えてくれた。

「ミャオ」よかった。

「はい、じゃあ、ピクルス。お掃除するあいだ、ここにいてね」クレアが毛についたシリアルを払い落として犬用ベッドにおろした。ぼくはそこへ向かった。

「あんまりいい隠れ場所じゃなかったね、ピクルス」

「隠れてたんじゃないよ。隠れる場所を探してたら、床にシリアルの箱があったんだ」なんで床にあったんだろう？　たぶん子どもの誰かのしわざだろう。

「じゃあ、なにをしてたの？」

「おやつがほしかったんだ。だから箱に顔を突っこんで食べようとしたら、出られなくなっちゃった」

当たり前だ。

「すごくおいしかったけどね」ピクルスが話を締めくくった。「でも、今度はもっと簡単に食べる方法を見つけるよ」

クレアはピクルスがいたずらをしないようにするにはこうするしかないと言って、掃除するあいだもそばにいさせることにした。ここぞとばかりに外に出ると、ちょうどジョージが隣から戻ってきた。

「おかえり」会えて嬉しい。「なにしてたの？」なにも知らないふり。

「ハナに会ってきただけだよ。パパは？」

ぼくはピクルスとシリアルの話をした。

「ぼくはちっちゃいときも、そんなことしなかった」あきれている。

「そうだね、溺れかけたり、何度も戸棚から出られなくなったり、猫さらいにさらわれたりしたことはあったけどね。すぐ思いだせるだけでもそのぐらいある」もっとも、厳密に言うと猫さらいの件の責任はぼくにある。

あのときは、ジョージがいなくなったように見せかければ、家族をちょっとした窮地から救いだせると考え、タイガーの家の物置にジョージを隠そうとした。それなのにジョージがさらわれてしまい、見つかるまで生きた心地がしなかった。結果的にぼくの計画はうまくいき、家族がひとつになったけど、あのときのことは大きな教訓になったから、ほんの少しでもジョージを危険にさらすようなまねは二度とするつもりはない。

「まあね、それは認めるよ。でももう子どもじゃないから、そんなことしない」ジョージが言った。「散歩しない？」

「いいよ、行こう」一緒にエドガー・ロードを歩きだした。

「あのさ、もう子どもじゃないって話だけど」のんびり歩きながらジョージが口を開いた。

「うん」どうやらなにか話があるらしい。

「ぼくの仕事はなに？」

「仕事？」

「ぼくの仕事だよ。ハナに聞いたんだけど、コニーとアレクセイはおとなになったらなにをするか、しょっちゅう話してるんだって。ぼくはほとんどおとななのに、仕事をしてない」

「ぼくたちは猫なんだよ。ぼくだって仕事なんてしてない」

「そんなことないよ。ジョナサンみたいな仕事はしてないけど、クレアみたいにぼくたちの面倒を見てて、それがパパの仕事でしょ。なら、ぼくの仕事は？」

「それなら、ピクルスの年上のいとこになるのが仕事みたいなものなんじゃない？」

「それも仕事と言えるかもしれないけど、本来の猫の仕事じゃないよ。ぼくは生きがいがほしいんだ」

「生きがい？」

「パパは人間の家族の面倒を見てるし、ごみばこにはネズミ退治の仕事があるでしょ？ぼくも生きがいを見つけたいよ」焦っているらしい。

「そうか」ジョージに仕事が必要なんだろうか。ぼくだってたまたまこういう役目になっただけだ。しかも訓練を受けたわけじゃないし、報酬だってたまにもらえるイワシぐらいだ。でもジョージは真剣みたいだから、応援するしかない。

「うん、ぼくは猫かもしれないけど、普通の猫じゃないから、生きがいを見つけなきゃいけないんだ。世界をもっといい場所にできるように」

「すごいね、ジョージ。それなら、おまえの使命はぼくと同じことをすることだよ、きっと」

「それも考えたけど、自分の道を見つけたい。パパが敷いてくれたレールをたどるんじゃなく」

「なにそれ」意味がわからない。

「アレクセイが言ってたんだ。よそのレストランで働いて、苦労してから家族の店を手伝うって。でないと楽しちゃうから。身内びいきって言うらしいよ。ハナに教わった。ハナはすごく頭がいいんだ。だからぼくもパパが敷いてくれたレールをたどって楽をせずに、自分だけの仕事を見つけたい」

「ジョージ、まだまだ子どもだと思ってたのに、よく考えたね。なんでもやりたいことをやればいいよ。でもなにかあったら、いつでも相談に乗るよ」とはいえ、どう答えればいいかわからないから、相談するのは少し先にしてほしい。〝身内びいき〟の意味さえまだよくわからない。初めて聞く言葉だ。

「ありがとう、パパ。でもアレクセイがコニーとハナに言ってたみたいに、おとなになると、自分のことは自分でやらなきゃいけないんだ。苦労すればひとまわり大きくなれる。だからぼくもそうしなきゃ。パパに誇りに思ってもらえるように」

これには反論しようがない。

「いまでも誇りに思ってるよ」胸が詰まった。ジョージはどんどんおとなになっている。アレクセイやほかの子どもたちも。ポリーがピクルスを求めた気持ちがわかる。赤ちゃんがほしかったのだ。でも今朝あったことを思いだすと、もっと楽な方法があった気がする。

「ぼく、すごく仕事ができる猫になれると思うんだ。生きがいさえ見つかれば」そう宣言するジョージにぼくはなにも言えなかった。誇らしさで胸がいっぱいだし、なんだかちょっとおもしろい。そもそも猫にできる仕事はそう多くない。でもそれを見つけられる猫がいるとしたら、ジョージしかいない。ぼくは親なんだから、できる限りの応援をしよう。それだって仕事だ。

Chapter 10

ポリーの仕事が数日休みになったおかげでピクルスと一緒にいる時間はかなり減ったが、ポリーはちょこちょこクレアとコーヒーを飲みながらおしゃべりしに来るからそのときはピクルスにも会う。でも人間がそばにいるときは、ピクルスがいたずらを始めたとたんやめさせるからあまり厄介なことにはならない。ジョージとぼくは、おとなしくしているピクルスを座って見ているだけでいい。少なくとも可能な限りおとなしくしているピクルスを。

「ピクルスをしつけ教室に通わせようと思ってるの」コーヒーを飲みながらポリーが言った。

「そこまでしなくてもいいんじゃない？」クレアが応えた。「それにまだ小さすぎるわ」

「言うことを聞かないのよ」とポリー。たしかに聞いたためしがない。

「そうだけど、家でのしつけが肝心でしょ。まだ赤ちゃんだもの。それに、忙しいあなたに代わって教室に連れていくのはわたしの役目になるかもしれないし、うまくできる自信がないわ」クレアが言った。「自分の家族のしつけもろくにできないのに」笑い声をあげるふたりにぼくは顔をしかめた。ぼくはしつけが行き届いている。でもそれはクレアにしつけられたからじゃない。むしろ、ぼくがみんなをしつけたのだ。

「だいじょうぶ、週末やってる教室を見つけたから、マットに行ってもらうわ。ピクルスを引き取るって言い張ったのは彼だもの」

「マットにできるかしら」クレアの意見にぼくも賛成だ。マットはいい人だけどやさしすぎるから、誰もマットの言うことを聞かない。

「そうするほうがどっちにとってもプラスになるかもしれないわ。ヘンリーとマーサも連れていけば、親子の絆も深められるし」

「それもそうね。きっといい機会になるわ。うちも最近ジョナサンが忙しいから、あまり一緒にいられない子どもたちのことが心配なの。だから今度の土曜日はみんなで出かけるつもり。ジョナサンは疲れていてあまり気が進まないみたいだけど、土曜日に家族と過ごしてくれたら、日曜日は一日じゅうみんなでパジャマのまま映画を観ようって言ったのよ」

「相変わらずすごく忙しいの？」

「わたしも小言を言わないように、必死で我慢してるのよ。昇進したらこれまでどおりに行かないのはお互い承知のうえだったけど、頭でわかっていても、実際にそうなると難しいわ。寂しいのよ、ジョナサンと一緒にいられなくて」

「でも長い目で見れば、頑張るだけの価値はあるんでしょう?」

「お金だけの問題じゃないのよ。たしかに収入は増えたけど、家族がばらばらにならずに切り抜けるのはなかなか大変そう」

「あなたとジョナサンならできるわよ。うちは共働きだから、ふたりの時間をつくるようにしてるの。まずそれから始めたら? あなたたちには夫婦で過ごす時間が必要なのに、しょっちゅううちの子たちの面倒を見てもらってるから、これからは交代でやらない? どう調整するか考えてよ。そういうのは得意でしょう?」ポリーが腕を伸ばし、クレアの手をぎゅっと握った。

「そうね。心配ばかりしてないで、できることを考えないとね。手始めにジョナサンとふたりで夜に出かけられたら嬉しいわ」

ぼくの気持ちは沈んだ。万事順調で、はっきり言ってクレアが家をうまく切りまわしていると思っていたのに、頭のなかでかすかに警報が鳴り始めた。この件から目を離さないようにしないと。

「子どもたちはうちで預かるわ。泊まってもいい。そうすればふたりだけでひと晩過ごせるでしょ」

「助かるわ」クレアがにっこりし、ぼくの頬もほころんだ。友だちがいれば、乗り越えられないものなんてないのだ。「これからハロルドの家に行くの。一緒に行く？」

「ええ、でも挨拶だけして失礼する。ピクルスを散歩に連れていかないと」

リードをつけたピクルスを連れて出かけるふたりを見て、ジョージも一緒に行きたいと言いだした。

「いいよ。ピクルスが心配なの？」

「誰かが目を離さないようにしてなきゃいけないでしょ。それにハロルドは犬より猫が好きだから、ぼくがいたほうがいいんだ」責任感を抱いているらしい。

「それもそうだね」ジョージはまだピクルスにちょっとやきもちを焼いていて、友だちのハロルドを取られたくないのだろう。そんなことになるはずがない。ハロルドはジョージを溺愛している。でも口には出さずにいた。ジョージが自分で気づくべきだ。

家でひとりきりになるのは、何度経験してもいいものだ。近所に住む仲間に会いに行くのはあとにして、いまはひとりの時間を満喫しよう。ぼくはジョナサンのカシミアの毛布にぬくぬく寝そべった。

しばらくして、誰かいるか確かめにたまり場へ出かけたときは、少し肌寒くなっていた。いつもの場所にロッキーが座り、そばにネリーもいた。エルヴィスの姿はない。

「やあ」ぼくは仲間に挨拶した。

「アルフィー、会えて嬉しいよ」とロッキー。

「ぼくも嬉しいよ。なにか変わったことはあった？」返事を聞かないうちに、サーモンがのっそりやってくるのが見えた。サーモンは向かいに住むグッドウィン夫妻の猫で、夫妻はエドガー・ロードの隣人監視活動のリーダーをしている。おせっかいなところがサーモンにそっくりだ。サーモンとは親友にはなれそうにないけど、お互い礼儀はわきまえている。

「やあ、サーモン」ぼくは挨拶した。新しい情報や噂話を仕入れたときのサーモンは、偉そうな顔をする。

「よお、なにやってる？」

「別に。ぼくたちが知らない情報はある？」ぼくは先手を打った。

「いや、ここんとこ落ち着いてる。いいことだ。この通りで犯罪が起きてない証拠だからな」

「それはなによりね」ネリーの声にうっすら皮肉が聞き取れる。

「心配ない。もしもに備えておれたちがしっかり見張ってる」やっぱり偉そうだ。ばかばかしい気もするけど、怒らせたくない。

「きみがいてくれてよかったよ」にこやかに話しかけたぼくを、ロッキーとネリーがにらんでいる。そのとき、ジョージが走ってきた。すぐうしろにエルヴィスもいる。

「やれやれ、いざとなると走れるもんだな」エルヴィスが息を切らしている。

「なにかあったの？」ネリーが尋ねた。足を止めたジョージは口をきけずにいる。ぼくは不安な気持ちでジョージが落ち着くのを待った。

「大変なんだ」話し始めたジョージの瞳に不安があふれている。

「なにがあったの？」動揺で毛が逆立った。

「ハロルドだよ。会いに行ったら、具合が悪くなってたんだ。クレアがお医者さんに電話してるあいだに呼吸がおかしくなって、救急車を呼んだほうがよさそうだったからポリーが呼んだ。駆けつけた救急隊員は、心臓に問題があるかもしれないから病院へ連れていくって。クレアは一緒に救急車に乗っていったけど、ぼくは乗せてもらえなかった。ポリーは家に残ってる」疲れて横になったジョージにぼくは顔をこすりつけた。

「大変だったね。でも、きっときちんと診てもらえるよ。前に入院したときは、すっかり元気になって戻ってきただろう？」安心させてやりたい。

「そうだけど、ハロルドはすごく怯《おび》えてたんだ。ぼくがそばにいれば安心するだろうから一緒に行きたかったのに、連れていってもらえなかった。猫は救急車に乗せられないんだって」憤慨している。

かわいそうに、心配でたまらないのだ。「でも、ハロルドはぜったいぼくにそばにいてほしいはずなんだよ。ぼくは世界でいちばんの親友だって言ってたんだから」

「とにかくポリーを探してそばを離れずにいよう。そうすれば、ポリーに連絡が入ったら、すぐわかる」

「たぶんもう自分の家にいると思う。電話をかけに戻るって言ってたから」明らかにまだ腹を立てている。

「じゃあ、すぐ行こう。みんなにはなにかわかり次第知らせに来るよ」

「おれたちにできることがあったら遠慮なく言ってくれよ」ポリーの家へ向かうぼくたちに、ロッキーが大声で声をかけてきた。

家に入ると、ポリーが電話で話していた。電話を切ったところで、ぼくたちに気づいた。

「来たのね。だいじょうぶ？」

「ミャー」ジョージが悲痛な声をあげた。だいじょうぶのはずがない。

「わかるわ、ぞっとしたわよね。病院に付き添ったクレアからはまだ連絡がないけど、そのうちしてくるわ。マーカスに電話したら、すぐ病院へ向かうと言ってた。マットにも知らせたわ。残念だけど、いまは待つことしかできない」ポリーも人間にするようにぼくたちに話してくれるので、おかげでいつも状況を把握できる。ピクルスはベッドで小さいいびきをかきながらぐっすり眠っていた。いまのジョージに寛大になる余裕があるとは思えないから、よかった。

ジョージはポリーの足元に寄り添い、当面そばを離れる気はなさそうだ。ぼくは少しそっとしておくことにした。ジョージのことはよくわかってる。かまいすぎたらうるさがるだろう。心のなかでハロルドの無事を祈った。この世に生を受けてからまださほど時間がたっていないのに、ジョージはじゅうぶんすぎるほど辛い別れを経験したから、もうそんな思いをさせたくない。ぼくにできることがあればなんでもするけど、さしあたってなすすべがない。

　やけに長くて耐えがたい時間が流れた。電話が鳴るたびにジョージは飛び起きたが、新しい情報はなく、ジョージはまた前足に頭をのせて苛立《いらだ》ちをつのらせた。

「救急車ってなに？」目を覚ましたピクルスに訊かれたので、ぼくはピクルスをジョージから遠ざけた。

「小さいころ、注射をしに獣医に連れていかれただろ？」ぼくは説明し始めた。「病院は、同じようなことをするために人間が行くところだよ」単純な話にしておいたほうがいい。

「じゃあ、あのおじいさんは――」

「ハロルドだよ、ピクルス。ジョージの親友で、具合がよくないんだ。だからジョージをそっとしておいてあげよう」

「やってみる」ピクルスが言った。「でもよくわかんない」

「しょうがないよ。仔犬のきみにはちょっと難しい話だからね。心配しなくてだいじょうぶ」いまのぼくにみんなを安心させる力があるのか自信がないけど、ほかに誰もやれそうにないからやるしかない。

「わかった。アルフィーがだいじょうぶって言うなら心配しない。ボールで遊んできてもいい?」

「いいよ」

子どもたちがテニスボールで遊ぶ楽しさを教えてくれていてよかった。こういうことでは猫は人間にかなわない。ピクルスは投げてもらったボールを追いかけては、飽きずに子どもたちのところへ持っていく。犬と猫の際立った違いがなんなのかわからないが、ピクルスが幸せならかまわない。ぼくはジョージをひとりにしてやるためにピクルスにつきあい、前足でボールを転がしてやった。いささか退屈だったけど、文句を言いそうになるのをこらえてボールを転がしつづけた。

ハロルドに関する情報がないまま、子どもたちを迎えに行く時間になってしまった。ピクルスはリードをつけて連れていってもらえたけど、ジョージはどうすればいいかわからずにいる。すごく辛そうだ。

「ハナに会いに行けば?」ぼくはアドバイスしてみた。

「そうだね。ハナならなにか知ってるかもしれないよね。シルビーが病院に行ったかもしれないし」

「なにかわかったら、すぐ知らせに行くよ。必ず」

「わかった。少なくともここでただ待ってるよりましだね」

「ハナも心配してるかもしれない。ハナもいまはハロルドの家族みたいなものなんだから」

「そうか、自分のことで頭がいっぱいだったけど、ハナはぼくにそばにいてほしいと思ってるかもしれないね。なんで気づかなかったんだろう」ジョージが家を飛びだし、ぼくはまたひとりになった。

落ち着かない気分でうろうろしていると、元気いっぱいの子どもたちを連れてポリーが帰ってきた。おやつと飲み物を用意して子どもたちを落ち着かせたあと、ぼくを抱きあげてくれた。

「まだ連絡はないわ」やさしく撫でてくれた。ジョージのところへ行くべきか、ポリーとここで待つべきか迷ったすえ、やっぱり待つことにした。なにかわかればジョージが知らせに来るはずだし、こっちでなにかわかればぼくが知らせに行けばいい。態勢は万全だ。あとは待つしかない。

お風呂に入ってパジャマに着替えた子どもたちをポリーがソファに座らせたとき、マットが帰宅し、間もなくクレアとジョナサンがやってきた。

「長い一日だったわ」クレアが子どもたちにキスした。

「ハロルドの容態は？」マットが訊いた。

「だいじょうぶそうよ。でも回復には少し時間がかかるみたい。心臓だったの。幸い発作ではなかったけど、血管が詰まったかなにかで検査入院になったわ。マーカスはすっかり取り乱してたけど、すぐにシルビーも来てくれたからよかった。いやだ、うっかりしてた。シルビーの家に行ってコニーの様子を見てあげなきゃ。シルビーが連絡したとき、コニーも動揺してたから。ジョナサン、子どもたちを寝かしつけてくれる?」

「もちろんいいよ」ジョナサンがクレアをハグした。「心配するな。コニーのことだ、うちに泊まるより自分の家にいたがるかもしれない」

「とにかく、なにかわかったら連絡するようにしましょう」ポリーが言った。

そこで解散になったので、ぼくはクレアと一緒にジョージを探しに行った。

スペアキーでなかに入ると、コニーがダイニングテーブルで泣いていた。膝にハナが乗り、足元にジョージがいる。息子に駆け寄って顔をこすりつけるぼくの横で、クレアがコニーに説明し始めた。

「お見舞いに行ってもいい?」コニーが訊いた。ハロルドはおじいちゃんみたいな存在なのだ。ぶっきらぼうな人だけど、シルビーとコニーにはすごくやさしい。

「残念だけど、いまは無理なの」クレアが答えた。「いろいろ検査をしてるから、息子のマーカスも会わせてもらえないみたい。でももうすぐあなたのママが帰ってくるし、明日ならお見舞いに行ってもかまわないと思うわ」

「ミャオ?」ジョージが期待をこめて問いかけたが、行けるとは思えない。猫が病院に行

ける わけがない。

「じゃあ、待つしかないのね。宿題があるの。自分の部屋でやってくる」

「わたしはここにいるわ。あなたのママが帰ってくるまで。なにか食べる？」

「ううん、いい。さっきサンドイッチを食べたし、あまり食欲がないの」

ハナがコニーを追って二階へ向かった。すぐうしろをジョージもついていく。ぼくはクレアの膝に乗った。

「ハロルドはきっと元気になるわ、アルフィー」ぼくを撫でながらクレアはそう言ったが、あまり自信がなさそうだ。「すぐに元のつむじまがりのおじいさんに戻るに決まってる」

ハロルドは気難しいところがあるけれど、ジョージはそこが気に入ってるらしい。みんなもハロルドと仲良くなってから、そんな態度に慣れている。

ハロルドには元気になってもらわないと。大切なタイガーを亡くしたときみたいな思いをジョージにさせたくない。ついでに言えば、ぼくだってあんな思いは二度とごめんだ。

Chapter 11

その日の夜は、みんなにとって辛いものになった。ジョージはほとんど眠らず、トビーの部屋とぼくのベッドを何度も往復した。夜遅く自宅に戻ったマーカスから電話があり、ハロルドは落ち着いて、さしあたって危険はないとわかった。落ち着かないのはむしろマーカスのほうで、深呼吸しないときちんと状況を説明できないぐらいだった。いまできるのは無闇に取り乱したりせずに祈ることだけだが、不安でたまらないジョージに何度も起こされたぼくは早く検査の結果が出てほしかった。さもないと誰も眠れなくなってしまう。安心させようとしても、医者ではないぼくになにを言われても慰めにはならないと言われてしまった。

クレアたちはいまの状況について長々と話し合い、しばらくばたばたするだろうと話していたが、ばたばたには慣れている。ぼくに言えるのは、検査結果が出るまで人間もぼくたち猫も緊張がつづくということだ。とにかく子どもたちを心配させないことがなにより肝心なのに、ジョージはもう知りすぎているからぼくにはそれができない。小さい子たちは状況をよくわかっていないので、ぼくはピクルスが騒ぎを起こさないようにすることと、ジョージの力になることに専念するしかない。

翌朝クレアが子どもたちを学校に送っているあいだ、またピクルスのお守りを任された。ジョージはハナの家に行きたがり、その気持ちはよくわかるから、お守りはぼくだけでやるしかない。そんな元気はないけれど、かくれんぼなら危険はないだろう。またシリアルの箱にはまらないように祈るだけでいい。幸いサマーのベッドの下というとっておきの隠れ場所をジョージが教えていて、いちばん安全でもあるそこをピクルスも気に入ってるようなので危ないことにはなりそうにない。みんながハロルドの心配をしているあいだ、当面ぼくはピクルスの面倒を見ることで力になろう。

「アルフィー、なにか食べるものある?」ピクルスが訊いた。猫のぼくは猫の食べ物が好きで、特にイワシに目がないが、ピクルスはいつもなにか食べたがる。底なしの胃袋の持ち主で、底自体もそうとう大きい。

「もう朝ごはんを食べたんだから、お昼までなにもないよ」親の口調でぼくは答えた。

「いつも食べてるわけにはいかないんだ」厳しい態度を取りたいのに、期待のこもるつぶらな瞳で見つめられると、ついほだされて家にある食べ物を片っ端からあげたくなってしまう。でもそれも耳を舐められるまでだ。あれだけはやめてほしい。

「アルフィーのごはんを少しもらってもいい?」お尻をもぞもぞさせている。

「きっと気に入らないよ。それにぼくもジョージも全部食べちゃったんだ」ピクルスが現れてから、食器に食べ物を残しちゃいけないと学ぶまでたいして時間はかからなかった。

「それじゃ、食べるものはなにもないの?」ピクルスは同じことをしつこくくり返す傾向がある。

「庭に行こう」そうすれば少しは疲れてくれるかもしれない。猫ドアから外に出たとたん、風が吹きつけた。

「寒いよ」ピクルスが震えている。

「かくれんぼする?」

「うん、やるやる」

「じゃあ、隠れて。ぼくが二十数えるから」

「二十じゃ短すぎるよ。五にして」

やれやれ、まだ数の意味をわかってない。大きくなったら賢くなるんだろうか。ジョージはならないと思っているが、ぼくは希望を捨てていない。ぼくはそういう猫なのだ。ピクルスが隠れるあいだ、とりあえず背中を向けていることにした。どうせ庭にはたいして隠れる場所がない。でもすぐ振り向いたのにピクルスの姿はなく、パニックがこみあげた。狭い芝生の庭を駆け抜けて物置を調べたが、ドアが閉まっているから入れたはずがない。こんもり積みあげた落ち葉の山に目を向けると、端からはみでたしっぽが動いていた。それを見てむしろ褒めてあげたくなった。これまでで最高の隠れ場所だ。

「ピクルス、見つけた！」大声で声をかけたとたん、ピクルスが落ち葉をまき散らして飛びだしてきたので笑ってしまった。

「なかに入る？」急に寒くなってきた。

「入ってもかくれんぼできるならいいよ」ピクルスが先に家のなかへ駆け戻った。

ぼくは寝そべって四十回まばたきした。ピクルスが隠れるにはじゅうぶんな時間だろう。そのあと立ちあがって伸びをし、二階へ向かった。サマーのベッドの下をのぞいたけれど、ピクルスの姿はない。ジョージの教えもこの程度のものだ。トビーの部屋にもいない。クレアとジョナサンの部屋にもいなかったので、バスルームも調べた。焦りだしたとき、かわいい声が聞こえた。ピクルスの吠え声は攻撃的でも怖くもないから、けっこう気に入っている。声のするほうへ行くと、そこはトビーの部屋だった。ピクルスがいる。なぜか二段ベッドの上の段に。大変だ。ジョージが教えたはずがない。そもそも、どうやってあがったの？

「どうやってそこまであがったの？」二段ベッドにははしごがついていて、踏み板の幅がかなり広くて階段みたいになっているからジョージとぼくは簡単にあがれるけど、ピクルスはあの短い脚でどうやったんだろう。

「登ったんだよ」ピクルスが誇らしそうに答えた。「ゆっくりやったんだ。脚が大きくなったみたいで簡単じゃなかったけど、難しくもなかった」

「きっと登るのがじょうずになってるんだよ」とはいえ、落ちて怪我でもしたら大変だし、そうなったら叱られるのはぼくだから調子に乗ってほしくない。なにしろぼくはおとなで、ピクルスを預かる立場なんだから。

「うん、そうだね。でもどうやっておりればいいの？」ピクルスに訊かれ、ぼくは考えてみた。そしてはしごを登った。何度か登ったことはあるものの、高いところは苦手だし、二段ベッドの上は落ち着かないほど高いから、できれば登りたくない。「ぼくがおりてみせるから真似してごらん」ぼくは慎重に踏み板をたどり、おり始めた。むかしから言われていることが正しいように祈った。登れたのなら、おりられる。でもおりるほうが難しかった。懸命に自分を落ち着かせ、頼むから脚が震えて落ちないようにと願ったが、やっぱりこういうのは好きになれなかった。

ピクルスがベッドの縁からいちばん上の段へ前足を伸ばした。届かない。怯えた声を出してあわてて後ずさり、尻もちをついている。

「いたっ」悲鳴が聞こえた。「無理だよ、おりられない。怖すぎるよ」

ぼくはため息をつき、次の手を考えた。どうすればいい？　もう一度登ることはできるけど、ピクルスを運ぶのは無理だし、ほかに方法を思いつかない。

「ベッドの下に隠れるように、ジョージに教わったんじゃないの？」

「うん、教わったよ。でもいいこと思いついたから、試してみたんだ。おりることまで考えてなかった」

「これからは自分で思いついたことはやらないほうがいいかもしれないね」ぼくは座って考えた。あれこれ悩んだすえ、人間の手を借りるしかないと観念した。

「クレアが帰ってくるまで待つしかないよ」

「一緒にいてくれる？　怖いよ」悲しそうに声を震わせる姿に、心が痛んだ。ピクルスはまだ子どもだし、誰にだってピンチは訪れる。ぼくもそれなりに経験してきた。

「もちろん、いるよ」怖がる気持ちはよくわかるし、心細いのもわかる。「ここにいる」ぼくは安心させてやった。

「そうじゃなくて、そばに来てくれる？」

しかたなくもう一度はしごを登り、クレアが帰ってくるまで待つことになった。ピクルスはぐいぐいくっついてきて、最後には覆いかぶさってきた。まだ赤ちゃんかもしれないがかなり重たいので、しっぽに乗られないように気をつけた。

「ずっとここにいなきゃいけないなんてことにはならないよね」いつもより声が小さい。

「ならないよ。もうすぐクレアが帰ってくるからおろしてもらえる。だいじょうぶ」ぼくはピクルスを励ましながら、心のなかでは落ち葉の山へ戻りたいと思っていた。

何時間もたった気がしたころ、玄関があく音がした。「ここにいて、すぐ戻ってくるから」

「でも、急いでね」ピクルスの声をうしろに聞きながら、恐る恐るはしごをおりた。

「アルフィー、ただいま。すぐランチを用意するわね。ジョージはどこ？　ピクルスは？」出迎えたぼくにクレアが気づいた。ぼくはクレアの脚に体をこすりつけ、大きな声で鳴いて二階へ来るように促した。ベッドの上の段にいるピクルスを見たとたん、クレアの目が点になった。

「どうやって登ったの？」戸惑い顔を向けられ、ぼくはまばたきしてみせた。

「ワン」ピクルスが答えた。クレアがすぐさまはしごを登り、ピクルスをおろしてくれた。これでピクルスもひとつ学べたのならいいと思う。やってはいけないことを。ピクルスの面倒を見ていると、もともと灰色のぼくの毛が白くなりそうだ。

大喜びでランチをむさぼるピクルスの横でクレアがジョナサンに電話をかけ、ハロルドについて新しい情報はないけれど、幸い命の危険はなさそうだと話していた。よかった。クレアも話しながら泣いていて、ぼくはそばに行って慰めてあげた。でも誰よりもこの情報を知りたがるのはジョージのはずだ。

ぼくは毛づくろいして出かける用意をした。

「どこ行くの？」ピクルスが訊いてきた。

「ジョージを探しに行く」

「一緒に行ってもいい？」

「だめだよ。クレアといるんだ。そもそもひとりで庭から出ちゃだめだって言われてるだろ？」

「ひとりじゃないよ、アルフィーと一緒でしょ？」

「人間のおとなと一緒じゃなきゃだめだって意味だよ」

「ルールが多すぎて覚えられないよ」ふくれている。

猫ドアから外に出て裏門まで行ったとき、ピクルスが言いつけを守らずについてきていることに気づいた。

「ピクルス、ついてきちゃだめだよ」

「一緒に行く。ジョージに会いたい」くんくん鼻を鳴らしている。

「でもいなくなったらクレアが心配するし、これ以上困らせるのはまずいだろ？」理由を説明して納得させようとしたが、仔犬を納得させるのは容易じゃない。

「気がつかないうちに帰ってくればいいよ」あきらめる様子はない。

ぼくはジレンマに陥った。さっき聞いた話をジョージに教えてやりたいけど、ピクルスは連れていきたくない。でも家に戻ったら、ピクルスに気づかれずにこっそり出かける自信がない。なにかわかったらすぐ知らせるとジョージに約束した。どんなことがあろうと知らせると。ピクルスがなにをしようと、と言うべきだったかもしれない。

後悔したくないので、いちかばちかこのまま出かけることにした。するりと門をくぐり、反対側に出た。すぐにピクルスもついてきた。予想外の展開に、うめき声が漏れた。運がよければ誰も気づかないうちに戻ってこれるかもしれない。その希望にすがるしかない。しょせん、ちょっと隣に行くだけだ。まずいことになるはずがない。

「ぼく、猫みたいでしょ」どこから見ても犬の顔でにっこりしている。

「まったくもう。いやな予感がするよ」ぼくはため息をついてハナの家へ向かった。猫ドアからなかに入るとピクルスもついてきたけど、うちのドアより少し小さいのでちょっと手間取っていた。リビングにハナとジョージがいた。

「誰？」お尻をふりふり駆けこんできたピクルスを見てハナが驚いている。

「ピクルスだよ。なんでここにいるの？」とジョージ。

「ねえ、みんなでボールで遊ばない？」ピクルスに誘われ、ハナとジョージがひるんだ顔を見合わせている。

「ごめん、ジョージ。クレアがジョナサンにハロルドの話をしてたんだ。いまは落ち着いてるけど、まだいくつか検査をする必要があるらしい。ただ、深刻な状態じゃなくなったみたいだよ」

「よかったわ。それはそうと、なんでそんな顔なの？」ハナはさっきからずっとピクルスから目を離せずにいる。

「生まれつきだよ」とジョージ。「ハロルドはいつ退院するって？」

「さあ。まだしばらく先かもしれない。でも肝心なのは、深刻な状況でもないし、命の危険もないことだ」

「教えに来てくれてありがとう、パパ。なんでピクルスがここにいるのか、まだわからないけど」

「ついてきちゃったんだよ。家に帰るように説得するより、ハロルドのことを知らせに来るほうが大事だと思ったんだ」

「でも、このあとどうするの？」

「ぼくたちがいないってクレアが気がつかないうちに帰るよ。一緒に帰る？　それともまだハナといる？」

「帰る」ジョージがため息をついた。「誰かがピクルスを見てなくちゃ。ハナ、またあとで来るね」顔をすりつけて挨拶している。

我が家の猫ドアの前まで来たとき、ジョージの大声が聞こえた。

「ピクルス、だめだよ」恐怖で顔が引きつっている。なにもかもスローモーションみたいだった。ピクルスが道路に飛びだし、その場でぐるぐる走りまわっているところに、車が一台近づいてくる。

「ピクルス、こっちにおいで！」ぼくは怒鳴った。

「なんで？」相変わらずピクルスには言われたことをすぐやろうとする気配もない。パニックになったぼくは、自分がなにをしているか考える間もなく通りに飛びだしていた。ピクルスの前に横たわり、前足で頭を抱えてうまくいくように祈った。クラクションが鳴り響き、急ブレーキをかける音が聞こえ、そのあといきなり静かになった。どこも痛くない。なにも感じない。死んだってこと？　今回ばかりはやりすぎたってこと？　大事なジョージにまた悲しい思いをさせてしまうってこと？　そのとき、毛に風が当たるのを感じ、体の下で脚が震えているのがわかった。まだ生きてる。しかもどこも怪我はしていないようだ。

「パパ」心配そうに駆けつけてくるジョージの声で、静寂が破られた。ぼくは目をあけ、まばたきした。無事だった。車は目の前で止まったのだ。さすがのピクルスもじっと立ち尽くしているけど、なにが起きたのかわかっていないらしい。運転席から女の人が飛び降りてきて、ぼくを抱きあげた。

「だいじょうぶ？」すっかりうろたえている。

「ミャオ」声が震えていたが、奇跡的にだいじょうぶだ。怪我はない。ピクルスも。とっさの行動が功を奏した。よかった。震えあがってはいるけれど、ほっとした。

うちの門があき、クレアが出てきた。

「どうしたの？」

「そこにいる仔犬が道に飛びだしてきて、この猫ちゃんは体を張って犬を守ったみたいだったわ」女の人はまだ震えているが、しっかりぼくを抱きしめている。「あまりスピードを出してなくてよかった。ぎりぎりで止まれたけど、もう少しでぶつかるところだった」わっと泣きだしている。

「ごめんなさい。いつのまに外に出たのかしら。ピクルス、勝手に外に出ちゃだめだって言ったでしょう。何度言えばわかるの？」クレアも涙ぐんでいる。「アルフィー、だいじょうぶ？」

「ミャオ」だいぶ落ち着いてきた。

「ああ、ほんとにごめんなさい、だいじょうぶ？」女の人にも訊いている。

「ぞっとしたわ。でも誰も怪我をしなくてほんとによかった」

クレアがみんなを家に連れ帰り、震えている女の人をキッチンに案内して気持ちが落ち着くようにお茶を用意した。ようやく自分のせいだと気づいたピクルスは、まっすぐベッドにもぐりこんだ。

ジョージとぼくは腰をおろして落ち着こうとした。正直なところ、誰もが落ち着こうとしていた。

「あんなの、初めて見たわ」サリーと名乗った女性が訴えた。「犬を助けるために猫が通りに飛びだしてきたのよ。人間ならまだしも、猫がそんなことする？」本気で面食らっている。

「どうやらアルフィーみたいな猫に会ったことがないようね」クレアが言った。

Chapter 12

車の一件は、ただでさえ精神的に疲れる週のとどめになった。ぼくはクレアにたっぷり叱られた。ジョージもいまの自分にはパパが必要なのに、なんで命を危険にさらすようなまねをしたんだと責めてきた。たしかにそうだが、自分がやっていることはわかっているし、たとえ車にぶつかったとしても軽く当たる程度だったと言っておいた。実際は、なにもわかっていないし、ジョージに怖い思いをさせて後悔している。考えてから行動するべきだった。困るのは、考えたすえの行動ではなくとっさの行動だったことで、同じ場面になったらまた同じようにしてしまう可能性があることだ。

ジョージとぼくは、どれだけ深刻な事態だったか、くり返しピクルスに言い聞かせた。

「ピクルス、自分がなにをしたかわかってるの?」ジョージが叱った。

「わかんない」ピクルスが答えた。

「いいか、ピクルス」ぼくは精一杯厳しい親の口調で言った。「大怪我をしてたかもしれないんだよ。それはぼくだって同じだ。要するに、あれはすごく悪いことだから、二度とやっちゃだめだ」

「うん、なんとなくわかった。つまり、もうひとりで道路に出ちゃだめってことだよね？」

「二度とひとりで道路に出ちゃだめだし、ひとりで外に出るのもだめ」数えきれないほど言ったせりふの気がする。

「わかったと思う。でもほんとにわかったかわかんない」ピクルスが答えた。ジョージはぷりぷりしながら歩き去り、ぼくは鼻を舐めるピクルスの前で困り果てた。わかってもらえそうにない。

いまから思えば、ピクルスを家に連れ帰ってクレアの気を引いてからジョージのところへ行けばよかったのだ。それなのに、ハロルドはだいじょうぶだと早く知らせたくて先走ってしまった。悪いのはぼくだ、間違いなく。完璧な猫などいない。

それにクレアはぼくより自分に腹を立てているけど、あれこれ忙しいから大変なのだ。子どもたちやピクルスの世話と家事をこなしながら、毎日ハロルドのお見舞いにも通っている。ジョナサンの帰宅が遅いので、ひとりでやらなきゃいけないことがたくさんある。ぼくはクレアの苦労がわかるから、叱られても黙っていた。

ハロルドの病気は、ピクルス以上に穏やかな日常をかき乱した。マーカスはおろおろし、いちばん動揺しているのが彼なのかジョージなのかわからないほどだ。でもマーカスはハロルドに会えるのに、ジョージは会えないから苛立ちをつのらせている。どうやら入院はかなり長引くらしい。手術はしないがいろんな薬を試すので、効き目のある薬が見つかるまで時間がかかるのだ。クレアたちの会話は専門用語が飛び交っていて、猫のぼくにはほとんど理解できない。おとなはくり返しだいじょうぶだとぼくたちに言い聞かせ、たぶん自分にも言い聞かせているんだろうけど、お見舞いに行くたびにハロルドの様子を報告してくれる。ぼくも一生懸命ジョージを励ましている。

ハロルドが食事やまわりにいる人たちについて文句たらたらだと聞いたときは、嬉しかった。〝病気の年寄り連中〟や、役に立たない看護師たち、輪をかけて役に立たない医者たちに文句をつけているらしい。どうやら殺されると思っているようだ。文句を言うほど元気なのは回復している証拠だから、いいことだとジョナサンは言っている。ただどれほど安心させようとしても、ジョージは苛立ちを抑えきれずにいる。ハロルドが大好きなのだ。

「会いたいよ」朝食を食べ終えたジョージが訴えた。「ずいぶん会ってない気がする。親友なのに」

「そうだね。でもハロルドは元気になってるみたいだからよかったじゃない。今日はなにか楽しいことをしよう。ごみばこに会いに行く?」誘われてジョージが迷っているのがわかった。行きたいのはやまやまだが、まだ車の前に飛びだしたぼくにちょっと腹を立てているのだ。「ピクルス抜きで」ぼくはだめ押しをした。

「わかった。ごみばこに会うのは久しぶりだもんね。でもぜったいピクルスがついてこないようにしてよ」

「もちろん。アリーにも会えるかもしれないよ。じゃあ、ポリーとピクルスが来ないうちに、いますぐ出かけよう。そうすればピクルスもついてきようがない」

「そうだね。それにきっと楽しいね。パパとふたりきりになるのは久しぶりだもん。パパとふたりでいるの、大好きなんだ」

「ぼくも嬉しいよ」ぼくは胸がいっぱいになったまま外に出た。

　空が晴れ渡り、気温は低いがからっとしている。レストランへ向かいながら、フランチェスカにも会えればいいと思った。ピクルスが来てから家にいる時間がめっきり増え、あまりみんなに会いに行けずにいる。ハロルドが入院したあとフランチェスカがうちに来たことはあるけれど、会いたいことに変わりはない。クレアたちはお見舞いの当番表をつくった。マーカスは毎日夕方に行き、仕事の都合がつけば午後も行く。シルビーは夕方マーカスに合流し、ときどきコニーも連れていく。クレアは午後、学校のお迎えの前に。子どもたちを迎えに行っているあいだは、フランチェスカが交代する。働いているジョナサンたちは仕事帰りに顔を出している。

　クレアによると、ハロルドはお見舞いがいちばん多いのは自分だと話していて、それを自慢しているらしい。全員が毎日お見舞いに行っているわけじゃないけど、みんなに大切に思われていることをハロルドにわかってほしいから、かなり頻繁に通っている。ただ、そのせいでジョージは余計に機嫌が悪い。自分だけハロルドに会えないと思っているのだ。子どもたちとぼくも行ってないけど、ほかの患者さんに迷惑になるから子どもたちは連れていけないとクレアは話している。それならジョージが行けるはずがない。

ピクルスを置いてきぼりにしたのはうっすら気が咎めたが、最近はずいぶんお守りをしてきたし、あの子がしたことはどんなささいなことでもぼくのせいにされている気がする。車の一件だけならまだしも、ピクルスがクレアの花壇を掘り返したのも、トビーのスウェットをかじったのも、サマーのお人形を庭に埋めたのも、食べちゃいけないものを食べたのも、全部ぼくのせいにされた。そんなことは話せばまだまだあって、ちょっと腹立たしく思ってる。仔犬のお守りは想像以上に大変なのだ。ジョージが仔猫だったころも、ここまで苦労しなかった気がする。一時間か二時間休んでもいいはずで、ほんとは二週間ぐらい休みがほしいくらいだけど、それはさすがに無理だ。

「ぼく、ピクルスのことちょっと好きだよ」ジョージが寛大さを見せた。「でもパパとふたりきりになりたかった」

「ぼくもだよ。ずいぶんいろいろ変わってしまったけど、一緒にいられる時間をつくるようにしよう」

「うん。でも断っておくけど」ごみばこがいる裏庭へつづく歩きなれた路地を進みながらジョージが言った。「ぼく、すごく忙しくなると思う。仕事が見つかりそうなんだ」

意外な話にひげが立った。「そうなの？　どんな仕事？」

「それはまだはっきりわからないけど、ぜったいじょうずにやってみせるから安心して」

「もちろん」安心なんてできない。心配だ。なにをするつもりなのかわからないから余計に。ただ、ジョージ自身もわかっていないらしい。

「よかった。だって、パパには夢をかなえるぼくを黙って見守ってほしいもん」

「え？」どういう意味？

「ありがとう、パパ」

「う、うん」

レストランに着いたおかげで、ややこしい会話が終わった。

裏にまわると、フランチェスカとトーマスがいた。

「やあ、久しぶりだな」トーマスがいつもどおり撫でまわしてくれた。

「アルフィー、ジョージ、おいしいものを用意するわね」ぼくはフランチェスカの脚に体をこすりつけてお礼を伝えた。

「もう行かなくちゃ。会えてよかったよ」トーマスが車の鍵を持って出かけていった。ぼくたちは裏口でフランチェスカを待ち、持ってきてくれたイワシをおいしくちょうだいした。イワシを平らげたあと、友だちを探しに大きなゴミ容器が並んでいるところへ行った。

「よお、よく来たな」ごみばこが声をかけてきた。ぼくは一瞬目を疑った。以前と様子が違う。毛並みがそろってつやつやしているし、見たことないほどにこにこしている。うしろからアリーが現れた。なるほど、そういうことか。恋をして見た目を気にするようになったのだ。微笑ましい。

「なんだか女の子みたいだね、ごみばこ」ジョージが思わず口走った。「ううん、そうじゃなくて、その、つまり……」

「アリーとごみばこは似た者同士だって言おうとしたんだよ、仕事の面で。悪気はなかったんだ」ぼくは説明した。

「わかってるわ。よろしくね、ジョージ。噂はいろいろ聞いてる。アルフィーにもまた会えて嬉しいわ」

「ぼくのほうこそよろしく」ジョージが言った。「ごみばこと同じぐらい狩りがじょうずなの？」

「ええ」

「本当だ」ごみばこが誇らしそうだ。

「見せて、見せて！」ジョージがせがみ、弾むようにアリーについていった。ジョージの目指す仕事がアリーやごみばこと同じでないといいけど。それは勘弁してほしい。でもジョージが決めたことなら応援するしかない。

「ハロルドが大変みたいだな。ジョージはだいじょうぶか？」ふたりだけになったところでごみばこに訊かれた。

「やきもきしてるけど、ハロルドはよくなってるよ。お見舞いに行けないのが頭にくるらしい」

「無理もないさ、あの子はさんざん辛い思いをしてきた。でも猫が病院に入れてもらえないのはおれにもわかるから、ジョージも我慢するしかない。かわいそうだが」

「ジョージは我慢が苦手なんだよ。それはともかく、アリーとはうまくいってるの？」

「ああ、おれはアリーが好きだ」

無口でめったに感情を表に出さないごみばこにしては、ものすごい告白だ。

「よかったね。ぼくも嬉しいよ」頬がほころんでしまう。「愛の力が世の中を動かすって、よく言うからね」

「大げさな話にしないでくれ」不満そうだが、笑みを隠せずにいる。裏庭で過ごした時間は楽しかった。ジョージがアリーに狩りのテクニックを見せてもらったあとは、貴重な陽だまりにみんなで集まり、近況報告をしあった。冬の訪れが明らかになったいま、陽だまりを見つけられたのは運がいい。

「生きがいを見つけたいだけなんだよ」ジョージがくり返した。

「ネズミをつかまえるんじゃだめなの？」とアリー。

「うん、ぼくの素質をいちばん活《い》かせることはほかにある気がするんだ」こんな言葉、どこで覚えたんだろう。おおかたアレクセイとコニーからだろう。「猫の天職を見つけるには、これしかないって感じなきゃいけないんだ」

「なるほど」ごみばこが話を合わせた。「じゃあ、手始めに、いちばん得意なことはなんだと思うんだ？」

ジョージが考えこんだ。ひげを立てて真剣に考えている。あたりを見渡し、最後にぼくを見て言った。

「いちばん得意なのは、人間を幸せにすることだと思う」たしかにそうだ。

「それなら、人間を幸せにする仕事を見つけないとね」とアリー。

「そんな仕事あるかな」なにも思いつかない。

「それをみんなで考えるんだ」ごみばこが言った。

「ううん、ぼくに心当たりがある」ジョージがいきなり立ちあがった。「そうか。ありがとう、ごみばこ、アリー。おかげで助かったよ」

「どんな仕事？」ジョージの興奮が伝わってぼくもわくわくしたが、同時に戸惑ってもいた。

「それはまだ言えないよ、きちんとした答えを出すまで少し時間がかかるから。でもぼくを信じて。ようやく生きがいが見つかった気がする」

話してもらえないことを心配したほうがいいんだろうか。たぶん。でもいまはおとなしく待つしかない。そしてジョージがトラブルに巻きこまれないように祈ろう。いや、なにを言ってるんだ。どんな仕事だろうがトラブルに巻きこまれるに決まってる。そしてたぶんぼくも巻き添えになる。

猫ドアから家に入ったとたん、ピクルスがよちよち近づいてきた。数週間のあいだにちょっと大きくなっている。というか、体の幅が広くなった。まだ猫ドアはくぐれるが、いつまでできるかわからない。そうなったらいまよりいろんなことが楽になるかもしれない。

「どこ行ってたの？」ピクルスが訊いた。

「猫の急ぎの用事だよ」ジョージが偉そうに答えた。ぼくはにらみつけてやった。

「ピクルス。友だちに会いに行く用事があったんだ。でもできるだけ急いで帰ってきたんだよ」ぼくはピクルスの機嫌を取った。

「一緒に行きたかったな」だだをこねている。

「一緒に行けないところもあるんだ」やさしく言い聞かせた。「昨日のことを覚えてるだろう？」

「なんのこと？」

「危うく車に轢《ひ》かれそうになって、そのせいでパパも轢かれるところだったじゃないか。

外は危ないんだよ。ピクルスは道路の危なさをぜんぜんわかってないんだから、なおさらだ」ジョージが叱りつけた。怒った声なのに、ピクルスには伝わらないらしい。

「なんで?」やれやれ、仔猫だったころジョージもしょっちゅう〝なんで?〟と言っていた。あの〝なんで攻撃〟にまた耐えられるか自信がない。

「理由は」ジョージが答えた。「ピクルスは猫じゃないからだ」

「でも、言われたとおりにすれば猫になれるって、ジョージは言ったよね」ぼくは頭を抱えて泣きたくなってきた。

「言ったよ。でもぼくみたいになるにはすごく時間がかかるんだ。何年も」ジョージがつづけた。

「ジョージ、もういい」この辺であいだに入るしかない。「ピクルス、猫になる方法を教えてくれるジョージがいてよかったね。でも、やっちゃいけないこともあるんだ。やると危ないからで、そのひとつは人間と一緒じゃないのに出かけることなんだよ」

「なんで?」

「出かけるときは、いつもリードをつけるだろう?　庭ではつけないけど。わかる?」

「うん」

「ジョージとぼくはリードをつけない。猫はリードをつけないし、なんでって訊かれる前に言っとくと、これは犬と猫の根本的な違いなんだ。だから庭で一緒に遊ぶのはかまわないけど、ぼくたちが出かけてもついてきちゃだめなんだ」

「そんなのずるい」納得がいかないらしい。

「生きていれば納得できないこともあるんだよ」ジョージがわかったふうな口をきいた。

「でも、だからって楽しいことがないわけじゃない。ただ、門の外は危ないから、それだけは忘れちゃだめだよ」

ぼくは意外に思ってジョージを見た。驚いたけど、やさしく接しているのが嬉しくもあった。

「わかった。じゃあ、これから一緒に遊んでくれる?」

「パパが遊んでくれるよ。ぼくは出かけないと」それだけ言うと、ぼくがなにも訊けずにいるうちにジョージは出かけてしまい、またしてもピクルスと置き去りにされた。

猫ドアを抜けるとき、ピクルスはちょっときつそうでもがいていた。今朝はいろいろ疲れたから軽くひと眠りしたかったのに、仔犬を楽しませるとなるとそうはいかない。ピクルスがボールを見つけ、埋めたり掘り返したりし始めた。庭がちょっとめちゃくちゃになったけど、ぼくは見て見ぬふりをした。また怒られそうだけど、やめさせる元気が残っていない。だから横になってピクルスを見ていようとしたのに、目をあけていられなくていつのまにか眠ってしまった。

「なんなのこれは。ピクルス、アルフィー」またしてもクレアの怒った声が聞こえ、飛び起きた。ピクルスがやましさのかけらもない顔でクレアの足元に座っている。ぼくは伸びをしてそちらへ向かった。

「なんてことしてくれたの」クレアが怒った顔で花壇を指さした。たしかにちょっとぐしゃぐしゃだ。叱られてもしょうがない。ピクルスを見張ってなきゃいけなかったのに、クレアが大事にしている花が芝生一面に散らばっている。おとなのぼくがちゃんと見ていなきゃいけなかったのに。

「ミャオ」ぼくは謝って、がっくりうなだれた。うしろめたい気持ちもあるけれど、まだ疲れが取れない。

「ピクルス。花壇を掘り返すのはやめてちょうだい」クレアがピクルスを抱きあげ、ぼくをにらんだ。「それからアルフィーは、ピクルスを止めなきゃだめでしょ」そのまま家に入ったクレアが閉めたドアを見つめながら、ぼくもなかに入ろうか迷った。でも結局また横になることにした。どうせこうしていられるのもほんの短いあいだだけだ。それに、また小言を言われるよりずっといい。最近はしょっちゅう小言を言われているんだから。

Chapter 13

「行かなきゃだめか？」ネクタイと上着を脱いだジョナサンがソファに座ろうとした。ククレアが不満そうに座らせまいとしている。

「ジョナサン、疲れてるのはわかるけど、今週はふたりの時間がぜんぜんなかったから、あなたと出かけるのを楽しみにしてたのよ」口調がきつい。「それにもうすぐポリーがベビーシッターに来てくれるのに、夫がわたしと出かけたがらないから、ふたりでの外出はやめたなんて言えないわ」ぼくはクレアに同情した。せっかくおしゃれして、たっぷり時間をかけて髪をセットしたりお化粧したりしてたのに。子どもたちを寝かしつけるときも、そのあと身支度を整えるあいだもすごくうきうきしていた。ぼくはジョナサンに近づき、脚をそっと引っかいた。

「おい！」ジョナサンがぼくをにらんだ。「おまえまでクレアの味方をするのか？」ちょっと気が咎めるけど、ジョナサンはクレアのために努力するべきだ。ぼくもピクルスを見てなきゃいけないときに眠りこんでしまったから、疲れているときの気持ちはよくわかる。

できればそう言ってやりたいけど、もちろん無理だ。

「一生懸命おしゃれしたのに」クレアが言った。

「ごめん」ようやくジョナサンも気づいたらしい。ぼくが何度か足を踏みつけてやったからだと思う。「すごくきれいだよ」クレアを抱きしめている。「急いで着替えてくるよ。おいしい夕食を食べに行こう」

「ありがとう。わがまま言ってごめんなさい。あなたが一生懸命働いてくれてるのはわかってるのに」

「ぼくのほうこそごめん。昇進してからなにもかも任せっきりなのに、きみのことをろくに考えていなかった」

「役割を分担しましょう。わたしは家族の面倒を見て、あなたは会社で働くの」クレアもしっかり抱きしめている。

「愛してるよ」ジョナサンがキスした。「五分待ってくれ。最高の夜にしよう」にやりとして着替えに行った。

「アルフィー、味方してくれてありがとう」クレアがぼくを抱きあげて撫でてくれた。どうやらやっと許してもらえたらしい。

　駆けつけてきたポリーは、すぐにぼくを抱きしめてくれた。ポリーとふたりきりになることはめったにないから、一緒に過ごすのが楽しみだ。クレアたちが出かけると、ぼくはポリーと並んでソファに座り、静かな夜を満喫した。

　ポリーの電話の呼びだし音で平穏が破られ、ぼくは飛び起きた。

「マット、どうしたの?」ぼくは会話が聞こえるようにポリーの膝に乗った。

「いまマーカスから連絡があった。ハロルドの具合がよくないそうなんだ。期待した薬が効かなかったらしい。いまマーカスが付き添ってるから、なにかあったらシルビーからきみに連絡させると言ってたけど、そうとうがっくりきてた」

「そんな。危険な状態なんてことはないわよね。クレアたちに帰ってくるように連絡したほうがいい?」

「いや、そこまで深刻ではないらしい。とりあえずきみに知らせようと思ってね。マーカスには、ぼくたちは明日行くと言っておいたよ、かまわないか?」

「もちろん。もしまたマーカスから電話があったら、持っていってほしいものがあるか訊いておいて」

　電話を切ったポリーに撫でられながら、ぼくはいま聞いた話をジョージにどう伝えるか悩んだ。いまはトビーと眠っているから、明日の朝話そう。ジョージの反応がわからないし、オブラートに包んだ言い方をするのもどうかと思うから、怖がらせないようにやんわり事実を伝えるしかない。

　翌朝は早起きして、ハロルドの具合が悪いことをどう話すかあれこれ考えた。ハロルドはきっと元気になる。ひたすら自分にそう言い聞かせた。

「おはよう、パパ」ジョージがキッチンにやってきた。

「ああ、おはよう。よく眠れた？」

「うん。ずいぶん早起きだね」

「実は、ゆうべマットからポリーに電話があって、ハロルドの入院が思ったより長引きそうだとわかったんだ。危険な状態じゃないみたいだけど、効果のある薬が見つかるまで退院できないから、まだしばらくかかるらしい」

「そんな、もうずっと会えずにいるのに。ハロルドは親友なのに」苛立って地団駄を踏んでいる。

「気持ちはわかるよ。でも、これからもみんなの話を聞いていればハロルドの状態はつかめる。今朝はマーカスがまたお見舞いに行くことになってるし、ポリーとマットもあとで行くと言ってたし、シルビーも行くみたいだから様子はわかるよ」

「ぼくも会いたい」

みんなが朝の支度をしているとき、チャイムが鳴った。クレアを追って玄関に行くと、マーカスがいた。

「おはよう、マーカス。ハロルドの具合がよくないんですってね」クレアが言った。

「聞かされたときは震えあがったけど、優秀なドクターたちのおかげで危険な状態は脱したよ。薬の調節が必要なだけだから、だいじょうぶだと思うけど、仕事に行く前にこれから会ってくる。ゆうべのことがあったから、特別に面会の許可が出たんだ。それで、今日のうちにきれいなパジャマを届けてもらえないかと思って。きみは合鍵を持ってるし、シルビーは仕事があるから」

「ぜんぜんかまわないわ。面会時間が始まり次第行く。それでいい?」

「もちろん。助かるよ。もう行かなきゃ」マーカスがすばやくクレアをハグして立ち去った。ぼくは振り向いてジョージと話そうとしたが、ジョージはすでにマーカスを追って外に出ていた。猫ドアから出て追いかけようか迷い、やめておいた。ひとりになって頭を冷やしたいんだろう。これからどうするか考えようとしたら、ふたたび玄関があいて子どもたちを連れたポリーがやってきた。元気いっぱいのピクルスも一緒だ。

「いまそこでジョージを見かけたわ。すごく急いでるみたいだった」ポリーが言った。そのことについて考える間もなくピクルスが飛びついてきた。

「うわ、気をつけてよ」ぼくは注意した。「もうすぐぺちゃんこにされそうだね」ピクルスはびっくりするスピードで大きくなっている。少なくとも横幅は。

「そうだ、クレア」ポリーがつづけた。「ピクルスが食いしんぼなのはわかってるけど、ちょっと太りすぎだって獣医さんに言われてダイエットさせてるの。運動ももっとさせないと」

「わかった。食べ物を置きっぱなしにしないようにするわ。猫の食べ物も人間の食べ物も」クレアがちらりとぼくを見た。ピクルスがダイエットすると、ぼくもすることになるんだろうか。「あとであれこれ持ってハロルドのところへ行ってくるから、どんな様子か連絡するわね」

「助かるわ。じゃあみんな、またあとでね」ポリーが颯爽《さっそう》と去っていった。

学校へ行く用意をする子どもたちを待ちながら、クレアがこちらへやってきた。

「さあ、ピクルス、あなたも一緒に行くのよ。運動しなきゃ」リードをつけている。「アルフィーも来る？」ぼくは軽く首を傾げ、行くと伝えた。ぼくとジョージはよくクレアと一緒に子どもたちを学校に送っている。みんなが通う学校を見たいし、場所もさほど遠くない。

「ミャオ」うん、行くよ。

ピクルスのリードは子どもたちが交代で持ったが、道を渡るときはクレアが持った。みんなの安全を守るのはクレアの責任で、クレアはもともと何事も運任せにしないタイプだけど、車とのニアミス事件のあとはそれに拍車がかかっている。トビーがぼくを抱きあげ、そのまま道を渡った。ひとりでも渡れるところをピクルスに見せたくなかったので、おとなしくしていた。校門に着くと子どもたちが校庭へ駆けこんで当番の先生に挨拶し、ぼくたちに手を振った。

「じゃあ、帰りましょうか」クレアが歩きだしたとき、なぜかピクルスのリードがぼくの脚にからみついて転んでしまった。

「ピクルス、しょうがないわね」クレアがリードをほどいて抱っこしてくれた。たいして痛くはなかったけど、そのあとはピクルスに近づきすぎないように気をつけた。

家に着いてもジョージの姿はなく、ピクルスはずっとぼくのあとをついてきた。もっと立派な猫になる方法を学ぶためにぼくを観察したいらしい。ピクルスは犬なんだからと何度言えばわかってもらえるんだろう。でもいまはまたそれをくり返す気力もない。だから影のようについてくるピクルスを連れたまま、いつもどおりに振る舞った。お気に入りの毛布に寝そべり、窓から外を見た。でもどんなに頑張ってもピクルスは出窓にあがれず、ぼくはいつまでもあがれないピクルスを見ていられなくなった。しかたなく出窓から飛びおり、庭の散歩に切り替えた。猫の行動を犬にやさしい行動に少し変えたほうがよさそうだ。少なくともピクルスにやさしい行動に。

相変わらずジョージが戻る気配はないが、探しに行くわけにはいかない。クレアがピクルスを散歩に連れていってくれると助かるけど、ハロルドのお見舞いには連れていけないから、ぼくが面倒を見るしかない。いくらおとなでも猫のぼくには責任が重すぎる。とはいえ、ぼくにになら任せられると思われているのはまんざらでもないし、みんなの判断は間違ってないと言える。

「じゃあ、昼寝の練習をしよう」ピクルスをソファに連れていき、一緒に丸くなった。今朝はいろいろあったから、少しゆっくりしたい。ピクルスはソファに頭をつけたとたんいびきをかき始めたので、ひと眠りできそうだ。ハロルドのことを考えたかった。すっかり病院を毛嫌いしてるみたいなのに、どんな気持ちでいるだろう。お見舞いに行けずに苛立っているジョージも心配だ。家族のことも考えなきゃいけない。ぼくはみんなのためにそっとお祈りを唱えてから、頭を横たえて眠りに落ちた。隣でピクルスがいびきをかいていた。

Chapter 14

ゆっくり昼寝ができたので、起きたときは久しぶりに気分が上向いていた。今日はうちでガールズナイトを、というかレディースナイトをやる日で、大好きな女性陣が全員集合する。人間の友だちがたくさんいるだけでもすてきだけど、全員が集まると幸せで胸がいっぱいになる。エドガー・ロードに来てから、ずっと友だちをつくったり人間を引き合わせたり問題を解決したりしてきた。これはぼくの天職で、ジョージが言うとおり、たしかにぼくにはそう呼べる仕事がある。だからあの子がそれをほしがる気持ちも理解できる。ジョージの天職探しを応援してやろう。もっと親身になって考えてあげればよかったかもしれない。でもさしあたって、今夜は大好きなみんなと過ごす時間を楽しもう。

ぼくはジョージにおやすみを言いに行った。もう早寝するほど子どもじゃないのに、トビーと寝たがったのだ。

「好きにしていいよ。会いたくなったら、ぼくは下にいるからね」

「うん。疲れちゃったから、もう寝たいんだ」伸びをしてあくびしている。

「ピクルスに振りまわされたんだね？」今日ジョージはピクルスと遊んでくれたのだ。おかげでぼくは仲間に会いに行けた。ジョージとふたりで出かけるとピクルスがついてきてしまうので、まだ気を抜けない。

「うん、おもしろかったよ。ミャーって鳴き方を教えてたんだ」

「うまくいった？」

「あまり。試すたびにワンって言ってた。でもすごくおもしろかった」

「おやすみ」ぼくは鼻でキスして一階におりた。つい笑いが漏れてしまった。ピクルスにニャーと鳴ける見込みはない。

ジョナサンは〝邪魔をしないように〟マットの家に行ってしまったが、最近は仕事が忙しくて家族だけでなく友だちと過ごす時間もなかったからよかった。ジョナサンとマットは親友だから、ふたりで楽しい時間を過ごせるだろう。ほんとによかった。ふたりはマーカスにも声をかけたけど、マーカスは病院にお見舞いに行き、ハロルドが喜ぶようにコニーも連れていった。子どもたちはもうベッドに入っているが、トビーとジョージはまだ起きていて、ふとんのなかでタブレットで遊んでいるに違いない。クレアも知ってるはずだけど、知らないふりをしている。よくあることだ。親にはどうしても譲れないことと、そうでもないことがある。それに明日は学校がお休みだから、寝坊できる。そうであってほしい。

「さあ、召しあがれ」全員でダイニングテーブルを囲んだところでクレアが声をかけた。テーブルの上はワインを注いだグラスと料理でいっぱいだ。

「おいしそう。おなかがぺこぺこなの。レストランで働いてると、食欲がなくなることがあるのよ」

「あなたは事務所で働いてるじゃない」ポリーがフランチェスカの発言に突っこみ、笑い声があがった。

「そうだけど、ずっと食べ物に囲まれてることに変わりはないわ」とフランチェスカ。

「考えようによっては、いいダイエットになる」

「あなたのところで雇ってもらったほうがいいかも」シルビーが言った。「最近ちょっと太ってしまったの」

「見てわかるほどじゃないわよ」とポリー。

「幸せ太りよ」クレアが言った。「幸せなんでしょう？」クレアはシルビーが心配なのだ。さんざん辛い思いをしたあとせっかくマーカスに出会ったのに、ハロルドの入院で以前ほど穏やかに過ごせずにいる。なんとかうまく切り抜けているようには見えるけど。

「幸せよ。でもハロルドには早く元気になってほしい。マーカスがすごく心配してるの。それは当たり前だけど、しょっちゅう病院に行ってるからくたくたなのよ。それなのに、行くのをやめようとしない」

「疲れてとうぜんよ。なにもかもやったうえでハロルドのお見舞いまでこなすのは大変だもの」とポリー。

「みんなのおかげですごく助かってるのよ。ハロルドのお見舞いに行ってくれるから、マーカスも少し気が楽になってる。でも、彼がどういう人か知ってるでしょう?」

「やさしい人よね」フランチェスカはマーカスが大好きなのだ。それを言うなら、みんなそうだ。

「変な話だけど、なんだかまだつきあい始めたばかりみたいな感じなの。しょっちゅう会ってるのにまだ将来の話はしてなくて、それなのに彼がずっとそばにいたような気もする。マーカスはぜんぜん違うタイプなの、前の――」

「その話はだめ」ポリーが指を振ってみせ、また笑い声があがった。

「そうね。でもわかるでしょ。前の夫はクリスマスにコニーを日本に呼ぼうとしてるのよ。あの子が生まれてから娘がいないクリスマスを過ごしたことなんてないのに」身震いしている。「前の夫とコニーには言ったのよ、決めるのはコニーだって。あの子は板挟みになって悩んでるわ」

「無理もないわ。コニーは行きたそうなの?」クレアが訊いた。クリスマスにコニーがいないのは残念だけど、父親に会いたがる気持ちも理解できる。

「さあ。去年あんなことがあったせいでやけに義理立てするようになってしまって、言おうとしないのよ。わたしはかまわないし、マーカスやみんながいるからだいじょうぶだって言い聞かせてるんだけど、本心はわからない。あの子は父親をよく思ってないの、別の家族をつくったからなおさら。でも会わないのもどうかと思うのよ。父親であることに変わりはないんだから」

「相談に乗るようにアレクセイに言ってみましょうか?」フランチェスカが持ちかけた。「コニーは自分でもどうすればいいのかわからないのよ、きっと。だからアレクセイにコニーはだいじょうぶだと確かめてもらえば安心できるんじゃない?」

「そうしてもらえると助かるわ。でもわたしが頼んだことは内緒にしてね」シルビーが答えた。「ありがとう、フランチェスカ。あの子がなんて言ったかまで教えてもらわなくてもかまわないけど、アレクセイになら本心を打ち明けられるとわかるだけで嬉しいわ」

ぼくもそう思う。ぼくの教育のたまものだ。

「もうクリスマスの話をしてるなんて信じられない」クレアが言った。たしかに。でももう十月末だからそれほど先の話じゃない。今年はタイガーのいない二度めのクリスマスになる。去年の冬に天国に旅立ったタイガーを思うと、胸が苦しくなる。もう一度会えるなら、なにも惜しくない。泣きそうになったとき、頭に一滴水が垂れてきて、ぼくはびくっとしてフランチェスカの膝に飛び乗った。

「ごめんなさい、アルフィー。うっかりワインをこぼしちゃった」ポリーがすまなそうな顔をした。フランチェスカがワインをふき取って撫でてくれたので、ぼくは膝の上で喉を鳴らした。

「今年はどうするの？　去年みたいに大勢集めてパーティをする？」ポリーが訊いた。

「また停電になるのは勘弁してほしいわ」クレアが笑っている。

「そろそろ相談しましょうよ。十二月に休みを取りたいから、仕事が山積みなの。全部片づけられなかったら、買い物はあなたに頼むしかないわ」ポリーも笑っている。クレアは買い物が大好きで、そのレベルは幾分度を超しているので、ジョナサンはしょっちゅうぼやいている。

「買い物は大好きよ」クレアが答えた。「でも、今年は全部わたしひとりでやることになるでしょ？　ジョナサンは、使えない社員がクビになった部署を任されて、そこを立て直さなきゃいけないの。いま新しい社員を探してるから、いい人が見つかったら少しは楽になるはずなんだけどね」ちょっと不安そうだ。

「ここが踏ん張りどころよ、クレア」フランチェスカが言った。「いまの店をオープンしたころ、トーマスが家族と顔を合わせる時間がぜんぜんないことにわたしがすごく怒ってたの、覚えてるでしょう？　でも乗り越えたわ」

「ポーランドに帰って、もう戻ってこないふりをしたくせに」とポリー。

「そうよ。でもああでもしないと、トーマスは自分が家族をなおざりにしてることに気づかなかったんだもの。ジョナサンは違う。働きすぎだとわかっていて、なんとかしようとしてる」

そうならいいと思う。

「そうね、わたしもそれはわかってるから、支えるつもり」クレアが言った。「でも来年になってもこのままだったら、わたしもポーランドに行くわ」また笑い声があがった。

他愛ない話をするみんなの声が、音楽のように心地よく聞こえた。生きていれば完璧なことばかりじゃないし、毎日が完璧だったためしはないけれど、いまだってそんなに悪くない。ぼくにはそれでじゅうぶんだ。当面は。

Chapter 15

「ほんとはどこに行くの?」猫ドアから出ようとしているジョージにぼくは尋ねた。口やかましい親みたいになろうがかまわない。どう見ても怪しい。

「ハナに会いに行くんだよ」ジョージの返事にぼくのしっぽがピクッと動いた。信用していないわけじゃないけど、なにか隠してる。それにまだかなり早い。普段のジョージはこんなに朝早くから出かけない。

「まだみんな寝てるかもしれないよ」ぼくは言い返した。実際、うちの家族はまだ寝ている。今日は平日で、踊り場にあるベッドで寝ていたら、ジョージが足音を忍ばせてこっそり階段をおりていったのだ。ぜったいおかしい。

「ううん、お隣はみんなすごく早起きなんだ」ジョージが自信たっぷりに言った。「どっちにしても、ハナのそばにいてあげなくちゃ。ハロルドのことで落ちこんでるから」

どういう意味だろう。ハロルドのことでいちばん落ちこんでいるのはジョージのはずなのに。

「ジョージは落ちこんでないの？」

「もちろん落ちこんでるよ。でもよくなるってわかってるもん」

ぼくはこれ以上問い詰めるのをあきらめ、行かせることにした。「あまり遅くなっちゃだめだよ」そう言って見送ったときも、ジョージが隠し事をしているという印象を捨てきれなかった。あとをつけたくてたまらない。そんなことをしたらもめるのはわかっているけど、あの様子はぜったいなにか隠している。

うろうろ歩きまわってどうしようか考えていると、ジョナサンが起きてきた。シャワーを浴びたばかりでまだ髪が濡れ、ガウンを着ている。ジョナサンまでやけに早起きだ。

「ずいぶん早起きだな」ジョナサンがぼくが考えていることと同じことを言った。

「ミャオ」本当は朝ごはんがほしい。

「わかってる。コーヒーメーカーのスイッチを入れたら、おまえとジョージの食事を用意するよ」

コーヒーができるのを待つジョナサンの横でぼくは食事を始めた。ふたりだけの時間も悪くない。めったにないけどいつでも大歓迎だ。

「今日は早く行かなきゃいけないんだ。就職希望者を面接するから、これで家族ともまたゆっくり過ごせるようになればいいと思ってる」嬉しそうだ。

「ミャオ」きっとだいじょうぶだよ。

「自分で期限を決めたんだ。今年のうちに欠員を補充すれば、仕事に励んでもいまみたいに残業ばかりしなくてすむし、期限を守る自信もある」コーヒーに口をつけて顔をしかめている。熱すぎたんだろう。

「ニャー」ぼくもそう思う。

「そうなれば、ぼくだけでなく家族みんなが幸せになる」

「アルフィーに話してるの？　それともひとりごと？」知らないうちにクレアが来ていた。

「もちろんアルフィーにだよ。こいつは聞き上手なんだ」頬にキスされながら答えている。

「ミャオ」それは間違いない。

早起きするはめになったけれど、子どもたちを学校へ送っていくクレアがピクルスも連れていってくれたので助かった。ジョージが戻る気配はないが、ピクルスが戻って大騒ぎになるまで誰もいない家でひと眠りできる。ジョージが仔猫だったころは、隙さえあればひと眠りしていた。ピクルスがいるいまも同じようにしている。ぼくは最近どんどん貴重になっているソファの陽だまりを見つけ、まどろんだ。しばらくのち、濡れた鼻が鼻に押しつけられ、寝ぼけたまま尋ねた。

「ジョージ？」

「わあ、うまくいった。ぼく、ジョージに似てきたんだね」目をあけるとピクルスがいた。

「ピクルスはピクルスだと思うよ」ぼくはやんわり言った。「自分らしくしていればいいんだ。ジョージの真似ばかりする必要はない」

「してないよ。昨日は鳥の追いかけ方を教えてもらったけど、ジョージみたいにフェンスに飛び乗れなかった」残念そうにしている。「それどころか、ろくにジャンプもできなかったんだ」

「ピクルス、猫がやることを全部やるのは無理だよ。体のつくりが違うんだもの」この説明が正しいのかわからないけど、自信がある言い方をしたい。

「でも、大きくなったらできる？」

「無理だと思うよ。ジョージの真似には楽しいこともあるけど、ぜったいやっちゃいけないこともあるんだ。ひとつめは人間抜きで出かけること。ふたつめは木に登ること」ほかになにがあるだろう。まだまだある気がする。

「なんでぼくだけ楽しいことをやっちゃいけないのかわかんないよ。それに、アルフィーがこういうことに詳しいのはわかってるけど、それってほんとかな。ぼくだって練習すれば、そのうちぜったいジョージがやることを全部できるようになるよ」

　やれやれ、思ったような流れにはなりそうにない。

「木登りが好きじゃない猫もいるよ。ぼくはあまりやりたくない」

「でもぼくは好きだから、いつかじょうずになるよ」

　これ以上言い返す気力がない。幸いクレアが帰ってきて、意外なことにマーカスも一緒だった。

「とりあえず座って。コーヒーを淹《い》れるから、いろいろ相談しましょう」クレアが言った。

「ほんとになんてお礼を言っていいか。行かなくてもなんとかなるとは思うんだけど、ずいぶん前から決まってた出張だし、仕事が――」

「マーカス、あなたが行くのはスコットランドで宇宙じゃないのよ。ハロルドの容態は安定してるから、わたしが毎朝子どもたちを学校に送った帰りに寄って、必要なものを聞いたら午後に届けるようにするわ。夕方にはシルビーが行ってくれるし、ポリーとマットとジョナサンも行けるときに行くから、安心して」

「ありがとう。父さんはよくなってるよ。四六時中ぶつぶつ文句を言ってるからね」

「たしかに。このあいだ行ったときは、自分を殺そうとしている看護師がいるって言ってたわ」

「看護師たちがまだ我慢してくれてるのが不思議なくらいだよ」マーカスが笑った。

「ハロルドは元気になるわ」

「ああ、でももう若くないし、いまはぼくが一緒に住んでるけど、介護が必要になる日も遠くないかもしれない」頭を掻《か》いている。ぼくにもやってほしい。頭を掻いてもらうのは大好きだ。

「そうなったときに考えればいいわよ。でもハロルドはだいじょうぶだし、あなたが留守になるのはほんの数日じゃない」

「たしかにそうだけど、やっぱり気が咎めるんだよ。みんなにこんなに助けてもらってるのに。それに……」

「シルビーのことが心配？」

「いや、そういうわけじゃ……」否定しているが、ほんとは心配なはずだ。

「そうなの？」クレアも疑っている。

「わかった。認めるよ。心配なんだ。最近気分にむらがあって、コニーがクリスマスに日本に行くことと関係があるんじゃないかな」

「コニーは行くことにしたの？」

「わからない。ぼくもシルビーも好きにしていいと言ったんだけど、そのあとコニーはなにも言わないし、シルビーも返事をせかしたくないと思ってる。お互いに病院にいる時間が長いせいもあると思うんだ。ただ、出会ったころのシルビーはかなり神経質になってたけど、最近はずいぶん落ち着いてただろう？　ひょっとしたら少しぶり返してるのかもしれない」

「シルビーとちょっと話してみるわ。このあいだ集まったときは元気だって言ってたけど、もう一度訊いてみる」

「ありがとう、そうしてもらえると助かる。ほんとに感謝するよ」

心配する人間のリストにシルビーも入れたほうがいいんだろうか?


「おかえり」ジョージが戻ったとたん、ぼくは危うく飛びつきそうになった。

「どうかしたの?」

「いや。シルビーはどうしてたかと思って」

「ぼくが知るわけないでしょ」

「ハナに会いに行ってたんじゃないの?」

「あ、うん。シルビーは最近ちょっと不機嫌で、ハナにも原因がわからないみたい」なんだか上の空だ。ハナと喧嘩したんじゃないといいけれど。

「どうしたんだろう」

「シルビーは疲れてて、すごくいらいらするって言ってるらしい。あまり具合もよくないみたいだけど、たいしたことなさそうだよ」

「そうか。よかった。ちょっと心配してたんだ」

「そもそも、ずっとハナといたわけじゃないし」

「でも一日じゅう出かけてたじゃない。どこに行ってたの?」

「パパ、それは話せないよ。でもぼくを信じて。いいことをしてるだけだから。自分の仕事をしてたんだ」

「自分の仕事？」

「うん、そのはずだよ。今日はぼく、働いてたんだ」

「ぼくには言えない仕事を？」

「まだ話せないんだ。だからいまは内緒にしとく」

「ジョージ、わけがわからないよ」

「そうだよね、ごめん。でも内緒の仕事みたいなものだから、誰にも話せないんだ。パパだけじゃないよ、誰にも話してない」

それだけ言って食事をしに行ってしまったので、ぼくはまごついたまま取り残された。心配したほうがいいんだろうか。いったいどこに行ってたんだろう。とりあえず仲間に会って、なにか知らないか訊いてみよう。

「ネリー、会えてよかった。今日ジョージを見かけた？」たまり場に着いたとたん、まくしたてた。

「ううん、アルフィー。それより――」

「困ったな、どこに行ってたんだろう。ハロルドの家に行ったはずないし、ハナにも朝会ったきりだって言ってたし。ジョージは仕事をしてたつもりみたいだけど、猫に仕事ができるわけないから、わけがわからないんだ」行ったり来たりしていたので、ほかの仲間が近づいてくることにろくに気づかずにいた。ロッキーとエルヴィス。サーモンもいる。

「どうしたの？」ぼくは仲間を見渡した。みんな深刻な顔をしている。「ジョージになにかあったの？　そうなの？」パニックになった。「あの子がどうかしたの？」

「そうじゃないわ、アルフィー。でもジョージと無関係でもない」ネリーが穏やかに答えた。

「どういうことか、ちゃんと話してくれない？」不安でたまらない。こんなふうに見つめられると、いやな予感しかしない。

「おれが話すよ」サーモンが残りの仲間をちらりと窺《うかが》った。サーモンもからんでいるなら、悪いニュースに違いない。「おまえを探してたんだ。みんなにはもう話した。おれの家族がバーカー夫妻と友だちなのは知ってるな？」バーカー夫妻はタイガーの家族だった人たちだ。

「うん、それがどうかしたの？」やっぱりいやな予感がする。

「あの夫婦は、その、言いにくいんだが、新しい猫を引き取った」

サーモンの言葉が喉に突き刺さった気がした。泣き叫びたくても、できないのはわかっていた。訊きたいことは山ほどあるのに、答えを知りたいのかわからない。タイガーの代わりなんてこの世にいない。

「そう」ぼくは腰をおろした。息ができない。

「アルフィー、タイガーの代わりはいないよ」ロッキーがやさしく声をかけてきた。

「でもバーカー夫妻はタイガーを亡くしてすっかり落ちこんでいたし、もうすぐ一年になるから、そろそろだと思ったんだろう。新しい猫の名前はオリバーだ。仔猫じゃない。あの夫婦ならいい家族になれる」サーモンがこんなに思いやりのある話し方をするのは初めてだ。ぼくはひげを立てた。タイガーを亡くしたバーカー夫妻が落ちこんでいたのは知っているし、もう二度と猫ドアからタイガーが帰ってこないことがふたりにとってどれほど辛いかもよくわかる。あの家の空っぽの出窓を見るたびに悲しくなるのはぼくも同じだ。

「だいじょうぶ？」ネリーが言った。

「わからない」本心だ。「ジョージは知ってるの？」様子がおかしい原因は、これかもしれない。

「いや、おれたちも今日は一度もジョージを見かけてないし、こっちにも来てないから、バーカー家の前は通ってないはずだ」エルヴィスが答えた。

「その猫はどんな猫なの？」しょげ返ってひどい気分だけど、このことはジョージも知るべきで、話すのはぼくになるからありったけの情報を集めておかないと。

「おれが知ってるのはオリバーって呼ばれてることと、近所のシェルターから引き取られたってことだ。前の飼い主が飼えなくなったらしい。それしか知らない」

ぼくはむかしを思いだして気が咎めた。宿無しになったときは、シェルターに連れていかれたら終わりだと思っていた。まだ若くて、シェルターが猫にとって安全な場所だと知らずに逃げだし、最終的にエドガー・ロードにたどり着いた。

「まだ外に出られないみたいだ。そうだよな、サーモン?」エルヴィスが言った。

「ああ、新しい家に慣れるまで、数週間は出してもらえないらしい」

「そう」言葉が喉に詰まる気がした。

「要するに、実際に顔を合わせるまで、この事実を受け入れる余裕があるということよ」

ネリーが慰めてくれた。

「わかった」仲間に会いに外に出たとき、まさかこんなことになるとは思ってもいなかった。でもこうなったからには、タイガーママの家に新しい猫が住んでいることをジョージに知らせに行くしかない。あの子はなんて言うだろう。


「とうぜんなんじゃないかな、パパ」意外にもジョージはおとなの反応をした。最近はしょっちゅう驚かされる。

「え?」てっきりぼくと同じ反応をすると思っていた。タイガーの代わりが来たと知ったら動揺し、たぶん腹を立てるだろうと。

「寂しさは大きさもかたちもいろいろだって、パパも言ってたじゃない。タイガーママがいなくなって、バーカー夫妻はずっと猫がいない寂しさを感じてたし、あそこはいいうちだもの。それに新しく来た猫は、きっと住む家をなくした猫だろうから、ずっと寂しい思いをしてきたと思うんだ。だからくっつくのはとうぜんだよ。第一、いい猫ドアが無駄になってるのはもったいないしね」

「じゃあ、タイガーの代わりが来たとは思わないの？」ずいぶん饒舌《じょうぜつ》だ。

「まさか。バーカー夫妻はこれからもずっと心のなかでタイガーママを大好きでいつづけるよ。ぼくとパパみたいに。でも新しい猫も必要だったんだ」

「そうだね」自分が納得したのか自信がない。「でも、ぼくにはもうガールフレンドをつくらないでって言ったじゃないか。タイガーの代わりはいないからって」

「そりゃそうだよ。パパにとってタイガーママの代わりはいないない。でも猫は人間より頭がいいからね。人間は猫がいないと生きていけない。そうでしょ？」

「うん、まあ、そうだね」この説に異論はない。うぬぼれてるわけじゃないけれど、猫はたいていの動物や人間よりすぐれているから、ジョージの言い分は的を射ている。

「犬のピクルスが猫になれないのと同じだよ。人間もなれない。ぼくにはわかる。それをわかってあげるのもぼくの仕事なんだ」

唖然《あぜん》とするぼくを残し、ジョージは裏庭へ歩きだした。

「ハナに会いに行かなくちゃ、ぼくを待ってるんだ」

ジョージになにがあったんだろう？　そもそも仕事ってなんだろう。謎ばかりで頭がおかしくなりそうだけど、先送りにするしかない。いまはもっと大事なことがある。タイガーの家に新しい猫が住んでいるという現実と向き合わなきゃならない。近いうちにその猫に会うのは避けられないし、そのときはやさしくしなきゃいけない。不機嫌になったり傷ついたりせず、その猫がタイガーじゃないことに、タイガーにはぜったいなれないことに腹を立ててはいけない。バーカー夫妻に猫が必要なのはよくわかる。オリバーに住む家が必要なのもよくわかる。でも頭ではわかっても、そこまで冷静になれない心はまだ傷ついていた。

Chapter 16

その週はずっと頭がぐちゃぐちゃで、とうてい冷静ではいられなかった。ジョージは連日長いあいだ出かけるのに、相変わらず行き先を話そうとしない。信用はしている。そう、ある程度は信用してるけど、心配だ。もし悪いやつに利用されていたら？　危ないことをしていたら？　とにかくどうすればいいかわからない。

普段、朝の散歩から戻ったあとは考えごとをするのにうってつけの時間なのに、今日はソファにポリーとピクルスが座っていたのでできなかった。クレアがふたつのカップにコーヒーを注いでいる。ピクルスは耳を撫でてもらって嬉しそうだ。ずいぶん甘やかされているが、すごくかわいいしびっくりするスピードで大きくなっている。初めて会ったときは犬であることやもろもろの理由で好きになれるか自信がなかったけれど、実際はあっという間に好きになって、いまは家族の一員の気がする。

「今朝マーカスに会ったとき聞いたんだけど、ハロルドはずいぶん元気になったみたいよ」ポリーが言った。

「ほんと？」

「懐かしい友だちがお見舞いに来てくれたおかげで、すっかり元気になったんですって。なにかにつけて文句を言うのは相変わらずだけど、ここ数日で別人みたいに明るくなって、看護師が自分を殺そうとしてるとも言わなくなったそうよ」

「その友だちって女の人かしら」とクレア。

「やめてよ、ただでさえ心臓が悪いのに、どきどきするなんてもってのほかよ。そうじゃないように祈るわ」笑い飛ばしている。「マーカスも誰だか知らないの。とにかくその友だちは毎日お見舞いに来て、来るのはなぜかいつも面会時間の前なんですって。知り合いの誰かなんじゃないかとマーカスは思ってるわ。ほら、お年寄り仲間のひとり」

「デイサービスの？　まあ、ハロルドがご機嫌なら誰でもいいわ」クレアが言った。「最近わたし、同じ病室のお年寄りにも話しかけてるの。気の毒なんだもの、誰もお見舞いに来ない人もいるのよ」

「たしかに気の毒な話ね」とポリー。「わたしがおばあさんになったとき、子どもたちがお見舞いに来てくれるといいけど」

「ポリー、いまからそんな心配をしてもしかたないわ。今日は同じ病室の人たちの分もケーキを焼いて持っていくとハロルドに言ってあるから、そろそろ用意しないと」

「でも、ケーキなんて焼いたことないのにだいじょうぶなの？」

「だいじょうぶよ、ただのスポンジケーキだもの。簡単よ」

ポリーが黙って首を振り、仕事に出かけた。

ケーキづくりはクレアが思うほど簡単じゃなかった。まず、床一面が小麦粉だらけになり、それを食べようとして真っ白になったピクルスから粉を払い落としてやるはめになった。そのあとは急いで割った玉子に殻が入ってしまい、全部取り出すのにすごく時間がかかった。やっとのことでオーブンから出したケーキは見るも無残なありさまで、ぺしゃんこになった代物はとてもケーキには見えなかった。キッチンは爆弾が落ちたあとみたいになったが、先見の明があるぼくは安全な距離を保った場所で観察していた。

「いいわ、もうお店で買ってくる」クレアが宣言し、ぼくとピクルスを置いて出かけていった。ぼくには行きたいところがたくさんあった。たまり場に行きたいし、隣に行ってハナにジョージのことを訊きたいし、タイガーの家へ行って新しい猫をちらりとでも見てみたい気持ちもある。でも、さしあたってどこへも行けない。

「庭に行く？」ピクルスに訊いてみた。庭はかなり寒いけど、少なくとも雨は降っていないし、新鮮な空気を吸いたい。

「うん、行く」ぼくは先に猫ドアから外に出て待ちかまえた。すぐに小さい頭が出てきた。ピクルスの頭。でも体が出てこない。

「なにしてるの？　早く出ておいで」

「動けないみたい」情けない顔をしている。

「動けないって、どういうこと？」

「はさまっちゃった」もがいている。そんな、まさか。ついに猫ドアをくぐれないほど大きくなってしまったのだ。どうすればいい？

　ぼくはその場でぐるぐるまわって考えをめぐらせた。

「なにしてるの？」ピクルスが訊いた。

「考えてるんだ」猫のぼくに引っ張りだすのは無理だ。それに家に入る唯一の場所をピクルスにふさがれたので、閉めだされている。ぼくは腰をおろして肉球を舐めた。

「なにしてるの？」ピクルスがくり返した。

「考えてるんだよ」そう言うあいだもピクルスはなんとか出ようともがき、はさまったまま前足をじたばたさせている。このままだとすぐ疲れてしまうだろう。

「まだ考えてるの？」

「問題は、ちょっとした窮地に陥ってることだね」ぼくは言った。

「なにそれ」

「きみは猫ドアにはさまってる。このあいだまで小さかったのに、大きくなったんだ。いまはジョージより大きいぐらいだから、もう猫ドアからは出られないんだよ」

「わかった。でもそれでどうすればいいの？」おろおろして、いつも以上に顔が皺くちゃになっている。

「かわいそうだけど、方法はひとつしかない。クレアが帰ってくるのを待つんだ」

「でも、いつ帰ってくるの？　窮屈だし、楽しくないよ」

「すぐ帰ってくるよ。もがくのをやめておとなしくしていれば、きっと気持ちも楽になるよ」

ピクルスが言われたとおりにした。「それまで遊べる？」

「いいよ、なにして遊びたい？」

「当てっこしたい」

子どもたちがやるのを見たんだろう。誰かひとりが「Bで始まるもの、見つけた」と言い、ほかの子がまわりを見渡してBで始まるバス《BUS》とかバット《BAT》を見つけて当てるゲームだけど、ピクルスはまだアルファベットをよくわかっていない。

「じゃあ、先に問題出していいよ」ぼくは言った。

「鳥《BIRD》で始まるもの、見つけた」

「鳥」たぶんこれが正解だろう。

「うわあ、当たりだよ。じゃあ、次はアルフィーの番」

気力が尽きかけたころ、クレアの車の音がした。玄関で待ちかまえていたかったけど、ピクルスをひとりにしたらパニックになって怪我をしかねないので我慢した。

「大変！」クレアの声がした。よかった、これで助けてもらえる。クレアからは猫ドアにはさまったピクルスのお尻が見えているはずだ。帰宅早々見る光景がそれなんて、気の毒としか言いようがない。

「いい、ピクルス？」クレアが言った。「じっとしてるのよ。そっと引っ張るから」フンッと力を入れる声が聞こえ、ピクルスの頭がうしろ向きに引きこまれた。ぼくはすぐさま猫ドアからなかに入った。

「ちょっとした窮地《ピクルス》だったわね、ピクルス」クレアが自分の冗談に笑っている。「これからは、誰かに外に出してもらうまで家のなかにいるしかないわ。アルフィーも覚えておいてね。それと、もう外に飛びだしちゃだめよ。追いかけたピクルスがまたはさまっちゃうかもしれないから」

「ミャオ」そんなの困る。ピクルスのせいでただでさえ自由を制限されているし、いくら仲良くなったとはいえ、自由はぼくにとって大事なものだ。外に出られなくてもかまわないと思えるかわからない。

「犬用のドアをつける手もあるわね。大きな猫ドアみたいなものを」眉間に皺を寄せて考えている。「それとも、ポリーが言ってたみたいに、ピクルスが少しやせるか」そうつぶやき、買ってきたものを整理しに行ってしまった。

「これからどうする？」ピクルスがわくわくしている。

「ぼくはランチにするよ」ぼくは答えた。「ピクルスもランチを食べたければ、クレアが犬用の大きなドアをつけてくれるように祈るしかないね」

Chapter 17

自由に外出できるうちに、仲間に会いに行った。

「ジョージに会った？」ネリーとロッキーに尋ねた。エルヴィスの姿はない。

「いや、ここ数日ほとんど会ってない。それを言うなら、おまえにもあまり会わなかったぞ」

「仔犬のお守りをしてるんだよ、すごく時間を取られるんだ。でもジョージは毎日出かけてて、遅くまで帰ってこない。ちょっと心配なんだ」

「どこに行ってるのか見当もつかないわ。わたしもしばらく会ってないから、寂しい」ネリーはいつも愛想がいい。「バーカー家の新しい猫と関係があると思ってるの？」

「そのことについてはぼくのほうが動揺してるぐらいなんだ。ジョージはバーカー夫妻は寂しがってたから、新しい猫を迎えるのはとうぜんだって言ってた。信じてやらなきゃいけないのはわかってる、ただ……」

「ただ？」とロッキー。

「あの子がなにをしてるのか知りたくてたまらないんだよ。でないと、危ないことはしてないと安心できない」

「信じたいのと知りたいのと、どっちの気持ちが強いの？」ネリーが訊いた。

「どっちだと思う？」ぼくはひげを立てた。答えはここにいる全員がわかっている。

ジョージのあとをつけるしかない。さもないと安心できない。さしあたってハナとの関係がどこまで進展しているのか探りを入れるのは棚上げにして、どこに行っているのか確かめよう。でも気づかれたらそうとう不機嫌になるだろうから、ばれない方法を考える必要がある。ぼくが信じていないことにも腹を立てるはずだ。しっかり考えて計画を立てないと。幸い、計画を立てるのはむかしから得意だ。

「ハナに訊いてみたらどうだ？」ロッキーに勧められ、その手を考えもしなかった自分を蹴飛ばしたくなった。なんで思いつかなかったんだろう。

「おまえが知りたがるのも無理はない。むしろジョージが危ないことをしてないとわかれば、おれたちも安心できる。みんなチビすけのことはかわいくてしかたないからな」

「そうだね」

「わたしたちにできることがあったら、なんでも言ってね」ネリーが言った。

「ありがとう、心強いよ」みんなの存在が頼もしい。「でもまずはハナに訊いてみる」

帰るにはバーカー家の前を通らなければならない。ぼくはまだ心の整理ができていなかった。近くまで行ったとき、出窓に座るオリバーが見えた。タイガーがよくいた場所で、それを見ると胸が痛んだ。オリバーは黒と白のハンサムな猫だった。頭がよさそうにも見える。そして当たり前のことだけど、タイガーにはぜんぜん似ていない。見つめていることに気づかれたときはきまりが悪かったが、ありったけの愛想を振り絞ってひげを立ててみせた。オリバーもひげを立ててきた。明らかにもう若くないのに、これまで住む家がなかったのだ。いい家を探している猫はこの世にたくさんいる。バーカー夫妻はいい人だし、ジョージが言ったように猫のいない暮らしはしっくり来ないと感じて猫を求めていた。だからぼくも気持ちの整理をつけるしかない。オリバーにはやさしい家族ができたんだから。タイガーが生きてたら喜んだはずだ。

タイガーのことを考えながらハナの家へ行き、猫ドアからなかに入った。ハナはジョージの友だちだから、普段ぼくだけで来ることはないけれど、今日は例外だ。

「やあ」猫ドアの音を聞いてやってきたハナにぼくは挨拶した。

「アルフィー、驚いたわ」ハナはほんとにかわいらしい。

「元気?」ハナにはもっと外に出てきてほしいのに、家にいるほうが好きらしい。この世にはいろんな猫がいる。

「元気よ。ハロルドの入院で、みんなかなりばたばたしてるけど」ハナが答えた。「ハロルドはだいじょうぶだと思うわ。でも人間はなにかと大騒ぎする生き物だから、わたしはいい子にして話を聞いてあげてるの」

「気苦労が絶えないね」

「家族が心配なだけよ。ハロルドが早く退院して、元どおりの暮らしに戻ってくれたらいいのに」

「心配するのはとうぜんだよ。ハロルドの入院は少し長引くみたいだしね」ぼくは話を切りだした。「実は、訊きたいことがあるんだ。ジョージの信頼を裏切るようなまねはさせたくないけど、あの子が毎日どこに行ってるのかわからなくて、危ないことをしてないか心配なんだよ」

　ハナが首を傾げた。

「あなたが訊きに来るはずだって、ジョージに言われたわ」

　ぼくの行動はしっかり読まれていたのだ。

「ごめん。でも心配でしかたないんだ」

「気持ちはわかるわ。ジョージは仕事をしてると言ってた。そのせいで忙しいけど、詳しいことはわたしにも話せないそうよ。でも、教えてくれなかったのは、わたしがあなたにばらすと困るからだと思うわ」にんまりしている。ハナの笑顔はいつもやさしい。

「なんでもお見通しってことだね」ぼくも笑顔を返した。「ハナ、ひどい父親だと思わないでほしいんだけど、あの子の無事を確認したいだけなんだ」

「わかってる。シルビーもコニーに対して同じ気持ちでいるもの。あなたのほうがまだましなぐらいよ」

「褒められてるのかな」

「アルフィー、たしかにいまのジョージはちょっと隠し事をしてるけど、ジョージは賢い猫だから、安全と言うなら信じてあげなくちゃ。やきもきするのはわかるけど、ジョージにいいことわざを教わったの。『好奇心は猫の命取りになる』」

そのことわざが正しいとは思えない。ぼくはすごく好奇心が強いのに、まだぴんぴんしている。

「ねえ、ジョージに嘘をついてと頼むのはいやなんだけど……」友だちから情報を聞きだそうとしたのがばれたら、ジョージはぜったい腹を立てる。

「だいじょうぶよ、ジョージに嘘をつくつもりはないから。でも訊かれなければわざわざ言ったりしないわ」ウィンクしている。

「ありがとう。それはそうと、ぼくがここにいるあいだに、きみとジョージがどんな関係か話してくれる気はある？」

「あなたはその質問もするだろうってジョージに言われたわ」またにんまりしている。

「だから、自分でジョージに訊いたほうがいいと思う」

「きみにはかなわないな。いろいろありがとう」ハナの言うとおりだ。自分で訊くべきだ。

訊いたところで教えてくれるとは思えないけど。

そのあと少しおしゃべりしてからハナの家をあとにした。ジョージがどこでなにをしているのか突きとめたければ、ほかの方法を考えるしかない。

最近のジョージは朝早く出かけ、午後まで帰ってこない。はっきりした時間をつかんだら、計画を次の段階に進めてあとをつけよう。見つからないようにすれば、なにも知られずにすむ。失敗しようがない。

計画ならこれまで何度も立ててきたし、おおむねうまくいった。危ない目に遭ったことは何度かあるけど、まだこうして生きている。ただ今回の計画では、ぬかりは一切許されない。その日の夜、ぼくは念のためにもう一度どこに行ってるのかジョージに訊いてみた。

「仕事だよ、パパ。数えきれないほど言ってるじゃない」

数えきれないほどじゃない気がする。

「そうだね。でも父親として、やっぱりもっと知りたいんだよ、どこでなにをしてるのか」

「言えないよ。秘密なんだ。トミーが大きくなったらスパイになるって言ってたの覚えてる?」

「うん、そういえばそんなことがあったね。たしか二、三年前だ」

「そう、スパイになって悪いやつをつかまえるつもりだけど、スパイは誰にも自分の仕事について話せないとも言ってた」

「まさか、スパイをしてるの？」そんな。トミーが説明したスパイの仕事は危険なものに思えた。ぼくはあわてふためいた。猫がスパイになれるとは思えないけど、断言はできない。

「違うよ、スパイじゃない。スパイがなにかもよくわからないのに」笑っているのが腹立たしい。「ぼくの仕事も秘密だっていう、ただのたとえだよ。でも危ない仕事じゃないからぼくを信じてよ」

「信じてるけど、どうしてなにも話せないの？」

「言えるのは、すごく大事な仕事だってことだよ」

こうなったら、計画を実行に移すしかない。

翌日、ぼくは黙ってジョージを出かけさせ、こっそりあとを追った。冬が近づいて日が短くなっているから、これからは暗い時間が長くなってしまう。冬はあまり好きじゃない。クリスマスがあるのが唯一の救いだ。ともかく猫ドアから出て前庭へまわると、ハナの家の前を歩くジョージが見えたので、ぼくも見つからないように歩きだした。ジョージが道を横切った。車が来たせいで遅れを取ったぼくは、急いで追いかけた。この先には子どもたちが通う学校があるが、ジョージは学校とは反対のほうへ曲がっていく。迷いなくどんどん歩いているから、通いなれた道なんだろう。ジョージは何度か振り向いたけど、そのたびにぼくは人間の影や生け垣のなかに隠れたから気づかれていないはずだ。そのうちジヨージがやっと立ちどまったので、ぼくもあわてて足を止めた。ジョージは列をつくる人間に混じっているようだ。わけがわからず見ていると、行列の前に大きな赤いバスが停《と》まった。嘘でしょ？　啞然としているうちに、ジョージが人間の脚のあいだをすり抜けてバスに飛び乗ってしまった。追いかけようとしたが、ベビーカーを乗せようとしている女の人に入口をふさがれ、その人が乗ったとたんドアが閉まってしまった。取り残されたぼくは、ジョージを乗せて走り去るバスをなすすべなく見送った。

みじめな結果に絶望的な気分になりながら家へ帰った。ジョージがバスに乗るのは明らかに今日が初めてじゃない。でもなんでそんなことを？　なんのために？　しかも人間は誰も気づいていない。なぜならぼくが知る限り、猫はバスで移動したりしないからだ。ジョージはこっそりバスに乗り、しかもまんまとやり遂げている。望んだ結果は得られなかったけど、とりあえず新たな手がかりはつかめたから無駄ではなかった。少なくとも次の計画の参考にはなる。

ジョージに気づかれずにバスに乗り、ジョージが降りるまでバスのなかでも隠れているにはどうすればいいだろう。答えより疑問のほうが多いが、そのせいで余計に今度こそこの謎を解いてやるという決意が強まった。

次の日、ぼくの決意はさらに固くなっていた。早起きして毛づくろいをすませ、一階でジョージを待ちかまえた。延々待った気がしたころ、ジョージが子どもたちと階段をおりてきた。すぐあとからクレアとジョナサンもおりてきて、朝のにぎわいが家を満たした。

ぼくは朝食の前にジョージを脇に呼んだ。

「仕事に行く前に話したかったんだ」ぼくは言った。「なにも問題はないか確かめたくて」

「なにもないよ。でも今日は仕事に行かないんだ」

え？　せっかく念入りに計画を立てて早起きしたのに。

「行かないの？」ぼくはとぼけた。怪しいと思われたくない。

「うん。誰にでも休みはあるでしょ。ジョナサンだって毎週お休みしてる」

「たしかにそうだね。でもおまえがどんな仕事をしてるのか知らないから、どんな働き方をしてるのかもわかるわけないよ」あくまで無関心を装い、自分の肉球を眺めた。

「ああ、そうだね。今日は休むから、パパと過ごすのがいちばんだと思ったんだ。週末だからピクルスの子守りもしなくていいかもしれないし。だから一緒に出かけない？」表情に期待がこもっている。

「うん、そうしよう」ぼくはちょっと胸がいっぱいになった。「ほんとのこと言うと、一緒にいられなくて寂しかったんだ」

「ぼくも寂しかった。じゃあ時間を無駄にしないで、今日一日を目いっぱい楽しもうよ」

もうほかのことは考えられなかった。たとえそのせいでジョージの仕事を突きとめる計画を先送りにするしかなくても。

Chapter 18

週末はほとんどジョージと過ごし、一緒にごみばこに会いに行ったり、エドガー・ロードの仲間と情報交換したり、ハナを訪ねたりした。久しぶりで楽しかったが、好奇心が猫の命取りになるということわざの正しさが証明されつつあった。ジョージの仕事が知りたくて死にそうだ。

月曜日の朝、ぼくは改めて計画を実行に移し、夜明けに起きだした。するとクレアとジョナサンも起きていた。

「あら、アルフィー、早いのね」クレアが撫でてくれた。ジョナサンはコーヒーを淹れている。どうしたんだろう。

「今日で欠員問題にも決着がつきそうだ」ジョナサンがクレアにマグカップを渡した。

「ほんとにそうなってほしいわ。家族みんなに影響してるもの」

「わかってる、悪いと思ってるよ。でも――」

「いまだけでしょ？　わかってるのよ。でもさすがに限界。ゆうべはトビーが難しい科学の宿題が出たって不安がってたのよ。でもあなたが忙しそうで、相談できずにいた」

「かわいそうなことをしちゃったな」しょげている。「今日帰ったら話してみるよ。手伝ってやれるようになんとしても時間をつくる」

「わたしも一緒に過ごす時間がほしいわ。この週末、あなたはずっとパソコンにかじりついてた」

「ごめん。今日までに報告書を仕上げなきゃいけなかったんだ。でもそんなこともう終わる。終わってくれなきゃ困る」声が沈んでいる。

　ぼくもクレアも、そしてジョナサン自身もその言葉を信じたいと願ったけど、これを聞くのは初めてじゃない。あれこれ考える間もなく、子どもたちとジョージが階段をおりてきた。ジョージが今日仕事に行くのは確認済みだから、準備はできている。ばっちりだ。

　思いがけず、チャイムが鳴った。朝食もまだなのに誰だろう。みんなは朝の日課の真っ最中だ。子どもたちはダイニングテーブルでシリアルとトーストを待っていて、ジョナサンは二階で身支度をしている。クレアが玄関をあけると、ピクルスを抱いたマットがいた。予想外の展開。

「こんな時間にごめん、クレア。ポリーは夜明けに起きてマンチェスター行きの列車に乗らなきゃいけなくて、ぼくは早朝会議があるんだ」マットがもがくピクルスをクレアに渡した。

「気にしないで。うちはどうせ早起きだから」クレアがにこやかに応えてマットを見送り、玄関を閉めてピクルスを床におろし、リードをはずした。すかさずキッチンへ向かうピクルスをぼくは追いかけた。

「ピクルス、悪いけど、これから出かけなきゃいけないんだ。猫の急ぎの用事で。ジョージと」事実とは少し違うけど、ピクルスには単純な話し方をしたほうがいい。「だから留守番しててよ。ぼくが帰ってくるまで」実際は自分がどこへ行くのか見当もつかないから、いつ帰れるのかもぜんぜんわからない。

「うん、わかった」ピクルスがダイニングテーブルの下のいつもの場所に陣取り、子どもたちが食べ物を落とすのを待ちかまえた。よかった。どうなることかと思ったけど、これでだいじょうぶ。ぼくは出かけるジョージを見張りに行った。

ぜんぜん気にしてないふりをしながら、ジョージの動きをずっと見張っていた。クレアが子どもたちをせかして学校へ向かうと、間もなくジョージも家を出た。ぼくは一拍置いてからあとを追った。

裏庭を抜け、門の下をくぐろうとしたら、門があけっぱなしになっていた。ジョージはまだそれほど遠くまで行っていなかったので、小走りで追いかけて道を渡ろうとしたとき、うしろで声がした。

「待って」まずい。ピクルスだ。追いかけてきたのだ。

「留守番してててって言っただろ」クレアが猫ドアを犬でも通れる大きめのドアに換えたのがうらめしい。門があけっぱなしだったのはもっとうらめしい。閉まっていればピクルスは庭を出られなかったのに。

「だって留守番なんてつまんないもん」ピクルスが言った。「ぼくも猫の急ぎの用事に行きたい」

ぼくはまたしても決断を迫られた。あれこれ悩んでいる暇はない。ピクルスを家に連れ帰るか、このままジョージを追いかけてうまくいくように祈るか。ジョージの行き先はなんとしても突きとめたい。でもいま家に戻ったら、いつ次のチャンスが来るかわからない。どこにでもついてくるピクルスがいればなおさらだ。やっぱりジョージの無事を確かめたい。それがなにより大事だ。ピクルスを連れていくしかないけど、ひとりで道を渡らせるわけにはいかない。

「ぼくのそばを離れないで、見つからないようにするんだよ」まさかこんなことになるとは。

「なんで？」

「ジョージを驚かせるんだ。だから見つからないようにする」

「わあ、楽しそうだね！」

ぼくはしっぽをひと振りした。ぜんぜん楽しくない。

びくびくしながらも無事ピクルスに道を渡らせ、バス停へ向かうジョージを追った。

「これからバスに乗るけど、見つからないようにしててね」

人間の脚にまぎれてなんとかバスに乗りこむと、うしろのほうへ行くジョージが見えたので、ピクルスとすばやくそばにあった大きなショッピングカートの陰に隠れた。

「ぜったい口をきかずにじっとしてるんだよ」ぼくは嬉しそうにお尻をもぞもぞさせているピクルスをたしなめた。そもそもジョージがなんでバスに乗ろうと思ったのか謎だけど、まんまと乗れた理由はわかった。ほとんどの人間は携帯電話に夢中で、本を読んでいる人もいるから、見つからないのはわりと簡単なのだ。バスが停まるたびに体が傾いてしまうので、動かないようにピクルスとぴったりくっつく感じになった。降りる人にしっぽを踏まれたときは、歯を食いしばって悲鳴をこらえた。ずいぶん時間がたった気がしたころ、ジョージがドアの前へ行ったので、ぼくはピクルスに降りる用意をさせた。ピクルスがそばを離れないように心のなかで祈った。ピクルスだけバスに取り残してしまったら、どれほどまずいことになるか想像もできない。するといきなりバスが停まり、ジョージが慣れた様子で歩道に降りた。ぼくとピクルスは今度もどうにか人間と歩調を合わせてあとを追った。顔に風が当たったときは、冒険をひとつ終えて心からほっとした。バスを利用することを思いついたジョージには感心するけれど、毎日これをやっていると思うと心配だ。人間に踏まれて怪我をしていたかもしれないし、それではすまなかった可能性もある。バスでの移動は精神的に疲れるものだった。でもそれはピクルスをおとなしくさせておくのに必死だったせいだろう。

「これからどうするの？」ピクルスはすっかりわくわくしていて、それを見ると不安になった。家からこんなに遠いところまで連れてくるべきじゃなかった。ジョージとぼくだってこんなに遠くまで来るべきじゃない。

「行こう。ジョージを見失うとまずい」ぼくはピクルスを促して安全な距離を保ったままジョージのあとを追った。間もなくモダンで大きなビルに着いた。そしてようやくここがどこかわかった。去年ハロルドが倒れたとき迎えに来たような車がビルの前に停まっている。救急車。ジョージの行き先は病院だったのだ。そしてここで働いているつもりらしい。

わけがわからず、ビルに入っていくジョージを追って入口へ走った。自動ドアが開いてなかに入ったが、そこにはあまり人間がいなくて誰もぼくたちに気づいていない。うしろで閉まったドアのほうへ振り向くと、ドアの反対側にピクルスがいた。ジョージもピクルスも見失うわけにはいかない。あわてて駆け寄ると、ドアが開いた。

「急いで」

「フン、フン」ピクルスが鼻を鳴らす音でジョージが立ちどまった。猫は人間よりはるかに耳がいい。ドアが閉まると同時にその場で凍りついていたジョージが振り向き、ぼくたちに気づいて近づいてきた。ぼくは身構えた。ジョージは嬉しそうには見えない。

「ここでなにをしてるの？」やっぱり怒っている。そのときまたドアが開き、何人か入ってきた。ピクルスも嬉しそうにとことこ入ってくる。

「ええと、ハロルドのお見舞いでもしようかと思って」

「ごまかさないで。ぼくが仕事をしてるって言ったのを信用できなくて、つけてきたんでしょ。なにもかも台無しになったらどうするの？」ジョージがドアのほうへぼくたちを追いやった。どうか誰も気づいていませんように。

「ワ――」嬉しそうにお尻をもぞもぞさせているピクルスが口を開いた。

「シーッ、ピクルス」ぼくはあわててさえぎった。「静かに」

それからジョージに向き直った。「そうだよ、どうしてもおまえの行き先を知りたかった。心配でたまらなかったんだ。少し前からあとをつけようと思ってたけど、やったのは今日が初めてで、失敗したのはピクルスもついてきちゃったからだよ。ほんとにごめん。でもおまえを心から大切に思ってるから、無事だと確かめずにいられなかったんだ」

「じゃあ、もうわかったでしょ、ぼくが働いてる場所が。病院で働いてるんだよ。ハロルドはここに入院してて、ぼくの仕事はハロルドだけじゃなく大勢の人を幸せにすることなんだ。ぼくにとってはすごく大事なことで、パパのせいで台無しになったら、一生許さないからね」

最悪の気分だった。ジョージを信じてやるべきだった。でも親として行き先を突きとめずにはいられなかった。ジョージが打ち明けてくれさえすれば。いや、なにをしてるか打ち明けてくれたとしても、やっぱり心配であとをつけていただろう。

「ジョージ」ぼくは声に精一杯親としての威厳をこめた。「ぼくは父親だからおまえを信じてるけど、あんなやり方は危険すぎる。なにが起きてもおかしくない。気が気じゃなかったよ。車に轢かれるとか、人間に踏まれるとか、バスの運転手に見つかるとかしたらどうする？　考えたことはあるの？」

「でも、なにも起きなかったでしょ？　パパ、心配するのは無理ないけど、すごく気をつけてるからだいじょうぶ。最初はマーカスと来たんだ」

「マーカスに連れてきてもらったの？」思ってもいなかった。

「正確にはちょっと違う。お見舞いに行くマーカスのあとをつけて行き方を覚えてから、ひとりで来るようになったんだ。たいていは朝のうち、お見舞いの人がいない時間に来てる」

「どうして話してくれなかったの？」

「ハロルドに言われたんだよ。内緒にしないと来られなくなるって」

「人間には内緒にするって意味だと思うよ。で、これからどうするの？」退屈したピクルスが落ち着かなくなっている。

「パパとピクルスは帰ってよ。ぼくはハロルドに会いに行く」

「えーと」計画のこの部分まで考えていなかった。

「なに？」とジョージ。

「どうやって帰ればいいかよくわからない。おまえから目を離さないようにするのと、ピクルスが危ない目に遭わないようにするので精一杯で、帰ることまで考えてなかった」

「しょうがないな。じゃあ、ピクルスとここで待っててよ。ぼくはみんなに会ってくるから隠れてて」

「みんな？　ハロルドだけじゃないの？」

「ハロルドのそばには、ぼくに会いたがってる寂しいお年寄りが大勢いるんだ。それがぼくの仕事なんだよ。寂しい人に会いに行って元気にすることが」

「すごい。偉いね」感心する。

「そうでしょ。なのにパパはそれを邪魔しようとしてるんだよ」

「一緒に行ってもいい？　一度だけでいいから」

「だめ、ぜったいだめ。一緒に行くなんてありえないよ」

「わかった」あきらめて隠れているしかなさそうだ。ピクルスをおとなしくさせていなくちゃいけないけど、どうすればいいのか見当もつかない。ところが一瞬の隙に、歩きだしたジョージをピクルスが追いかけてしまい、ぼくはしかたなくあとを追った。

ジョージは奥にあるドアへ向かっている。

「なに？」ジョージが言った。

「ピクルスが追いかけちゃったんだ」ぼくは事実を答えた。

「そうだよ」とピクルス。「猫になろうとしてるんだから、ぼくも人間を元気にする。猫の大事な仕事だもんね」

ぼくはジョージに向かってひげを立てた。ピクルスに猫になるという考えを吹きこんだのはジョージだ。ぼくたちはジョージに言われるまま廊下の隅に身をひそめた。目の前のドアがあいて人間が出てくると、ジョージに急ぐように小声で合図された。無事に戸口を抜けた直後、ドアが閉まった。そこは階段だった。

「エレベーターもあるんだ」ジョージが説明した。「でもボタンに届かないから、行きたい階に行くには階段がいいんだ」

「ずいぶんいろいろ研究したんだね」また感心してしまう。

「当たり前だよ。何度も言ったけど、これはぼくの仕事なんだから」ジョージが答えた。「こんなに大事な仕事、勢いだけじゃ始められない。いっぱい考えなきゃいけないし、素質もいる」

たしかにそうだ。みんなで階段をふたつのぼった。ピクルスはぜいぜい息切れしている。やっぱり太りすぎだ。少なくともぼくたちより。

目指す階に着くと、ドアストッパーでドアが細くあいていた。

「ハロルドがやったんだよ。起きてもかまわない人がちょっと散歩できるように、毎日ストッパーをはさんでるんだ」ジョージが教えてくれた。「初めて来たときは、誰かがあけてくれるまで延々待ってなきゃいけなかったけど、もうそれを当てにしなくてもよくなった」

ジョージが細い隙間をすり抜け、ピクルスに振り向いた。

「パパ、先にこっちに来て一緒にもう少しドアをあけてくれる？　ピクルスが通れるように」ぼくの息子は天才かもしれない。

ちょっと大変だったけど、最後にはみんな隙間を通過できた。

「じゃあ、次が最後だよ」ジョージが言った。「あそこのドアは閉まってるけど、しょっちゅう人間が出入りしてるから、そばで待ちかまえてて、あいたら一気に走るんだ。ぼくかパパの最初に着いたほうがピクルスのためにドアを押さえてよう」

「ぼくが最初に着いたらどうするの？」ピクルスの言葉に、ジョージは無言でしっぽをひと振りしただけだった。ぼくへの怒りはいつ収まるのだろう。

みんなで柱の陰に隠れていると、ジョージが言ったとおりドアがあいて人間が出てきた。いまだ。行くよ、と声をかけようと振り向いたら、ピクルスが見たこともないスピードで逆のほうへ走りだしていた。

Chapter 19

「急いで」ジョージのひと声で、ぼくもあわてて全速力でピクルスを追いかけた。ピクルスは子どもが乗った車椅子を押す男の人を追いかけ、ほかの部屋に入ろうとしている。なんとか追いついて戸口を抜けた直後、うしろでバタンとドアが閉まり、ぼくはぎりぎりのところでしっぽをはさまれずにすんだ。息を整えながらあたりを見渡すと、そこは明るい色にあふれた場所だった。そのときぞっとする光景が目に入った。車椅子に座る女の子の膝にいつのまにかピクルスが乗っている。ガウンの下に隠れているから、車椅子を押している男の人は気づいていない。にこにこしている女の子が乗る車椅子を追っていくと、ベッドに着いた。いやな予感がする。

「ここはきっと子どもの病室だよ」ジョージが言った。

じゃあ、これが病室というものなのか。子どものいるベッドがずらりと並び、ベッドサイドにおとなも何人かいる。ぼくはジョージを見た。

「まずいことになったね」

「うん。見つかったら大騒ぎになっちゃう」それを証明するように、ピクルスが女の子の膝から飛びおりて駆けまわりだした。

「見て。犬がいるよ」ひとりが叫び、ベッドから起きあがれる子たちがピクルスのまわりに集まった。おとなは不安そうに顔を見合わせている。見つからないようにカーテンの陰に隠れていたぼくとジョージも顔を見合わせた。

「どうして犬がいるの？」おとなのひとりが言った。

「さあ。看護師長さんを呼んでくる？」別のおとなが答えた。

「遊んじゃだめ？」ピクルスを撫でている男の子が訊いた。「いいでしょ、すごくかわいいよ」

「ワン」ピクルスが相槌《あいづち》を打った。

「どうして犬がいるのかわからないけど」男の子のそばにいるおとなが答えた。「ここにいちゃいけないのはわかるわ」

「病院に来てもいい犬なんじゃない？」別のおとなが切りだした。「なにかで読んだことがあるわ」

「そうかもしれないけど、その場合は誰かと一緒でリードをつけてるはずよ。子どもが噛まれたら大変だわ」女の人がそう言い、看護師長を呼んでくると言って病室を出ていった。

「大変だ」やっぱりピクルスを連れて帰ればよかった。来なければよかった。計画を先送りにすればよかった。ジョージを信じればよかった。いろんなことが悪い方向に向かっていて、いやな予感しかしない。入念な計画には程遠い。「もし見つかったら、ピクルスはどうなるの？」

「わかんないけど、ハロルドにはぜったい見つかっちゃだめだって言われてる。だから内緒にしてたんだ。見つかったらかなりまずいことになるって言われた」

すでにかなりまずいことになっている。それだけは間違いないし、見つからずにピクルスのところへ行くのも無理だ。打つ手はないか頭を絞ったが、選《え》り好《ごの》みできるほどの選択肢は思いつかなかった。

「このまま隠れて様子を見てたほうがいいかな」

「ほかにどうしようもないよ。もう、パパ、なんでピクルスを連れてきたりしたの？」

ぼくもそう思う。

「何事ですか？」よく響く声が聞こえ、ぼくたちはもちろん子どもたちに比べても巨人みたいに見える大柄な女の人が現れた。あの人が看護師長なんだろう。子どもたちがしぶしぶベッドに戻っていく。嬉しそうにお尻をもぞもぞさせているピクルスを看護師長がにらんだ。駆けつけて助けたいが、どうすればいいかわからない。看護師長が床に影を落としながら腕を伸ばし、ピクルスをつまみあげた。ピクルスが顔を舐めている。

「いやだ、汚らしい。小児病棟にいるなんてとんでもないわ」非難され、ピクルスが戸惑っている。これまでみんなピクルスの魅力に夢中になったんだから、無理もない。おろしてもらおうともがくピクルスを逃がすまいと、看護師長が腕に力を入れている。こんなことになって、どうやってジョージに埋め合わせすればいい？

「首輪はしてないの？」母親のひとりが訊いたが、していないのをぼくは知っていた。マイクロチップをつけたから首輪はつけないとポリーが話していた。つけたらピクルスが食べてしまうに決まってるからだ。

「してないけど、マイクロチップをつけてるかも」別の声が聞こえ、ほっとした。

「だとしても調べてる暇はありません。保護団体に連絡して、あとは任せることにします」看護師長が言った。ぼくは気持ちが真っ暗になった。保護団体がなにか知らないけど、二度と会えないところにピクルスが連れていかれてしまったらどうしよう。保護団体がいまピクルスを抱えている女の人みたいに意地悪だったら？

「パパ、なんとかしなきゃ」ジョージが小声で訴えた。

「うん」そのとき、新たな計画が浮かんだ。「あの人のあとをつけよう。とにかくピクルスを目の届かないところに行かせちゃだめだ」

「そうだね」ジョージの返事でいくらかおとなに戻れた気がした。これまでジョージは分別を働かせて慎重に行動してきた。ほんとは病院に来るべきじゃないけれど、正しい理由があってのことで、それを台無しにしてしまったぼくはあまりいい父親とは言えない。ピクルスを助けるだけでなく、この状況を挽回《ばんかい》しないと。失敗した親ならそうする。しょせん、ぼくたちはただの猫なのだ。

看護師長がすたすた去っていくと、残された子どもたちが泣きだしたが、心配している余裕はなかった。ぼくとジョージは心得顔でひげを立て合ってあとを追い、カートの陰に隠れながらこれまで以上に慎重に廊下を進んだ。看護師長がつかつかオフィスに入り、ピクルスを椅子におろした。

「ここにいなさい」険しい口調にさすがのピクルスも怯えてしまったようで、見たことがないほどおとなしく座っている。

幸いドアは閉められていないが、まだ見つかる危険は冒せない。ぼくはこっそりオフィスをのぞきこんだ。

「どうやって入りこんだの？」看護師長が問いただした。

「ワン」

「そんなこと言ってもだめ。わたしが取り仕切る病棟に犬なんて、とんでもないわ」にらまれたピクルスが震えている。

「まったく」看護師長がパソコンになにか入力し、受話器を取った。ぼくは息詰まる思いで成り行きを見守った。「もしもし？　病院からかけてるんですけど、犬が走りまわっていて困ってるんです」

相手の話を聞いている。

「危険かどうかはわかりません」看護師長が答えた。ぼくはジョージに視線を走らせた。ピクルスはこの世でいちばん安全な犬だと思う。

「いいえ。口輪はつけてません。あの、誰か病院まで引き取りに来てもらえませんか？ここは小児病棟なんです。ええ……はい。急いでくださいね、お願いします」

会話が終わった。

これからどうなるんだろう。もうすぐ保護団体が来るのに、見つからずにピクルスをあの部屋から出すなんて無理だ。

「師長、三号室で問題が」ふいに看護師が駆けこんできた。あわてて隅で縮こまったので、見つからずにすんだ。看護師長が看護師に目をやり、つづけてピクルスを見た。

「じっとしてるのよ」有無を言わさぬ口調で告げ、急いで出ていく。ドアを閉めていったが、完全に閉まる直前にジョージがドアに前足をかけた。よかった、これでまた全員がそろった。でもここから出る方法を考えなきゃいけないから、問題が解決したわけじゃない。

「ピクルス」ぼくはそっと声をかけた。「こっちにおいで」

ピクルスはお尻をもぞもぞさせたが、椅子から飛びおりることはできた。

「すごく楽しいね」ピクルスが言った。ぼくはなにも言えなかった。「あの怖い女の人は別だけど。あの人、あんまり好きじゃない」

「あれを見て」安全な外へ出ようと歩きだしたとき、ジョージが前にあるものをひげで指した。「洗濯物のカートだ。前に見たことがある。運がよければあれでハロルドがいるところへ行けるかもしれない」大きなカートは高さもあるからピクルスにはとうてい飛びこめそうにない。でも横にあるスリットからならなかに入れるかも。

「ピクルス、ぼくが言うとおりにするんだよ」ぼくは精一杯厳しい口調を保った。

「いつもしてるよ」それだけはぜったい違う。みんなでカートに近づいた。男の人がカートに片手をかけたままそばにいる人と話している。幸い、こちらに背中を向けている。

「さあ、入って」ぼくはスリットに前足を引っかけた。

「アルフィーも来る？」

「すぐ行くよ」ピクルスがよじ登り、途中でお尻がちょっと引っかかったけど、ぼくが前足で押しこんでやった。ぼくも入り、ジョージもつづいた。

「変なにおいがする」ピクルスが言った。たしかにあまりいい香りがするとは言えないが、洗濯物のカートだからしかたない。幸い洗濯物の量はそれほど多くなかった。そもそもこうなったのはピクルスのせいなんだから、文句を言いたいのはこっちだ。

「保護団体よりましだよ」ジョージが小声でたしなめた。機嫌が悪い。まだぼくたちを許していないのだ。

「どこへ行くの？」カートの外から話し声がした。

「カーペンター病棟だよ」男の人が答えた。

「ハロルドがいるところだ」ジョージがほっとしている。

「ピクルス」ぼくは言い聞かせた。「これからはぼくたちが言うことをちゃんと守るんだよ。勝手にどこかへ行ったり、思いつきで行動したりしちゃだめだ」

「わかった」それを聞いてもあまり安心できないが、最悪の状況はなんとか切り抜けたし、少なくとももうすぐハロルドに会える。あとはジョージにどう埋め合わせをするか考えるだけだ。

カートが動きだした。前に進んでいるのがわかる。戸口を抜けるときちょっと揺れたけど、静かにしているようにピクルスに合図した。そのあとも揺れるたびに戸口を抜けたのがわかり、間もなくカートが止まった。

「ちょっと見てみる」ジョージが隙間から外をのぞいた。「やっぱりそうだ」ぼくたちに会ってからいちばん嬉しそうだ。「ついてきて。ここに詳しいのはぼくだけなんだから、それを覚えておいたほうがいいよ」

ぜったい忘れない。ジョージが先頭を行き、ピクルスをあいだにはさんでぼくがしんがりを務めた。こうすればピクルスから目を離さずにいられる。そのあとは特に問題もなく、子どもたちがいた部屋と同じような部屋に着いた。ドアにいちばん近いベッドに、ストライプのパジャマを着たハロルドがいる。ハロルドに会えた嬉しさで歓声をあげそうになり、どれほど会いたかったか気づかされた。ジョージがベッドに飛び乗った。

「どうしたのかと思ってた。今日は遅かったな」ハロルドがジョージを撫でて頬ずりした。

「心配してたんだぞ」

「ミャオ」ジョージが応え、床にいるぼくたちを見た。その視線をハロルドが追った。

「こりゃ驚いた。どうやってこの子たちまで連れてきたんだ？」

「ミャオ」ぼくは応えた。

「ちょっと待ってろ」ハロルドがジョージをベッドにおろしてからゆっくり両脚を床におろし、ベッドのフレームをつかんで屈み、ピクルスを抱きあげた。ぼくもベッドに飛び乗り、みんなでハロルドを囲んだ。

「おいおい、どうしたんだ？」近くのベッドにいたおじいさんが起きあがってやってきた。

「どうやって来たのか見当もつかんよ、アーサー」ハロルドが言った。「ジョージはすごく頭がいいし、アルフィーもそうだが、犬をこっそり連れこむなんて芸当がどうしてできたのか」

アーサーと呼ばれたおじいさんがくすくす笑った。「たいしたもんだ。この子をみんなに見せてもいいか？」抱きあげられたピクルスがおじいさんの顔を舐めている。

「ああ。でも見つからないように気をつけてくれよ。病院のスタッフが来たら隠れるんだぞ。すまんな、ジョージ、おまえはもう知ってることだが、アルフィーとピクルスにとっては大事な話だ」

「ミャオ」ぼくももう身に染みてわかってる。

アーサーがピクルスを抱いてほかの人に見せに行くと、誰もがあっというまに元気になった。

「パパ、心配する気持ちはわかるけど、ぼくはハロルドだけじゃなくて入院してるほかの人にも会いに行ってるんだ。ぼくがいないあいだ、ここにいてくれる?」

「気をつけるんだよ」ぼくはジョージに頭をくっつけた。ハロルドは眼鏡を探してきょろきょろしているが、眼鏡は頭の上にある。

「つかまったりしないよ」ジョージがぼくをにらんだ。「誰かさんと違って」

「だから悪かったよ」

「ニャー」ジョージがハロルドに顔をこすりつけた。

「わかってる。またあとでな」ハロルドはすっかり心得ているようで、ぼくはジョージが誇らしかった。あの子はここで大事な役目を果たしているのだ。

「ジョージはここじゃ強壮剤みたいなものだ」ハロルドが言った。「みんなあの子が来るのを楽しみにしてて、あの子に会うとすごく元気になる。おまえの息子はたいしたもんだ」

ミャオと応えたかったのに、声が喉に詰まってしまった。それにあとをつけたうしろめたさがまだ消えていない。

「ひとりぼっちの年寄りもいるんだ。うちの家族が見舞いに来ると、誰も見舞いに来ないそういう年寄りと話をしに行ってもらってる。隅のベッドにいるじいさんがわかるか？ネヴィルというんだ」そのおじいさんはすごく顔色が悪かったが、ピクルスを抱いたアーサーが近づいていくと満面の笑みになった。悲しいのと微笑ましいので、ぼくは泣きたくなった。ここにいる人たちは病気で、なかには寂しい人もいるのだ。そんなの間違ってる。

「ミャオ？」どうすればいいの？

「やりきれないよ。どうすればいいかわからなくてな」でも、ぼくたちにできることなんてあるんだろうか。

「来るぞ」いきなりハロルドがシーツの下にぼくを隠した。アーサーはそばのベッドの下にピクルスを隠している。

「みなさん」さっきの看護師長ほど怖くない声が聞こえた。姿は見えないけど、声からするとやさしそうだ。「もうすぐお薬の時間ですよ。みなさん変わりはない？」

「ありません」全員が口をそろえた。

「よかった。すぐ戻ってきますね」

「しょっちゅう、すぐ来るとわざわざ言いに来るんだ。おかしな話だろ？」ハロルドが言った。「だが、おかげでもうすぐ薬の時間だとわかるから、おまえたちを隠せる。見つかるわけにはいかないからな」もう見つかるのはごめんだ。

すごく楽しかった。同室のおじいさんはみんな明らかに元気いっぱいには見えなくて気の毒だったけれど、部屋の雰囲気はよかった。ハロルドさえ何度か声をあげて笑っていた。

「さて」みんなが薬を飲み終えたころ、ハロルドが言った。「そろそろ誰かジョージを迎えに行ってくれないか。もうすぐ面会時間だからうちの連中が来る。あんたたちもいまのうちに戻ったほうがいい」動けるおじいさんたちが、ぼくとピクルスのいるハロルドのベッドに集まっていた。

「おれが行ってくる」ひとりが申し出た。

「お気に入りのレディに会いたいだけだろ、ジャイルズ」アーサーの言葉でみんな笑っている。

間もなくジャイルズがガウンの下にジョージを隠して戻ってきた。

「ほんとによく来てくれたな」感慨深げにハロルドが言った。「おまえたちがいなくなると寂しいが、もうすぐ退院できる。だからもう帰りなさい」

「ミャオ」ジョージが応えた。

「来るぞ」アーサーのひとことで、手順を学んだぼくたちはシーツの下に隠れた。ピクルスを見ると、夢中でしっぽを振っていた。

「じっとして」

「してるよ」ピクルスが答えた。してないのに。

「ピクルス、またつかまっちゃうよ」ジョージが注意した。

「つかまらないよ」むきになっている。「ぼくは立派な猫だもん」

立派でもないし、猫でもない。

「それはなんですか?」声が聞こえた。幸い、さっきの怖い女の人の声ではないが、ぼくもジョージもじっとしていた。でもピクルスはまだしっぽを振っている。まずい、いやな予感がする。ふいにシーツがめくられ、ぼくたちが丸見えになった。

「人権侵害だぞ」ハロルドが怒鳴った。「裸だったらどうするつもりだ?」

「そんなことありえませんよ」男の人の声がした。やさしそうな声。「病室では患者さんにパジャマを着てもらってますからね。それより、なんでベッドに猫とパグがいるんですか?」笑いそうになるのをこらえている。

隣にいる看護師の制服を着た女の人がつぶやいた。「信じられない」

「見舞いに来てくれただけだ」ハロルドが言い返したが、うしろめたそうだ。

「どうやって猫二匹と仔犬がここまで来られたんだろう?」男の看護師が頭を掻いている。

「どうする?　犬の保護団体に連絡する?」女の看護師が言った。

「犬の保護団体は猫は受けつけないぞ」ハロルドの返事にぼくはほっとした。「それに、この子たちは顔見知りだ」

「そうなんですか？」男の看護師が訊いた。

「ああ、同じ通りに住んでる。もうすぐ息子のマーカスが来るから、この子たちを連れ帰る段取りをつけてくれるはずだ」

ジョージが改めてぼくをにらみつけた。クレアたちに知られたらめちゃくちゃ叱られそうだが、どうしようもない。逃げることはできるけど、つかまって保護団体に連絡されるかもしれない。それに犬の保護団体は猫をどうするんだろう。猫の保護団体もあるんだろうか。いくつもの疑問が駆けめぐり、マーカスが来たことに気づかなかった。

「父さん――」明るく声をかけたマーカスの足がぴたりと止まった。

「やあ」ハロルドは涼しい顔をしている。

「どういうこと？」気の毒に、わけがわからず眉間に皺を寄せている。

「どうやら」男の看護師が説明し始めた。「この子たちはなんらかの手段で見舞いに来たようです。ご存じだと思いますが、院内は動物禁止です」

「とうぜんです。でもどうやって入ったんだろう」ぼくたちはマーカスにとぼけた顔を向けた。ハロルドもとぼけている。ほかのスタッフがやってきた。

「いま小児病棟から連絡があったんだけど、向こうに犬がいたんですって。でも猫のことは話してなかったわ」

「大騒ぎを巻き起こしてるの？」マーカスに訊かれたぼくたちは、虫も殺さぬ顔をしてみせた。

「ミャオ」ぼくはできるだけ小さな声を出した。

「この子たちのおかげでみんなすごく元気になってるんだ」アーサーが言った。

「だとしても、動物は病院に入れません。連れて帰ってもらえますか？」男の看護師が、やさしいが有無を言わせぬ口調で告げた。

「もちろんです。ただリードもキャリーもないし、バスで来たので、友だちに電話してもいいですか？」

「どうぞ。迎えの方が来るまで、責任を持ってこの子たちがどこにも行かないようにしていただけるなら、このままでかまいません」男の看護師がにんまり笑って立ち去った。ぼくは心底ほっとした。

「父さん、電話してくれればよかったのに。きっとクレアはピクルスがいなくて気が気じゃない思いをしてるよ」

まずい、クレアのことをうっかりしていた。

「わたしが携帯電話を使えないのはわかってるはずだ」ハロルドがむっつり応えた。マーカスが自分の電話を出してクレアにかけた。

「クレア。いま病院にいるんだけど、アルフィーとジョージとピクルスが来てるんだよ」

クレアがなにかわめきたてているが、聞き取れない。

「うん、うん。ぼくも来たばかりでなにがなんだかわからないんだ。アルフィーたちを迎えに来てもらえる?」

ふたたびクレアがなにかわめいている。

「すぐ来るって」電話を切ったマーカスが言った。「でも機嫌がよくなかったから、おまえたちはまずいことになるよ。父さんも」

やれやれ。きっとぼくが叱られる。おとなとして責任ある行動をしなきゃいけなかったのに。ハロルドの責任が問われるとは思えないから、全部ぼくのせいにされるだろう。

名残惜しい気持ちで別れの挨拶をしていると、クレアが怖い顔で病室に入ってきた。リードとキャリーを振りまわしてこちらへ突進してくる。それを見て、ぼくたちはちょっと縮こまった。

「なかなか車を停める場所が見つからなかったの」クレアが言った。「心配でどうにかなりそうだったわ。そこらじゅうこの子たちを探しまわっても見つからないから、取り乱して会議中のジョナサンを電話で呼びだしてもらったら、ハナの家にいるんじゃないかと言われて期待して行ってみたのに誰もいないし、もう少しでポリーに連絡するところだった。もししてたらポリーもどんなに取り乱していたか」まくしたてる様子を見れば怒っているのがよくわかる。特にぼくに。

「うん。この子たちを見たとたん、きっとそうだろうと思ったよ。車まで一緒に行こうか?」

「ええ、お願い。助かるわ。それからハロルド、もしまた思いがけないお客さんが来たら教えてちょうだいね」クレアが人差し指を立て、ハロルドに向かって振ってみせた。

エドガー・ロードに戻るまで、ジョージはひとこともぼくと口をきこうとしなかった。謝っても聞く耳を持たなかった。家に着くと、クレアにキッチンへ連れていかれて叱られた。

「ものすごく怒ってるのよ」クレアが言った。「でもアルフィー、あなたはおとななんだから、責任はあなたにある。どういうつもり? そもそもどうやって病院まで行ったの? とにかく、これからスーパーで買い物して、そのあと子どもたちを迎えに行ってくるわ。今日はあなたたちを探すのでほとんどつぶれてしまったから。それと、また出かけようなんて思わないうちに、猫ドアに鍵をかけますからね」

そして足音荒く出ていった。どうやらぼくたち全員、外出禁止になったらしい。

Chapter 20

本格的な冬になって寒さも厳しくなったが、家のなかはそれ以上に冷え冷えしていた。全部ぼくのせいだ。赤ちゃんのピクルスに責任はない。でもぼくは違う。病院へ行った日からジョージはぼくと口をきいてくれない。ハナには会いに行っているけど、わりとすぐ帰ってくるから、また見つかる危険を冒してまで病院へ行くようなまねはしていないようだ。仕事を失ったのはぼくのせいだと思っていて、しかも入院してる人たちもジョージに元気づけてもらえなくなってしまった。ぼくは罪悪感で押しつぶされそうだった。

クレアにはことあるごとに叱られている。もしまた「ピクルスになにかあったら、あなたの責任だったんですからね」と言われたら、頭がおかしくなりそうだ。

なにがあったか知ったポリーとマットは青ざめ、反省しきりのクレアはぼくよりむしろ自分を責めていたが、ポリーはピクルスがぼくたちを追いかけたのはクレアのせいじゃないと慰めた。うちの門はもう風であいたりしないようにジョナサンがボルトを締め直した。ピクルスが病院までついてきてしまったのは複数の原因が重なった結果だけど、つまるところはぼくがとんでもない間違いを何度も犯したからだ。

怒っていないときのクレアたちは、ぼくたちが病院まで行ってのけた事実に唖然としていた。どうやって行ったのか、もちろんぼくからは教えてあげられないが、少なくともジョージが何度も通っていたことはばれていない。どうやらハロルドが内緒にしているらしい。ぼくに腹を立てていないのは、子どもたちを除けばピクルスだけだ。とはいえ、ピクルスはなんでみんなが大騒ぎしているのかさっぱりわからず、生まれてから最高の一日だったと言いつづけている。とりあえずピクルスだけは幸せだ。怒る気にはなれないが、もうぼくたちについてきちゃだめだと念を押しておいた。

なんとかしてジョージに機嫌を直してもらわないと。家ではぼくを避け、ハロルドに会えなくなって寂しがっている。話しかけても無視される。しかたないのでぼくはクレアがピクルスを連れて子どもたちを学校へ送っているあいだに、仲間に相談しに行った。いまの状態をなんとかしなければ。

冷たい風が吹きつけるなか、たまり場へ向かった。まずネリーが目に入り、つづけてエルヴィスとロッキーもいるのがわかったが、次の瞬間、オリバーに気づいた。バーカー家が引き取った猫。ぼくはみんなの手前で足を止め、息をついた。いずれ顔を合わせるのはわかっていたが、いろいろあってあまり深く考えてこなかった。どうやらついにその時が来たらしい。ぼくは勇気を奮い起こし、自分ならできると言い聞かせた。

「アルフィー」ネリーが近づいてきて顔をこすりつけてくれた。ぼくにとって簡単なことじゃないとみんなわかっているのだ。それがありがたかった。

「やあ」ぼくはみんなに挨拶してから新顔の猫に向き直った。「はじめまして、オリバー。ぼくはアルフィー。このあいだ出窓にいるのを見かけたよ。エドガー・ロードにようこそ」

「ありがとう。あんたの話は聞いてる。ここにいるみんなだけでなく、バーカー夫妻からも」心のこもった挨拶をされ、ぼくはたちまち好感を持った。タイガーのベッドや庭にいるオリバーがつい思い浮かんでしまうけど、そんなの関係ない。しかたないことだ。

「ほんと？　あの人たちがぼくの話をしたの？」

「タイガーのことや、近所の仲間と仲がよかった話をしてくれた。あんたとジョージといちばん仲がよかったことも」

「そうなんだ」胸が詰まりそうだ。「じゃあ、きみのことも教えてくれる？」とにかく頑張ろう。タイガーならきっとそうしてほしがる。

「フードはゼリー寄せが好きだ。特に魚が。遊ぶのも好きで、なかでもぬいぐるみの魚に目がないし、いちばん好きなのは寝心地のいい箱で丸まることだ。しばらくシェルターにいたから、友だちができて嬉しいよ。嬉しいどころか、エドガー・ロードに来られてこんな幸せなことはない。おれみたいな年寄りにとってはなおさらだ」

「いくつなの？　訊いてもかまわない？」

「十二歳だ。でもまだ命はいくつか残ってる」

「これからたくさん友だちができるよ」ぼくの言葉でにっこりしている。オリバーならここに溶けこめるだろう。ぼくは猫を見る目があるのだ。

「ジョージはどうしてる？」ロッキーが訊いた。「しばらく見かけてない」

「ああ、そのことでみんなに相談したいんだよ」

「例の仕事の件か？」とエルヴィス。

「ううん。どんな仕事をしてるかはわかったんだ。でもそのあとちょっとまずいことになって」ぼくは病院の一件を話した。

「おまえとジョージと例の仔犬で病院に行ったのか？」いぶかるロッキーを見て、これがどれだけ突飛な話か改めて思い知らされた。

「しかもバスで行ったの？」ネリーも疑っている。

「バスなんて乗ったことない」オリバーが言った。「生まれてから一度も」

「たいていの猫はそうだ」とエルヴィス。「おれはずいぶん前に一度だけうちの人間と乗ったことがあるが」

「たしかに嘘みたいな話だけど、全員無事に帰ってこられた。まあ、見つかってクレアが呼ばれるはめにはなったけどね。それはさておき、ジョージの仕事はハロルドとお年寄りのお見舞いに行くことなのに、行けなくなってぼくにすごく腹を立ててるんだ。ぼくのせいで仕事ができなくなったと言ってる」

「あの子の仕事を台無しにしちゃったわけね」ネリーが核心をついた。

「うん、そうなんだ。でもジョージが心配だったんだ。それにあの子のやり方がどれほど危険なものかその場で見ていたら、みんなも行かせようとは思わないよ」

「ピクルスがついてきたのは、おまえのせいとは言いきれないんじゃないか？」ロッキーが言った。

「そうだけど、みんなぼくに腹を立ててるから、なんとかしたいんだ。でもまずはジョージに機嫌を直してほしい」

「アルフィー」ネリーが穏やかに話しだした。「ジョージは辛い思いをしてきたわ。タイガーを亡くしただけでなく、今度はハロルドが入院してしまったんだもの」たしかにそうだ。

「それなら、また仕事ができるようにしてやったらどうだ？」オリバーが言った。

「いい考えだけど、どうやって？」いてもたってもいられない。タイガーさえいてくれたら。そう思ったとたん胸がうずいた。タイガーはいつだってどうすればいいか心得ていた。たとえわからなくても、少なくともぼくを落ち着かせてくれた。いまのぼくはとても冷静ではいられない。

「よし、じゃあ筋道立てて考えてみよう」ロッキーがぼくの肩に前足を置いた。できる限りのことをしてくれていて、ほかの仲間も同じなのがありがたかった。自分がどれほど恵まれているか忘れちゃいけない。ぼくはそれを自分に言い聞かせた。保護団体に連れていかれたかもしれないんだから、運がよかったのだ。

「念のために確認するが」エルヴィスが言った。「ジョージの仕事はハロルドのお見舞いに行くことなんだな?」得意げだ。

「うん。この親にしてこの子ありだよ」ぼくは答えた。

「で、もしいまの状況を元どおりにするためになんでもできるとしたら、おまえはどうする?」とエルヴィス。

「ジョージがまたお見舞いに行けるようにするよ。オリバーが言ったみたいに」

「じゃあ、そうすればいいのよ」とネリー。

「でも、どうやって? またジョージが忍びこんだら、クレアたちがかんかんになるよ。あ、でもひょっとしたら、誰かがお見舞いに行くとき、ジョージを連れていってもらえるようにできるかも」

「猫は病院に入れてもらえないんだろう?」オリバーは賢い。オリバーが話すとネリーがちょっと赤くなる。

「ジョージに会ったおじいさんたちがどんなに嬉しそうにしてるかわかれば、病院の人たちの考えも変わるよ、きっと。ジョージを連れていってもらうのは、誰がいいだろう」ぼくはひとりずつ思い浮かべ、慎重に考えた。クレアはだめだ。すごく怒ってるから。ジョナサンは仕事帰りにまっすぐ病院に行くし、ポリーとマットもそうだ。シルビーには気持ちが伝わりそうにない。となると、マーカスしかいない。お人好《ひとよ》しのところがあるから、うってつけだ。

「うん、あとはどうやってマーカスにジョージを連れていかせるかだ」ぼくは言った。

「人間が行くところへ行きたければ、あとをつければいいんじゃない？」とネリー。

「そうだけど、ジョージがまずいことになったのは、そもそもそれをやったからなんだよ。ううん、待って。ネリー、きみは天才だよ！　ジョージにマーカスのあとを追わせて、ついてきてるのがはっきりわかるようにすれば、一緒に連れていくしかなくなるよね。ぜったいそうなる」

「とうぜんだな」ロッキーが言った。

「あとはどうやってジョージに話すかね」とネリー。

「簡単だよ。まあ、ぼくの話を聞いてくれればだけど」

「いやはや、まいったな。あんたたちには驚かされるよ」オリバーがつぶやいた。「ここに来てからまだたいして時間がたってないのに、長く生きてきたおれでもこんなに胸が躍る話は聞いたことがない」わくわくしている。

「そもそも、どうしてシェルターに行くことになったの？」ぼくは尋ねた。

「それをさっき話していたんだ。前の家族に問題が起きて、おれの面倒を見られなくなった。なにがあったかはっきりはわからないが、すごく残念だった」

「気の毒に」オリバーには仲間が必要だ。

「シェルターではよくしてもらった。スタッフもいい人ばかりで、きちんと面倒を見てくれた。バーカー夫妻に引き取られたときは、世界一幸せな猫だと思ったよ。おれはもう若くないいし、かわいい仔猫でもないが、悪い猫じゃない」

「うん、わかるよ」ほろりとしてしまう。「きみがバーカー家の猫になって、ぼくも嬉しいよ」

「おまえはあの夫婦にあまりよく思われてないけどな」ロッキーが茶化した。

「まあね、タイガーに会いに行って、何度も追い払われた」新しい友だちができた気がする。それにまたジョージのお気に入りにしてもらえる計画もできた気がする。いろいろうまくいきそうだ。

あとはどうやってジョージを説得するかで、それにはまず話ができる距離までそばに来てもらわなきゃいけない。それが簡単にはいかなかった。

「あっち行って」その日の夕方、近づこうとしたぼくをジョージが追い払おうとした。

「ジョージ。話があるんだ。なんとか元どおりにしたいんだよ」

「いまさらどうしようもないよ。出かけてくる」そう言って走ってどこかへ行ってしまった。追いかけようとしたが、こうなったのはそもそもジョージを追いかけたのが原因だ。どうしてもぼくの話を聞いてくれなかったら、ハナから話してもらえるだろうか。どうかこの計画を実行に移せますように。

Chapter 21

翌朝早く、なんとかジョージの目を盗んで隣へ行くことができた。ジョージはぼくを避けるのに必死で、それどころじゃなかったのだ。それにクレアも出張に行くジョナサンにわめき散らしていて、それどころじゃなかった。留守のあいだひとりで家を守らなければいけないのが不満なのだ。喧嘩はしないでほしいけど、とにかくいまは保留にするしかない。ジョージのために、いまの状態をなんとかするのが最優先だ。

猫ドアをカタカタ鳴らし、来たのがわかるようにしてからなかに入った。コニーが最初に気づいた。

「アルフィー、来てくれたの」そう言って抱きあげてくれた。猫だろうと人間だろうと、ぼくに会えて喜んでもらえるのが嬉しかった。「悪いことをして叱られたって聞いたわよ」頭を撫でられ、ぼくは大きな音で喉を鳴らした。

「コニー、早く学校に行く用意をしなさい」シルビーの声がした。シルビーも機嫌が悪そうだ。コニーがため息をつき、ぼくを床におろしてどこかへ行ってしまったので、ハナを探しに行くと、ベランダに面したガラス越しに裏庭を見ていた。

「あら、アルフィー」ハナの話し方はいつもかわいらしい。

「ハナ、来てもよかったかな」ぼくはそれとなく探りを入れた。

「いつだって歓迎するわ。ジョージがあなたをよく思ってないのは知ってるけど、わたしだって友だちだもの」

「よく思ってないどころじゃないよ」

「まあね、でもジョージのことはよく知ってるでしょう？　すぐ機嫌を直すわ」

「ぼくもそれぐらい自信を持てるといいんだけどね。実は今日来たのは、いまの状態をなんとかしたくて――」怒鳴り声が聞こえた。「いまのはシルビー？」

「ええ、このところ機嫌がよくないの。マーカスには疲れて怒りっぽくなってるんだと言ってたけど、本当はある年齢に達した女の人ならみんななるものだと思ってるみたい。最近は吐き気までするようになって、病気も疑ってる」

「大変だね。悪い病気なの？」

「わたしは違うと思う。ハロルドみたいな病気じゃないわ。でも楽しくない。シルビーは、こんなことをつづけていたらマーカスに愛想をつかされてしまうってクレアに話してた」

クレアとポリーとフランチェスカも同じぐらいの年だから、あの三人もそうなるんだろうか。今朝クレアが怒っていたのはそれが原因なんだろうか。保留リストの項目が増えた。

「いろんなことがいっぺんに起きてるみたいだね。でも、ぼくは一度にひとつずつって決めてるから、まずはジョージのことを話してもいいかな」

「もちろんよ。仕事ができなくなって残念がってるわ。ハロルドにも会いたがってる。でもきっとすぐ落ち着くわ」

「またハロルドに会えるようにしてやりたいんだけど、それにはマーカスに連れていってもらう必要があるんだ」

「そうなの？　それは思いつかなかったわ。でもどうやって連れていってもらうの？」

「それを教えるためにジョージと話したいのに、耳を貸してくれないんだよ。お見舞いに行くマーカスのあとをつけて、つけてるのが見え見えにすれば、マーカスもジョージを連れていくしかなくなる」声に出して言うといかにも簡単そうに聞こえるが、実際にやるとなるとそれほど簡単じゃないかもしれない。

「マーカスがだめだと言ったら？」

「それも考えた。でもマーカスはやさしいから、ジョージにつぶらな瞳で見つめられたら断れなくなるよ。少なくともぼくはそれを狙ってる。まあ、ジョージは目立つようにあとをつけなきゃいけないし、どれだけ一緒に行きたいか派手に騒いで伝えなきゃいけないかもしれないけど……」

「悪いアイデアじゃないわ、アルフィー。わたしからジョージに話してみましょうか？」

かわいらしい声で言ってくれた。

「そうしてくれる?」期待でひげが立った。

「ええ。ジョージがいつまでもあなたに腹を立ててるのはよくないし、ジョージにもそう言ったのよ。親が心配するのはとうぜんだもの」

「ありがとう、ハナ。感謝するよ。そろそろ帰るけど、シルビーのことでぼくにできることがあったらいつでも言ってね。ただ、ジョージの問題を解決するのが先だ」

「ありがとう、アルフィー」

ぼくたちは鼻を軽くタッチさせて別れの挨拶をした。とりあえず味方ができた。

驚いたことに、家に帰るとシルビーが来ていた。途中で落ち葉で遊んでいたせいだろう。どんな猫にも好きなことに熱中する時間は必要だ。子どもたちを学校に送っていったクレアも帰ってきている。ピクルスは犬用ベッドで眠り、ジョージの姿はどこにもない。

「近いうちに病院に行こうと思ってるの。ぜったい更年期障害だわ」

「シルビー、病院で原因がはっきりすれば気が楽になるし、きっと薬ももらえるわよ。更年期障害なんて、自分がもしそうなったらうまく対処できる自信がないわ。いまはストレスがたまってるから、きっと爆発しちゃう」

「ジョナサンは相変わらず忙しいの?」

「それどころか、前より忙しくなってるのよ。なのにジョナサンはこんな状態はいつまでもつづかないって言うばかりだし、わたしも怒るのはもううんざり。さすがに笑いごとではすまされなくなってきた。ただでさえやることがたくさんあるのに」

「気持ちはよくわかるわ。わたしもハロルドが入院してるのにマーカスに辛く当たってしまって悪いと思ってるんだけど、自分を抑えられないのよ。わたしたち、一緒になにかしたほうがいいと思わない？」

「なにかって？」

「フランチェスカとポリーを誘って、みんなでスパに行くのはどう？　みんな一日ぐらい休めるでしょう？　子どもたちはコニーとアレクセイに見てもらえばいいわ」

「いいわね、ぜひ行きましょう。今夜ジョナサンに話して、ポリーたちにも連絡しておくわ」

「あら、アルフィー」シルビーに声をかけられ、ぼくは膝に飛び乗った。頭を撫でてくれたので、喉を鳴らして応えた。

「病院に忍びこんだこと、まだ完全には許してないの」クレアが言った。

「そうね。どうやってやってのけたのか、いまだにわからない。でもマーカスの話だと、ハロルドはすっかりしょげてしまってジョージに会いたがってるそうよ」

ぼくの耳がピンと立った。いいことを聞いた。だとすると、うまくやればマーカスはジョージの願いを拒めないはずだ。あとはぼくと話すようにハナがジョージを説得してくれるように祈ろう。せめて計画の話だけでも聞いてほしい。

「とりあえず、わたしはこれから仕事に行くけど、病院に行ったら結果を知らせるわ」シルビーがそっとぼくを床におろして立ちあがった。

「電話してね」クレアが頰にキスした。「わたしも病院に行ったほうがいいと思う?」真顔で尋ねるクレアの脚にぼくは体をこすりつけた。クレアが辛そうだとぼくも辛くなる。誰が辛そうにしていても辛くなるけど、クレアはエドガー・ロードで初めてできた友だちだから、ぼくとクレアの幸せは切っても切れない関係にある。

「いいえ。でもジョナサンが出張から戻ったら、家族で過ごす時間をどうやって増やすかしっかり話し合わないとだめよ。あなたたちなら、きっと問題を解決できるわ」

「そうね、ありがとう。これからは怒る前にいま言われたことを考えるようにする」

いろんなことがいいほうへ進んでいる。そう願いたい。

シルビーが帰ったあとは、ピクルスを疲れさせるために、かくれんぼやボール遊びやよくわからない遊びをいろいろした。最後にはぼくのほうがへとへとになってしまったけど、ピクルスと一緒にソファで丸まってひと眠りできた。もう目をあけていられなかった。ここ数日ストレスがたまってるから、ぼくにもスパに行くみたいな休みが必要だ。

目が覚めたぼくは、伸びをしてから、隣で大きないびきをかいているピクルスをそっとつついた。体が大きくなるにつれていびきも大きくなっている気がする。つついてもぴくりともしないので、起きあがってキッチンへ行くと、ジョージが食事をしていた。ぼくの胸は愛情でいっぱいになった。ジョージを見るたびにこうなる。その場でジョージを見つめていると、以前のように仲良くしたいという気持ちが否応なくこみあげてきた。

ジョージが振り向き、ぼくに気づいた。

「パパ」

「おかえり」ジョージが近づいてきて顔をこすりつけてくれた。たまらない感触だ。

「このあいだのこと、頭にきたけど、パパのせいじゃないのはわかってたんだ。まあ、パパにも責任はあるけど、ぼくを大事に思ってるからやったのはわかってる」ジョージがおとなびた言い方をした。

「そう言ってくれて、すごく嬉しいよ。ハナと話したの？」

「うん。パパとなにを話したか聞いた。ぼくだってできればハロルドに会いたいけど、あれがどれほど危ないことだったかわかったんだ。つかまったら、二度とパパに会えなくなってたかもしれない」

「ジョージ、そんなことにはならないよ。猫さらいにさらわれたときのこと、覚えてるだろう？　ぼくはおまえを見つけるまでぜったいあきらめない」

「そうだね。それにピクルスが来なければ……」

「見つからずにすんだかもしれない。でも、あの意地悪な女の人が子どもたちといるピクルスを見たときの顔は、すごくおもしろかったよね」

「うん。それにお年寄りはみんなピクルスが来て喜んでた。パパが来たことも。でもわかったでしょ。病院には寂しい人が大勢いて、その人たちのためになにかしてあげたかったんだ」

「偉かったね。それで、こうしたらどうかと思うんだ。マーカスに病院に連れていってもらうんだよ。ハロルドはおまえに会いたがってるらしい」

「そうなの？」

「うん。マーカスがシルビーにそう言ったって。だからマーカスがいつお見舞いに行くか突きとめて、足元をうろちょろするんだ。しつこくまとわりつけば、ついていこうとしてるのが伝わる」

「それならできそうだよ」声に期待がこもっている。

「おまえならきっとできる」

計画の第一段階が動きだした。次は第二段階をどうするかだ。

そこへいきなりピクルスが現れた。ふんふんあたりのにおいを嗅ぎながら、しっぽを振ってよちよちこちらへ歩いてくる。

「ジョージ、久しぶりだね、会いたかった」ピクルスが言った。

「ごめんね、いろいろ忙しかったんだ。でももう終わったから、なんでもピクルスがやりたいことをしよう」

「ぼく、もう一度木登りの練習をしたいな。猫になる練習を最後にしてから、もうずいぶんたつから。でもぼく大きくなったから、きっと木に登れると思うよ」

「そうだね、じゃあ、行こう。裏庭まで競走だ」ジョージが駆けだし、ピクルスが必死で追いかけていった。ぽっちゃりしているわりにはたしかに走るのが速い。

走り去る息子を――新しい息子も――見つめていると、心が浮き立った。きっと万事丸く収まる。そんな気がする。ただ、ピクルスが木登りをじょうずになるとは思えない。

Chapter 22

ジョージがマーカスに病院へ連れていってもらう日がやってきた。落ち着かずにうろうろするジョージの横で、ぼくはうまくいくように祈った。ジョージは早起きして入念に毛づくろいし、朝食のあともう一度毛づくろいした。外は震えるほど寒かったが、ぼくは一緒に庭に出て、出かける前のジョージを改めて励ました。

「手順はわかってるね?」

「もう一度確認していい?」自分で言うのもなんだけど、ぼくの計画はものすごく綿密なのだ。

「うん。マーカスは今朝病院に行く。ハナに確認してもらったから間違いない。おまえはハナの家の前で待ちかまえて、玄関から出てきたマーカスに駆け寄るんだ。できるだけ大騒ぎして、ついていこうとしてるのが伝わるようにするんだよ。家に帰るように言われても無視して、バス停に着いても足元から離れずにいるんだ」失敗しようがない。

「もし抱きあげられて、うちまで連れてこられちゃったら?」なるほど、失敗する可能性はあるかも。

「そしたらもう一度ついていくんだ。あきらめるつもりはないのを態度で示すしかない」

しつこさが鍵だ。

「パパも来るの？」

「いや、これはおまえの仕事だからね。ぼくはどんな応援でもするけど、やるときはひとりでやるんだ」ぼくも親として学んでいるのだ。

「ありがとう、パパ」

「うちで待ってるからね。うまくいくように祈ってるよ」

ジョージを待つあいだ、ぼくは余計なことを考えないように忙しくしていよう。ジョージを信用してると証明するために。幸いぼくにはピクルスがいる。門の修理も終わり、クレアもおおかたぼくを許してまたピクルスを任せるようになっている。ピクルスはいくらか落ち着いてきたとはいえ、まだ突拍子もないことをする。猫なら舐めようとも思わないものまで片っ端から舐めるし、相変わらず猫になれると信じている。

それに、しつけもうまくいってない。最近はサマーに怒鳴られてもひるまなくなった。お座りと言われると立ち、おいでと言われるとお座りする。

「おはよう」ぼくはピクルスに挨拶した。ジョージが出かけてしばらくたつのに帰ってこないから、きっとうまくいったんだろう。そうであってほしい。うまくいけばジョージも満足して、ぼくたちの関係もはるかによくなる。

「アルフィー、見て。こんなことできるようになったんだよ」ピクルスがソファに前足をかけ、お尻ごとしっぽを振った。とってもおきのかわいい顔をして、目に期待をこめている。

「すごいね。どんなときにやるの？」

「ヘンリーたちがなにか食べてるときこうすると、もらえるんだ」道理でどんどん大きくなっているはずだ。

「病院に行ったときのこと、覚えてる？」ぼくは訊いた。

「忘れっこないよ」

「みんなを笑顔にできて、最高だったよね」思いだすと胸が熱くなる。

「うん。でもバスも最高だったよ。すごく楽しかった」

「ぼくはそれほどでもないな。でもみんなの笑顔を見るのはすごくすてきだった」

「じゃあ、叱られただけのことはあったんだね？」

「うん。しかも誰も怪我をしなかった。まあ、ぼくはバスのなかでしっぽを踏まれたけど」

「ぼくは叱られても平気だよ。しょっちゅう叱られてるもん。こないだね、ポリーにお風呂に入れられたんだ」ソファを舐めている。お風呂と聞いて、ぼくはぞっとした。お風呂はこの世でいちばん苦手かもしれない。というか、水が関わるものはどれも苦手だ。

「で？」

「ああ、うん。お風呂から飛びだしたらポリーがびしょびしょになっちゃって、叱られたんだ。でもすぐ笑って抱きしめてくれた。叱られたのがいいことになるときもあるよね」

「いろいろわかってきたんだね」成長しているのが誇らしい。

でも、その気持ちも長くはつづかなかった。計画がどうなったか気になって気になって、ついピクルスから目を離してしまったのだ。気づいたときにはピクルスの姿がなく、あわてて家のなかを探しまわってから、はっと思いあたって庭へ向かった。猫ドアから飛びだすと、果たして泥だらけになったピクルスがいた。降りだした雨で地面がぬかるんでいるのだ。しかもクレアが大事にしているバラの花壇をほじくっている。ぼくはしかたなく雨のなかに踏みだし、ピクルスのところへ行った。

「掘っちゃだめだ、ピクルス。クレアに叱られるよ」

「なんで？」ピクルスの〝なんで期〟はまだつづいている。

「クレアが大事にしてるバラをめちゃくちゃにしてるからだよ。それにきみもぐちゃぐちゃだ」寒いし雨は降ってるし、濡れネズミになったようで最悪の気分だけど、注意を怠った報いだ。「さあ、穴を埋めよう」けれど、一緒にどんなに頑張っても穴を埋めるのは掘るより難しかった。いや、一緒にじゃない。ピクルスはどれだけたくさん体に泥をつけられるか試すのに夢中になっている。

「そもそも、なんで掘ったりしたの？」穴埋めがはかどらないのが苛立たしい。

「だって外に出たかったんだもん、こないだみたいに。でも門が閉まってるから、ここを掘れば塀の下をくぐれると思ったんだ」

「ピクルス、何時間も掘らなきゃ出られないよ。これじゃ庭をめちゃくちゃにしただけだ。それと自分を」もういらいらするのも疲れた。

「そうなの？」ピクルスはあくまで無邪気なので、怒る気が失《う》せてしまう。ジョージが小さいときもそうだった。幼い子どもはかわいすぎて怒れないことがある。

「そうだよ」きっぱり断言したのに、口元がほころんでしまった。「もうあきらめてなかに入ろう。雨が強くなってきた」

「そう？」また無邪気な瞳で見つめてくるピクルスを、ぼくは家のなかに連れ帰った。

裏口のマットに座り、毛についた雨を振るい落とした。間もなく通りかかったクレアが、ぎょっとした顔で振り向いた。

「なにをしたの？　そこにいて。動いちゃだめよ。すぐ戻ってくるから」

ちらりと視線を送ってきたピクルスに、ぼくはうなずいた。クレアがあんな言い方をするときは、言われたとおりにしたほうがいい。タオルを持って戻ってきたクレアが、ぼくたちを順番に拭いた。ぼくはわりときれいな状態を保っていたけど濡れていたし、ピクルスは体じゅう泥まみれだ。

「さあ、アルフィー、あなたは暖かいところで体を乾かしなさい。でもこの子はお風呂に入れないと」クレアが改めて軽くぼくを拭いてから、別のタオルでピクルスをくるんで歩き去った。

トラブルを解決しようとしたのに、またしても叱られるはめになりそうだ。クレアがバラの花壇を見たら、なんて言うだろう。

しっかり毛を乾かしてから、リビングへ行った。クレアがきれいになったピクルスを連れて戻り、犬用ベッドにおろした。

「ここにいなさい」クレアが言った。「これから子どもたちを迎えに行くけど、雨がひどいから車で行ってくるわ」そして出かけていった。

「だいじょうぶ?」ぼくはベッドで起きあがって嬉しそうにハーハー言っているピクルスに尋ねた。

「また別の日に掘ってみるね」ピクルスが答えた。

「なんでそんなことするの、また叱られるよ」

「叱られてないよ。お風呂は大好きだもん」

もうなんて言えばいいのかわからない。

幸いそのあと昼寝をしてくれたけど、また庭に出るといけないのでピクルスから目を離さずにいた。もう少しで目が破裂しそうになったとき、というより、目が勝手に閉じそうになったとき、玄関があいて元気いっぱいの子どもたちが帰ってきた。

ヘンリーとマーサがピクルスに駆け寄り、乱暴に抱きあげて起こした。うしろでトビーとサマーが順番を待っている。そのとき、ジョージを抱いたマーカスの姿が目に入り、ほっとした。マーカスがジョージを床におろし、クレアとキッチンへ向かった。

「うまくいった？」ぼくは尋ねた。

「ばっちりだったよ、パパ。キッチンに行こう。マーカスがなんて言うか聞きたい」ぼくたちはキッチンへ走った。

「嘘でしょ。ジョージを病院に連れていったの？」クレアは怒るより驚いている。

「どうしようもなかったんだよ。ずっとついてきて、さかんに足を踏んづけてくるし、帰らせようとしても、悲痛な声で鳴くばかりで離れようとしないんだ。きみに電話しようと思ったんだけど、遅れそうだったからしかたなく連れていった」

「病院にはなんて言ったの？」

「運よく今日は顔見知りの看護師が担当だったから、父さんがどれほどジョージに会いたがってるか説明したら、ひとつ貸しだぞと言って、ジョージがおとなしくしているのを条件に今日だけは見なかったことにしてくれた。父さんは大喜びで、嬉し泣きしてたよ。ほかの患者にもジョージを会わせてやってくれと頼まれた。クレア、ジョージがどれだけみんなを笑顔にしてるかわかる？　患者さんのなかにはひとりもお見舞いが来ない人もいて、ジョージを抱きしめることでどれだけその人たちが慰められてるか、父さんが話してくれた」

「そうだったの。うちの子たちは、人間を元気にする方法を心得てるのよ」心を揺さぶられている。「出会ったころのアルフィーには、いつも慰められたわ。しばらく前からハロルドはよくそういう人たちの話をしていて、気になってたの。わたしにできることはあるかしら」

「そう言ってくれて嬉しいよ」マーカスがにっこりした。背が高くて眼鏡をかけているからときどき生真面目に見えるけど、笑顔はすごくやさしい。「実はその顔見知りの看護師にかけあって、特別にジョージも面会できる時間をつくってもらったんだ。だから父さんの見舞いに行くとき、ジョージも連れていってやってくれないかな。もちろんキャリーや手続きは必要だし、いろいろと手間は増えるけど……」

「もちろんよ。なんならみんなにも頼んでみる。でも、アルフィーとピクルスまで連れていくのはさすがに無理」

「ミャオ」ぼくは抗議のしるしにクレアの膝に飛び乗った。

「でも、今日この子たちがやったことを考えると、連れていったほうが無難かもしれないわね」

「なにをしたの？」

そのときチャイムが鳴り、玄関へ向かうクレアをみんなで追いかけた。いちばん先に着いたピクルスが、さかんにしっぽを振っている。訪ねてきたのはシルビーだった。ひどい顔をしている。濡れた髪が頭にへばりつき、泣いていたようだ。

「びしょびしょじゃない。入って」クレアが言った。

「いいえ、入らないわ」シルビーの口調がきつい。ピクルスは関心をなくし、子どもたちと遊びにリビングへ戻っていった。様子がおかしいシルビーを見て、クレアが警戒している。ぼくはマーカスを呼びに行った。

「アルフィー、どうした？」

「ニャー」一緒に来て。そのときマーカスを呼ぶクレアの声が聞こえ、ようやくぼくの言いたいことが伝わった。玄関へ向かったマーカスが、シルビーを見たとたん立ちどまった。

「どうしたの？」

「うっかりしてたわ。あなたはここにいてとうぜんよね」シルビーが言った。

「実はおもしろいことがあってね、ジョージが――」

「おもしろいことなんて、なにもないわ。あなたたちが最近よく一緒にいるのはわかってた。ばかにしないで」

こういうシルビーは見たことがある。あのころは離婚のせいで取り乱し、誰かれかまわず当たり散らしていた。こんなシルビーは見たくないけど、どういうことかまったくわからない。

「シルビー、なにが言いたいの？」クレアが訊いた。

「友だちが、隣に住んでる友だちが、恋人と浮気してるなんて」シルビーが言い捨てた。

「うわき、ってなに？」いつの間にか来ていたサマーが尋ねた。クレアがぎょっとして目を見開き、ぼくとマーカスの目も同じだった。ジョージはわけがわからずにいる。「おやつは？　おなかすいちゃった」サマーがつづけた。

これにはさすがのシルビーもちょっと恥じ入った表情を見せたので、マーカスがクレアに向かって肩をすくめ、そっとシルビーの腕をつかんで外に連れだして玄関を閉めた。なにがなんだか、さっぱりわからない。


「やっと話ができるね」夜になって、ようやくジョージから話を聞けるようになった。シルビーにわけのわからないことを言われ、クレアはひどくショックを受けている。でもその話は先送りにするしかない。いまはお見舞いに行った話を早く聞きたい。

「すごく楽しかった」ジョージが話しだした。「ぼくに会えてハロルドは大喜びだったし、ほかの人たちも喜んでた。また仕事ができるようになってよかったよ」

「じゃあ、これからはクレアもマーカスも病院に行くときは一緒に連れていってくれるだろうから、危ない橋を渡らずに仕事ができそうだね。すごい成果だ」

「うん。でもハロルドの入院はそんなに長引かないみたい。もうすぐ退院するんだって」

「そうなの？　そんなことマーカスは言ってなかったけど、きっとシルビーが来たせいで話しそびれたんだね」

「シルビーはなんだかイカれてたよね」

「イカれてるなんて言っちゃだめだ」ぼくはたしなめた。「でもなにかに腹を立てていたね。マーカスとクレアはあくまで友だちなんだから、きっと怒るきっかけがあったんだよ」

「とにかくハロルドはあと二週間ぐらいで帰ってくるみたい」ジョージがつづけた。「だからぼくの仕事も終わっちゃうんだ」

「そうだね。でも、家にいるハロルドに会いに行って、元気にしてるか確認する仕事はできるよ」

「そうだけど、ハロルドが退院したあとも、なんとかしてあそこで寂しがってる人たちの力になってあげたいんだ」

「おまえみたいに立派な仔猫はいないよ」心からそう思う。

「もう仔猫じゃないよ」ジョージが肉球で軽くパンチしてきた。

「ぼくにとってはずっと仔猫だよ」

ジョージを寝かしつけてからクレアたちの寝室へ行くと、ふたりは寝る用意をしていた。

「ばかばかしいにもほどがあるけど、マーカスから電話があって、シルビーも落ち着いたから、明日ふたりのうちどちらかが説明しに来るそうよ」

「なんでそんなふうに思ったんだろう。ぼくはきみとマーカスの仲を心配しなくてもいいんだよね」ジョナサンが笑って冗談だと示している。

「当たり前じゃない。わたしは子どもとアルフィーたち、それにほかの人たちの面倒を見るので手一杯だし、そもそもどれだけあなたを愛してるかわかってるでしょ」

「それにきみはこんなぼくに耐えてくれてる」ジョナサンがクレアを抱きしめた。「でも、それももう終わりだ。新しく雇った助《すけ》っ人《と》もすっかり仕事に慣れたし、すごい野心家でぼくのポストを狙ってるから、ぼくの代わりにせっせと働いてくれるかもしれない」笑っている。

「ほんとに仕事を取られる心配はしてないの？」クレアがあきれている。「あくまで有能な社員で、ライバルとは思ってないの？」

「思ってないよ。彼とは大筋で合意してる。まだ少し経験を積む必要があるけど、仕事熱心でよく働くやつなんだ。事前に予定してない限り、子どもたちをお風呂に入れて寝かしつけるために定時に帰ると言ってあるから、いろいろ落ち着いて、きみとふたりで夕食に出かけることもできるようになる。この数カ月は父親としても夫としても褒められたものじゃなかったけど、また元どおりになるよ」

「ああ、ジョナサン。大好きよ」

ぼくはにやにやしながらその場を立ち去り、自分のベッドへ向かった。そして丸まって今日あったことを考えた。いいことも悪いこともいろいろあって、めちゃくちゃ忙しかった。うとうと眠りに落ちながら、ぼくは明日がもっと穏やかな日になるように祈った。

Chapter 23

翌日の昼過ぎ、シルビーがいきなり感情を爆発させた理由が晴れて明らかになった。ぼくとジョージとピクルスは食事をしながらその話を聞いた。

午前中クレアは買い物をしたあとハロルドのお見舞いに行ったが、スーパーから直接行ったのでジョージは連れていってもらえなかった。家でだらだら過ごすあいだ、さすがのピクルスもいたずらをしなかったし、昨日病院に行けたジョージはまだ上機嫌がつづいていて文句も言わずにピクルスと遊んでくれたので、ぼくも今朝はのんびりくつろげた。ピクルスは郵便受けのふたが動く音が聞こえたとたん、全速力で玄関へ駆けだした。なにかにつけて出すいつものかわいい声で吠え、玄関に背中を向けて次々に降ってくる郵便を頭で受けていた。そうするのが好きなのだ。ジョージもぼくも笑い声をあげた。それから間もなく玄関があき、クレアが入ってきた。一緒にいるシルビーは普段どおり感じがいい。クレアが郵便を拾い、ピクルスを抱きあげたシルビーと一緒にみんなでキッチンへ向かった。

「お邪魔してもよかったのかしら」シルビーは髪をきれいにうしろでまとめ、お化粧もしている。

「なに言ってるの。昨日のあれはなんだったのか、知りたくてうずうずしてるのよ」冷たくはないけれど、いつもほどやさしくもない口調で答えたクレアがぼくたちの食事を用意してくれたので、いっせいに食べ始めた。

「病院で診てもらうって話したでしょう？」シルビーの言葉に、クレアがうなずいた。

「その検査の結果が昨日出たの。それでちょっとパニックになってしまったのよ」

「そんな、深刻なものじゃないのよね？」シルビーに座るように勧めている。「コーヒーを淹れましょうか？」

「いいえ、遠慮しておく。それと、深刻と捉えるかどうかは、あなた次第よ。わたし、妊娠したの」

それはまったく予想外の話だった。シルビーがいくつか知らないが、クレアとあまり違わないはずだ。

クレアが満面の笑みを浮かべた。「おめでとう、シルビー。おめでたなんて、嘘みたい！」

「自分でも信じられないの。もう四十代だし、コニーは十五になるのよ。だから昨日知ったときは、いろんな思いが頭を駆けめぐってパニックになってしまった。マーカスの機嫌を損ねるんじゃないかと思ったりして。だって、まさか子どもができるなんて思いもしなかったし、そんなこと話したこともなかったんだもの。てっきり更年期障害だと思ってた。それにコニーがどう思うかも心配だった。父親に赤ちゃんが生まれたばかりだから、両親がふたりとも自分の代わりをつくってると思われたらどうしようって。どうすればいいかわからなくて、怖くてすっかりうろたえてしまった。マーカスとは連絡がつかないし。だから彼がここにいるとわかったとたん、感情が爆発してしまったの」

「たしかに爆発してたわね」

「昨日、ここの玄関を出たところでマーカスに話したら、すごく喜んでくれて、不安が一気に吹き飛んだの。そして自分がほんとにばかだったとわかった。コニーにもすぐ話すべきだとマーカスに言われたわ。あの子はわたしをハグして、これでもうわたしのことをあまり心配しなくてすむから嬉しいと言ってくれた。いいお姉ちゃんになるって。わたし、涙が止まらなかったわ。今夜、マーカスとお見舞いに行って、ハロルドにも話すつもり。わたしのこと、どうしようもないばかだと思うでしょう？」頬の涙をぬぐっている。

「いいえ、すごいと思うわ。初めて会ったころのあなたはコニーとハナ以外なにもかも失った気分で、すっかり打ちひしがれていた。でもそのあとわたしたちと仲良くなって、マーカスに出会ってからは、笑顔が絶えなくなった。それってすごいことだし、わたしたちがなんでも力になるわ」

「最近気持ちが不安定だったのはホルモンのせいだったの。でもね、わくわくするけど怖い気もする。いろいろ問題が起きそうだもの。ただ、マーカスとはゆうべ遅くまで話し合って、彼がわたしとコニーと生まれてくる赤ちゃんを大事に思ってくれてることはわかった。現に、真っ先にわたしに超音波スキャンの予約をさせたのよ。早く受けたほうが、わたしの気持ちも落ち着くからって。すごく思いやりのある人なの」

「おめでとう、わたしも嬉しいわ」クレアが笑い、前に乗りだしてシルビーをぎゅっと抱きしめた。

「クレア、昨日はマーカスと浮気してるなんて言ってほんとにごめんなさい。まともじゃなかったの」

「これでいよいよマーカスもあなたの家で暮らすようになるの？」

「ええ、その話もしたわ。わたしはそうしてほしいけど、ハロルドがひとりになってしまうから、なにか手を考えないと。ハロルドは他人に頼るのをよしとしない人でしょう？　だからうちに引っ越してくるとは思えないけど、なんとかしないとね」

「そうね。考えることが山積みだわ」クレアはやけにはりきっている。

「シャンパンで乾杯したいところだけど、いまお酒はちょっと……」

「わたしが今夜ふたりぶん乾杯しておくわ」クレアが応え、またシルビーをハグした。

ぼくはジョージをハナに会いに行かせた。もうすぐ家族が増えるんだから、ハナにもおめでとうを言うべきだ。

ピクルスはクレアが散歩に連れていったし、ジョージは隣に行ったので、そのあいだぼくはひと眠りした。

帰ってきたジョージに、散歩に行こうと誘われた。

「いいよ、どこに行く?」

「みんなに会いに。仕事を始めてからほとんど会えなかったから」ジョージの気持ちはわかる。ピクルスのお守りをするようになってから、ぼくも猫の友だちに会う時間が減ってしまった。エドガー・ロードの仲間にも、ごみばこにも。ただ日曜日にフランチェスカの店で食事をすることになっているから、ごみばこにはそのときゆっくり会えるはずだ。

「みんなもおまえに会えたらきっと喜ぶよ」

その言葉どおりネリーが大喜びで顔をこすりつけてくれた。「親子そろって会うのは久しぶりね」

「みんなに会えて嬉しいよ」ぼくはエルヴィスとロッキーにも挨拶した。

「また全員そろったな」エルヴィスが言った。「さあ、全部話してくれ」

ぼくたちはジョージがまた病院に行ったことを話し、もちろん赤ちゃんが生まれることも話した。そのあとジョージはロッキーとお気に入りの木に登りに行った。

「ようやく許してもらえたみたいね」ネリーが言った。

「うん、おかげさまで。ジョージに口をきいてもらえなくて辛かったけど、最近はいろんなことがありすぎて心の整理が追いつかないぐらいだよ」

「でも、だいじょうぶなんだろ？」とエルヴィス。

「まあ、ぼちぼちかな」正直に答えたとき、オリバーがやってきた。「やあ」ぼくはやさしく声をかけた。

「この通りがすっかり気に入ったよ。夏になれば、もっと気に入るだろうが」オリバーが言った。

「それは間違いないわ」とネリー。

「ジョージ」ぼくはロッキーと木の根元にいる息子に声をかけた。「ちょっとおいで」

「あれ、会うのは初めてだよね」ジョージが近づいてきた。

「ああ、でもあんたの噂は聞いてる」オリバーが答えた。「会えて嬉しいよ」

「ぼくも嬉しい。新しい暮らしにはもう慣れた？」明るく話しかける息子が誇らしくてたまらない。

「ずいぶん慣れたよ。おれがどこに住んでるか知ってるんだろう？　あまり辛い思いをしてないといいんだが」

「そんなことないよ。だって、みんなにやさしくしなさいってタイガーママに言われたし、やさしくするのはみんなに幸せでいてほしいからなんだ。バーカー夫妻は猫がいなくてずっと寂しがってた」

「ああ、おれを引き取ったとき、そう言ってた。猫がいない家は家じゃないってな。やさしい家族ができて、おれは感謝してる。どの猫もそんな家族に会えるわけじゃない」

「要するに、バーカー夫妻はもう寂しくないし、きみも寂しくなくなったってことだね」

「そうだ」

「恵まれてるのはきみだけじゃない。仲間がいるぼくたちみんなそうだよ」とっさにぼくはしゃべりだしていた。「いい友だちがいて、新しくオリバーも加わって、もう二度とひとりぼっちにはならない」

「この世は友情でまわってるんだ」ロッキーが言った。

「愛でまわってるんじゃないの？」ネリーが戸惑っている。

「似たようなものさ」エルヴィスが話を締めくくった。ぼくはみんなを見た。古い友だち、新しい友だち。自分がどれだけ恵まれているか、改めて実感せずにいられない。ひとりぼっちになる心配はもうしなくていい。それなのに、この広い世界で誰かが寂しい思いをしてるなんて悲しすぎる。

「パパ、ぼく、どうすればいいかわかったよ」いきなりジョージが口を開いた。

「なにを？」

「ハロルドだよ。退院したあとマーカスがシルビーと暮らすようになったら、ハロルドが寂しがるんじゃないかって心配してたんだ」

「でも、ぼくたちやクレアたちがいつでも会いに行けるよ」

「そうだけど、夜寝るときは、家に誰もいないでしょ。朝起きたときもひとりぼっちだ。ぼくはトビーと寝てあげなきゃいけないからハロルドの家には住めないし」

「まあね。でもハロルドはあの家で暮らしたいみたいだよ」

「だから、ひとりにならないようにしてあげるんだよ」ジョージが背筋を伸ばし、得意そうな顔をした。「ハロルドも猫と暮らせばいいんだ」

家に帰りながら、ジョージのアイデアについてさらに話し合った。

「でもジョージ、やきもちはないの？　ハロルドとは特別な絆で結ばれてるのに、独り占めできなくなるんだよ」

「最近、分かち合うことをずいぶん学んだんだ。ピクルスが来たり、タイガーママの家にオリバーが住むようになったりでね。自分勝手はしたくないし、そうするのがいちばんいいんだよ。ハロルドには猫が必要なんだ。ピクルスをもらってもらう手もあるけど、ヘンリーとマーサがいやがるかもしれないから、ハロルドに自分の猫を見つけてあげなきゃ」

「わかった、そのアイデアは悪くない。でも実際にどうやるの？」

「日曜日にクレアたちはハロルドをどうするか相談するって言ってたから、そばでしっかり聞いてて、答えは猫だってパパがわかるようにしてあげてよ。簡単でしょ？」

ジョージにとっては簡単な話かもしれないが、ぼくはどうすればいいんだ？　またしても計画を立てるしかない。はっきり言って、最近は才能を試されてばかりいる。

Chapter 24

家族のみんながひとつ屋根の下に集まって過ごすのは大好きだ。それをフランチェスカとトーマスの店でやると、ごみばこに会えるという大きなおまけもつく。ハロルドが猫と暮らすように仕向ける役目を任されてしまったから、ごみばこに知恵を拝借できるだろう。どうやらジョージは、ぼくならできると思っているらしい。子どもは親ならなんでもできると思いがちで、そう思ってくれるのは嬉しいけど、かなりプレッシャーだ。

とはいえ、このところいろいろあったジョージをがっかりさせたくない。それなのに、まだなにも思いつかない。ハロルドの退院はついに来週に決まった。クレアたちの話題は、赤ちゃんができたシルビーはこれまで以上にマーカスがそばにいないといけないのに、ハロルドにはシルビーの家に引っ越す気がないという問題に変わっている。ハロルドは自分の家に住みつづけたいのだ。世話をしてくれる人がいればひとり暮らしでも問題ないとドクターに言われたようだし、実際世話をする人はいるけれど、ジョージは夜遅くや朝にひとりにしたくないと言っている。

「ジョージ、ハロルドをひとりにしたくないのはわかるし、おまえのアイデアどおりにできるように精一杯のことはするよ」ぼくは言った。「でも約束はできない」

「パパならぜったいなにか思いつくよ」こう言われたら、やるしかない。

みんなでフランチェスカとトーマスの店へ向かった。ハナはコニーに抱っこされているが、一緒に来てくれたからいつもより心が弾んだ。それにピクルスはリードをつけられていていたずらできない。ただゆうべの雨でできた水たまりにしつこく飛びこむので、ポリーがちょっとうんざりしていた。マットはおもしろがっていたけど、それもピクルスが跳ね散らかした水でびしょ濡れになるまでだった。

集まったみんなはハグやキスで挨拶を交わし、コートを脱いでマフラーや手袋をはずした。子どもたちはトミーに駆け寄り、ピクルスやジョージと一緒にゲームをしようとせがんだ。トミーが障害物コースをつくり始めた。アレクセイとコニーはさっさとどこかへ行ってしまったので、ぼくはジョージとハナと一緒にごみばこに会いに裏庭へ向かった。

「外に出るの？　寒くない？」ハナが言った。

「ちょっとだけだし、なかに入りたくなったらぼくもつきあうよ」ジョージがなだめた。

「わかった。わたしもごみばこに会いたいしね」

裏庭に出ると、ごみばこが肉球をきれいにしていた。

「よお、よく来たな」ごみばこが近づいてきた。「ずいぶん久しぶりだ。ハナも来てくれたのか」

「うん、ずっとばたばたしてたんだ。アリーは？」

「ああ、そのうち来るよ、いま散歩に行ってる。おれはおまえたちを待ってたが、アリーはここにいると少し気が滅入《めい》ることがあって、出かけるんだ。すごくいい場所なのにな」

ぼくたちは裏庭を見渡した。広々しているけどちょっと暗い雰囲気があるし、大きなゴミ容器がたくさんある。少しのあいだよそに行きたくなる気持ちも理解できる。

「ハロルドに猫を見つけてあげたいんだ」ジョージが計画の話を始めた。

「いい考えだな」聞き終えたごみばこが言った。「ただ、どこかで猫をさらってこないかぎり、どうすればいいかわからない」

「猫のさらい方なんてさっぱりわからないし、そんなことする気もないよ」ぼくは応えた。

「とうぜんよ。ハロルドに話し相手を見つけてあげるのはすごくいいアイデアだけど、猫をさらってくるなんてぜったいだめ」

ハナの言葉で改めてみんなで考えをめぐらせた。

「そうか、わかったぞ」やっとひらめいた。「家のない猫をハロルドの家に連れてくるのはどう？」自分で言うのもなんだけど、見事なアイデアだ。

「でも、どうやって家のない猫を見つけるの？」とハナ。

「ごみばこ、みんなに訊いてみてよ。暖かい家をほしがってる猫がいるかもしれない」筋が通っている。少なくともぼくはそう思う。

「訊いてみることはできる」ごみばこが言った。「だが、どうかな。おれが知ってる外猫のほとんどはいまの生き方に満足してる。まあ、いそうだったら知らせるよ」あまり自信がなさそうで、ぼくの自信もちょっと揺らいできた。帰ってきたアリーにも同じことを頼んだ。

「すぐ見つかるかわからないけど、やってみるわ」ごみばこよりいくらか楽天的な返事が返ってきたので、ほっとした。「でもアルフィー、ほかの手も考えておいたほうがいいかもしれないわよ」アリーがやさしく指摘した。まあ、次の手を考えるのはいつものことだ。

それから間もなく寒すぎると言ってハナがなかに戻り、ジョージも一緒に戻った。子どもたちと遊ぶのだろう。残ったぼくは、ジョージがやけに寂しさにこだわっていることについて、ごみばことアリーと少し話した。

「寂しいのが辛いのはよくわかるんだ、すごく。ぼくもひとりぼっちになったわけじゃないのに寂しかったことがあるからね。スノーボールが引っ越したときは……」スノーボールは初めてできたガールフレンドで、家族と引っ越してしまったときは、すっかり打ちのめされた。「タイガーが天国に行ったときも辛かったけど、家族や仲間がいてくれたおかげで救われた。ハロルドだってそうなるよ。ひとり暮らしになっても家族や友だちはいるんだから、なんでジョージが心配するのかわからないんだ」

「おれが思うに、ジョージはハロルドを見舞いに行くのを仕事だと思ってたのに、もうそれができなくなるから、ほかにやりがいのあることを見つけようとしてるんじゃないか？　見舞いの次のなにか。おまえみたいに、あの子はもう誰にも寂しい思いをしてほしくないのさ」

「じゃあ、全部ぼくの責任ってこと？」

「まあな。おまえはジョージを立派に育て、あの子はいま役に立つことをしたがってる。おれたちにつべこべ言えるか？」

「それに、ジョージの言い分にも一理あるわ。自分の力だけで生きていくのがどれほど難しいか人間はよく話してるし、いま店にいるあなたの家族を見てごらんなさい。みんな幸せそうにしてる。あんな場面がもっと増えたらすてきだと思わない？」アリーが言った。「ごみばことわたしだって、こうして出会った。出会うまで、わたしはひとりぼっちだったわ」

「そうだね。世界じゅうの寂しさをなくすのは無理かもしれないけど、できることはあるよね」

「そうよ」

自分にできることをやろう。エドガー・ロードで。まずはハロルドをどうするかだ。夜中に具合が悪くなったら大変だもの。猫を見つけるにしても、ぼくたちみたいに賢い猫じゃないといけない。犬ではだめな理由のひとつだ。

店に戻ると、みんながテーブルを囲んでおしゃべりしていた。子どもたちは別のテーブルにまとまっているが、アレクセイとコニーはもう子どもじゃないからおとなのテーブルに加わりたがっていた。でもまだおとなとは言えないし、クレアが指摘したように、ふたりには小さい子たちに目を配る役目がある。

「ハロルドが今週退院できてよかったわね」フランチェスカが言った。

「ありがとう。みんなのおかげだよ」マーカスが応えた。「家でも父さんの世話がしっかりできるように、当番表をつくるのをクレアが手伝ってくれたんだ。みんなには感謝してもしきれない」

「なに言ってるんだ。友だちならとうぜんさ。できることはなんでもするよ」トーマスはそう言ったが、すごく忙しいからあまり力になれそうにない。

「でも、ひとり暮らしをさせるのが心配なの」とシルビー。「わたしはマーカスにそばにいてほしいし。高齢出産になるからなおさら」

「また赤ちゃんが生まれるなんてすてき」ポリーがシルビーの不安を聞き流した。

「でも、気分がころころ変わるのよ」シルビーがつづけた。「それに、その、きちんと対応できないんじゃないかと不安なの」言葉を選んでいる。

「シルビー、わたしはヘンリーを産んだあと鬱になったのよ」ポリーが打ち明けた。

「そうなの？　知らなかったわ」ぼくは知ってた。ポリー一家に初めて会ったころのことで、マーサはまだ生まれていなかった。ポリーが産後鬱だと気づいたのは、ぼくが最初だったかもしれない。

「辛かったけど、病気だとわかったあとは、みんなに手を差し伸べてもらって元気になった。あなたにはわたしたちがついてるから、困ったことにはならないわ。わたしたちがさせない」

「ありがとう、みんな。でもハロルドは相変わらず頑としてうちに越してくるのをいやがってるから、なんとかしないと」

「ぼくたちがしょっちゅう様子を見に行けるんだから、ひとりでもだいじょうぶなんじゃないか？」ジョナサンが言った。

「そうだよ」とマット。「ひとり暮らしになるのは医者も承知のうえで退院を許可したんだから」

「それでもやっぱり心配なんだ。朝や夜はひとりきりで寂しいだろうし」マーカスが言った。ぼくはジョージに目配せした。ジョージがハナに目配せし、ぼくのところへ連れてきた。

「簡単にはいかないかもしれないけど、いいことを思いついたんだ」ぼくは言った。「ぼくたちがテーブルに飛び乗れば、言いたいことがあるってみんなに伝わるかも」我ながら天才かもしれない。

「でもテーブルに乗ったりしたら叱られない？」とハナ。

「だからやるんだよ」ジョージがにんまりしている。「叱られるとわかっててやるから、言いたいことがあると伝わるんだ」

「よし、行くよ」ぼくたちはそろっておとなたちの膝に乗り、そこからテーブルに飛び乗った。

「なにしてるの？　すぐおりなさい」クレアが言った。それを聞いたポリーが笑いをこらえている。ポリーはクレアは学校の先生になるべきだったとしょっちゅう言っている。

「ニャー」ぼくは叫んだ。

「ニャー」ハナがつづいた。

「ニャー」ジョージも。

みんながぼくたちに視線を走らせた。

「なにか伝えようとしてるのかも」ジョナサンがつぶやき、ぼくはひげを立てた。そうだよ。人間は呑みこみが悪いところがあるけれど、長年にわたるぼくの教育のおかげでそろそろ理解が早まっていると思いたい。

「ハロルドも自分たちみたいな猫を飼えばいいと言ってるんじゃないか？」トーマスが察しをつけた。

「ミャオ」ぼくはトーマスに顔をこすりつけてあげた。この場でいちばん察しがいいのはトーマスらしい。

「ミャオ」ジョージがたたみかけた。

「ミャオ」ハナも声をそろえた。クレアたちがまじまじぼくたちを見ている。でもどうやらなんとか伝わったらしい。

「そうだよ。猫がいれば、ハロルドもひとり暮らしとは言えなくなるし、この子たちみたいな猫ならきっといい話し相手になってくれる」マットが言った。

「いい考えだ。父さんもきっと気に入る。でもジョージがやきもちを焼かないかな、父さんとすごく仲がいいから」

「ミャオ」ジョージがぜんぜんかまわないと伝えた。そしてマーカスのところへ行って胸に飛びつき、その証拠を見せた。

「この子たちにはほんとに感心するよ」ジョナサンがつぶやいた。「たしかにいい考えだ。ハロルドが猫を飼えば、少なくともひとりのときも寂しくない」

「要するに、誰にだって猫が必要なのよ」フランチェスカがぼくの耳のうしろを掻いてくれた。

「ワン」その声に全員が振り向くと、ピクルスが椅子の脚をよじ登ろうとしていた。計画がうまくいったことが嬉しくて、ピクルスのことを忘れていた。ぼくは床に飛びおりてピクルスのところへ行った。

「ぼく、猫になれるかな」ピクルスが言った。

「そのうちわかるよ」ほんとは違うとわかっているとき、おとなが言うせりふだ。

クレアたちがハロルドの猫をどうやって探すか相談し始めたので、ぼくは食事をすることにした。新しい猫探しはクレアの担当になりそうだけど、クレアは仕事を引き受けるのが好きだし、おとなの猫を探すことで話はまとまったようだ。ハロルドの年齢を考えると仔猫じゃないほうがいいし、ぼくたちも仔猫は避けたい。でも一緒に暮らすのがどんな猫にせよ、ぼくたちの家族にもなるから、ハロルドと猫が放っておかれることはない。ぼくはごみばこにいいニュースを伝えに行った。ジョージとハナと力を合わせてやり遂げたのが誇らしかった。やっぱりぼくたちが力を合わせれば怖いものなしだ。

Chapter 25

タイガーが旅立ってから今日で一年になる。なぜそれがわかったかと言うと、バーカー夫妻がこの日を迎える用意をしていたとオリバーが教えてくれたからだ。ふたりは本当は一年たつまで新しい猫を迎えるのは待つべきだと思っていたが、少し早めにオリバーと出会ってしまったのだ。

この事実を知ったぼくたちは、今日をタイガーの日にすることにした。亡くなったあとは追悼式をしてさよならを告げたから、今日をタイガーのいないこの一年がどれほど寂しかったか、いまもどれだけ大切に思っているか伝える日にするつもりだ。たまり場に仲間が集まることになっている。

ジョージが声をかけ、ハナも来ると言ってくれた。寒いのがあまり好きじゃなくて、それどころか外に出るのだってそんなに好きじゃないのに、やさしいハナはジョージの気持ちをよくわかってる。唯一の問題はピクルスだった。

「なんで行っちゃだめなの？」出かけようとしているぼくたちにピクルスが泣きついた。

「しょうがないよ」ジョージがあっさり答えた。「ピクルスは人間と一緒じゃなきゃ出かけられないんだから。これまで何度も大変なことになったでしょ？　車に轢かれそうになったり、病院でつかまったり」

「こんなのおかしいよ。一生懸命猫になろうとしてるのに、まだ犬だなんて」

「生きていれば、納得できないこともあるんだよ」ぼくはやさしく言い聞かせてジョージをにらんだ。「でも帰ってきたら、全部話してあげるよ」

ピクルスはすねてそっぽを向いてしまった。かわいそうだけど、まだ子どもだからしかたない。ピクルスのことは大好きだけれど、犬であることはぼくたちにもどうしようもない。

ハナを迎えに行き、一緒にたまり場へ向かった。もうみんな集まっていて、胸が熱くなった。ごみばこだけでなくアリーも来てくれている。エドガー・ロードの親友であるエルヴィスとネリーとロッキーに加え、サーモンもオリバーと一緒に来ている。なんてすてきな仲間なんだろう。

「さあ」エルヴィスが進行役を務めた。「大好きなタイガーの話をしよう。タイガーの日の記念に」

「じゃあぼくから」ぼくは一歩前に出た。「みんなも知ってるように、ぼくはタイガーが大好きで、とても仲がよかった。出会ったころのタイガーはあまり運動が好きじゃなくて、長い散歩につきあわせるとずっとぶつぶつ文句を言ってたけど、そのうちぼくより運動が好きになった」どうってことない思い出だけど、自分だけの心に留めておきたい思い出はたくさんある。

「タイガーはぼくのママだった」ジョージが口を開いた。「出会えただけで自慢できるし、ママもいまいるところでぼくを自慢してくれてたらいいと思う」

「きっと自慢どころじゃすまないよ」心からそう思う。「みんなおまえを自慢に思ってる」

「そう？　よかった」得意げにしっぽを立てている。ずいぶんおとなになったものだ。

ロッキーがタイガーは鳥をつかまえるのがじょうずだった話を始め、みんな神妙に耳を傾けた。ネリーは女同士の話をしたことや、いまはまわりが男ばかりになってしまって余計に寂しいと言った。エルヴィスはしつこくされるとすごく怒っていたと話し、サーモンはタイガーに嫌われていて、でしゃばりと呼ばれていた話をしたけれど、ほんとにでしゃばりなんだからしょうがない。オリバーとアリーはずっと黙って聞いていて、ごみばこが最後を締めくくった。

「タイガーには何度か会う機会があったが、直接会うよりアルフィーやジョージから話を聞くほうが多かった。いちばん感心したのは、タイガーこそ猫のなかの猫だったことだ。たしかにけんかっ早いところはあったが、ほんとにそうなるのは大切な相手を守るときだけだった。タイガーは義理堅くて陽気で、愛情深く、やさしく、心が広かった。猫の手本みたいな存在で、タイガーという手本を見習うことで、タイガーはこれからもずっとおれたちのなかで生きつづける」

厳粛な気持ちでぼくたちはごみばこの言葉を嚙みしめた。ごみばこは野育ちかもしれないけど、すごく賢い。ぼくは胸が詰まり、タイガーを見事に言い表してくれたことに感謝して顔をこすりつけた。

「ワン、ワン、ワン」ひと塊に集まっていたぼくたちの耳に吠え声が届き、仲間が一気に飛びのいた。あわてていないのは、ごみばことジョージとハナとぼくだけだ。

「だいじょうぶだよ、落ち着いて」ぼくは仲間を安心させた。「ピクルスだ」

「どうやって出たの？」しっぽをぶんぶん振っているピクルスにジョージが尋ねた。

「ぼく、ジョージが思ってるより猫なんだよ」

仲間が近づいてきた。興味津々の様子でピクルスを眺めている。

「クレアが庭で誰かと話してたから、その隙に逃げだして全速力で走ってきたんだ」得意げに話すピクルスにジョージが感心している。「ここにいるのはわかってたもん。散歩の途中でここにいるのを見たことあるから。ぼくだってすごく賢い猫なんだよ」

「すごいや、よくやったね、ピクルス」ジョージは褒めているが、あまり焚《た》きつけないほうがいい気がする。

「ひとりで外に出ちゃだめだって、何度言えばわかるの？」もうあきらめの境地だ。

「だって、すごくおもしろいんだもん」

「まったく、だめでしょ。悪い子ね」クレアが息を切らして駆けてきた。苦しそうに胸を押さえている。ぼくたちはあわてて忙しいふりをした。ネリーは落ち葉で遊び始め、ロッキーはそばの木へ向かい、ごみばことアリーは一歩さがり、オリバーはサーモンと茂みに隠れている。「いつもここで集まってるの？」クレアがぼくに訊いた。しょっちゅうここで集まっているけど、通りから離れているので人間は知らない。

「ミャオ」ぼくは答えた。別に知られてもかまわない。悪いことをしてるわけじゃない。

「まあ、いいわ。さあ、帰るわよ」クレアがしっぽを振るピクルスを抱きあげて歩きだし、ぼくとジョージに「またあとでね」と声をかけた。とりあえず今回はピクルスが逃げだしたのをぼくのせいにはできない。クレアと同じぐらいぼくも戸惑っていた。裏の門は頑丈に直したはずなのに。ジョージとぼくは門の下をくぐり抜けることができるけれど、ぽっちゃりしたピクルスはどうやって出たんだろう。

　集会はそのあとすぐお開きになった。ピクルスより人間が現れたことのほうが、なぜかみんなを落ち着かない気分にさせていた。特別な場所をよそものに知られたくなかったんだろう。クレアはピクルスに腹を立てていたから、ここのことを考える余裕はあまりなかったはずだとぼくはみんなを安心させ、別れの挨拶をした。

「帰ろう」ぼくはジョージに言った。「ピクルスのそばにいたほうがいい」

った。

「そうだね、きっと叱られてる。ハナ、送っていくよ。来てくれてありがとう」

「あなたのためならどこでも行くわ」ハナの返事を聞いて、ぼくは仲間たちと目配せしあった。

ピクルスは叱られてベッドでふてくされていた。ジョージが慰めても効果はなかったが、叱られてとうぜんのことをしたんだからしょうがない。いろんな気持ちになって少し疲れたぼくは、ひと眠りして平和なひとときを満喫することにした。叱られたピクルスはかわいそうだけど、さっきの脱走には密《ひそ》かに感心していた。思っていたより猫だったらしい。少なくともふくれているあいだはいたずらしそうにないので、ぼくはこっそりソファへ行って昼寝をした。

話し声で目が覚め、耳をぴくぴくさせながら少しずつ目をあけた。

「ほんとに？」ジョナサンの声だ。ずいぶん早く帰ってきたらしい。最近は頑張っていて、約束したとおり前ほど忙しくなくなったから、一緒にいられる時間も増えて嬉しい。なによりも、ぼくとジョージにおいしいものを買ってきてくれる。我が家はようやくまた笑顔があふれる家になった。

「ほんとよ。すごく不思議な話だけど、運命なんだわ」クレアが答えた。

「ぼくは運命なんて信じない」

「でもこれは運命なのよ。タイミングも、なにもかも。猫のシェルターに電話しようと思ってた矢先に、向こうから答えがやってきたんだもの」

謎めいていて、なんの話かわからない。ぼくはしっかり目をあけて伸びをした。

「アルフィーはどう思うかな」ジョナサンがつぶやき、クレアとこちらを見たので、ぼくも見つめ返した。ぼくがどう思うか？　「それに、すごくかわいそうな話だ」

「アルフィーは喜ぶわ」クレアが声をひそめ、ほかの部屋へ行こうとジョナサンに合図した。「あの子の前で話すのはやめましょう」

どういうこと？　なんでぼくの前では話せないの？　子どもに聞かせたくない話をするとき、クレアたちはいつもあんな言い方をする。でもぼくはもう子どもじゃない。ぼくはベッドでむくれているピクルスのところへ行き、マットとポリーが迎えに来るのを一緒に待つことにした。今日はもうこれ以上の波乱はごめんだ。

暗くなってから、ジョージと外に出た。寒くて風も強かったけれど、一緒に星空を見あげた。

「今日ぼくたちが言ったこと、タイガーママに聞こえたかな」ジョージが言った。

「きっと聞いてたよ。そしてぼくたちがオリバーと友だちになったことを喜んでる」

「生きてるって、おもしろいね」

「そうだね。大切な誰かを亡くしたときは、大切に思う気持ちに導いてもらうしかない」

感傷的な気分だ。

「このところ、いろいろあったでしょ。タイガーママのことや、ハロルドとぼくの病院での仕事のこと、ハナと親友になったこと。それでわかったんだけど、みんな寂しい気持ちを抱えていて、それは最悪のことだから、生まれてから一度もひとりぼっちになったことのないぼくは世界一幸せな猫なんだ。タイガーママがいなくなって寂しいけど、ぼくはひとりぼっちじゃないし、悲しいときもひとりぼっちじゃない」

「それはぼくも同じだよ。ひとりぼっちだったときもあるけど、おまえに会ってからは一度もない」

「じゃあ、ハロルドの家に猫が来たら、友だちになってあげようね」

「もちろん。ぼくたちならできる。誰とでも仲良くなれるからね。犬とだって」ぼくはにやりとした。

「ピクルスはそんなにひどくないよ。少なくとも仔犬にしては。でも、ハロルドのうちに住むのが犬じゃなくて猫でよかった。パパ、ぼくたちがひとりぼっちになることはぜったいいないよね？」

「ないよ、ぜったいに。この幸運は、これからも変わらない」ぼくはそれが真実であるように祈った。

Chapter 26

家のなかの雰囲気がぜったいおかしい。なのに原因がわからなくて歯がゆくてたまらない。ジョージにもわからず、クレアたちはなにも教えてくれない。このあいだの夜のあと、何度もひそひそ話しているからなにかたくらんでいる感じだ。ハロルドの猫のことで大騒ぎしているのはわかるけど、なぜか秘密にしなきゃいけないらしい。

「なんでこんなに手間取ってるんだろう」ジョージが言った。ハロルドが退院してからしばらくたつうえに、クリスマスも近づいているからこれ以上ひとり暮らしをさせたくないのだ。とはいえ、ひとりきりになることはほとんどないし、万が一に備えてマーカスが緊急通報ボタンとかいうものを持たせている。そんなボタンみたいな面倒なことをするより、猫と暮らすほうがはるかに簡単だとジョージもぼくも思っている。頼りになる猫を見つければすむ話だ。

「きっと賢い猫かどうか確認してるんだよ」たぶんそうだ。

「でも、たいていの猫は賢いよ」

「うん。家族の一員になれる性格か確かめてるのかもしれない。気難しい猫やけんかっ早い猫もいるからね、エドガー・ロードの仲間にはいないけど」

「みんないい猫ばかりだもんね」

「それに、ハロルドのところに来る猫にはピクルスを好きになってもらわなきゃ。子どもやお年寄りも」

「そうだね。そんな猫を見つけるのはけっこう難しいかもしれない。ぼくたちがそうだからって、猫がみんなそうとは限らないもの。チェックしなきゃいけないことがたくさんあるよね。賢くて、愛想がよくて、やさしくて、性格がよくて、段取りをつけるのがうまくて、犬が好きで……。そんな猫、あまりいないのかも」

「そうだよ」はっと気づいたとたん、毛が逆立った。ぼくはちらりとジョージを窺い、すぐ視線をそらした。内緒話と〝アルフィーの前では話さない〟理由はこれだったのか。でもいやだ。ぜったいいやだ。クレアたちはぼくをハロルドの猫にするつもりなのだ。ぼくみたいな猫を見つけられなかったから、ぼくを譲るつもりなのだ。ぞっとする気持ちと、行きたくない気持ちがごちゃごちゃになってこみあげてきた。

　ぼくはふたたびジョージに目をやった。ぼくたちを離れ離れにしようと思うなんて、信じられない。通りのはずれに行くだけにしろ、ジョージや家族と暮らす家はここなのに。いくら通い猫でも、好き勝手に誰かに譲っていいわけじゃない。でもジョージと話しているうちに謎が解けた。ハロルドの世話ができるほど賢い猫はぼくしかいないのだ。そんな。あんまりだ。でも、どうすればいいんだろう。

「もうひとつ相談したいことがあるんだ」ジョージに話しかけられ、物思いがさえぎられた。この子には言えない。

「なに？　悪い話じゃないといいけど」いまは心に余裕がない。この家を出されることしか考えられない。

「違うよ。退院してから、ハロルドもぼくも病院で寂しい思いをしてる人たちのことが気になってるんだ」

「ハロルドと相談したの？」ぼくは不安を表に出さずに普通の会話をしようとした。どんなに辛くても、ジョージの前ではなにも問題がないように振る舞わないと。

「ぼくたちなりに考えてみた。それで、ひとつ思いついたんだ。日曜日の昼食会をやったらどうかって」

「日曜日の昼食会？」

「そう。ハロルドったらいつもは文句ばっかり言ってるくせに、今回はなんだか気おくれしてて、誰にも話そうとしないんだ」

「へえ」興味を引かれる。それに自分の問題から気をそらしたい。

「ハロルドは、ひとりぼっちのお年寄りに友だちをつくってあげたいと思ってる。そのために一週間か二週間に一度、昼食会をできないかって。それに月に一度かそこら、去年のクリスマスにやったみたいにレストランで集まれたらいいとも言ってた」

去年のクリスマスはエドガー・ロードが停電になってしまい、ランチをつくれなくなったみんなのためにトーマスとフランチェスカが店を提供してくれた。仲のいい猫と人間が勢ぞろいして、すてきな時間を過ごした。

「すごくいい考えだ」ぼくは言った。「ジョージ、すごいよ。ハロルドと立派な仕事をしてるね」自分の行く末を気に病んでいなければ、喜び勇んで協力していただろう。

「ただ、クレアでもマーカスでもいいから、とにかくハロルドには誰かに打ち明けてもらわなきゃ。いまは怖くて話せずにいるけど、クレアたちの協力がなければできないもん」

「なにか手はないか、一緒に考えてみよう」いますぐ新たな計画を練るのは無理だ。とてもじゃないけど頭がまわらない。ハロルドの家へ行かずにすむようになにか考えないといけない。ああ、どうしよう。どうすればいいんだろう?

「ハロルドのところに来る猫も力を貸してくれるかもしれないね」ジョージが言った。やりきれない。ハロルドのことは大好きだけど、ジョージを置いていきたくない。

「そうだね」これだけ言うのが精一杯だ。

「じゃあ、とびきり賢い猫を見つけてくれるといいね」

ハロルドにぼくを譲るなんて考えちゃだめだとどうやってクレアたちに伝えるかあれこ

れ考えているうちに数日がたったある日、クレアがみんなでハロルドの家へ行こうと言いだした。

「ミャオ」ぼくはとっておきのかわいい顔をしてみせた。どうしてこんなぼくを手放せるの？

「きっとびっくりして大喜びするわよ、アルフィー」クレアが言った。喜べるはずがない。これから起きることはもうわかっているけど、まだ現実とは思えないし、なんとかしてそれを避けたい。

「きっと新しい猫に会えるんだよ」ジョージは大喜びだ。もう会ってるよと言ってやりたいけど、言えない。ジョージはどうするだろう。ぼくだってどうすればいいかわからないのに。

ジョージとすませた軽いランチが最後の晩餐《ばんさん》のように感じられた。ハロルドは同じ通りに住んでるんだから、大げさに考えすぎなのはわかってる。でもジョージはぼくと同じ家で暮らすのがとうぜんだと思ってるし、トビーとサマーはどうなる？　ジョナサンとクレアは？　ぼくがいないとここの家族がばらばらになるのは目に見えている。なのになんでこんなことをするんだろう？

「新しい猫に会うなら、印象をよくしなくちゃ」ジョージが念入りに毛づくろいを始めた。

「ハナも来るの？」親友がそばにいれば、ジョージも多少は事態を受け入れやすくなるかもしれない。

「ううん。寒いから来ないって言ってた。それに新しい猫のことはハナもなにも聞いてないみたい。神経質な猫じゃないといいな。それだと家族とうまく馴染めないし、エドガー・ロードにも馴染めないからね」しゃべりつづけるジョージの声は、ほとんどぼくの耳に入ってこなかった。

　クレアに連れられ、ジョージとハロルドの家へ向かった。トビーとサマーはポリーに預けてある。とうぜんだ。ぼくを手放すところを子どもたちに見せたくないのだ。ふいに腹が立ってきた。家族のためにいろいろ頑張ってきたのに、なんでこんな仕打ちをするの？

「ぼく、ちゃんとしてる？」ハロルドの家の玄関先で、ジョージに訊かれた。どんなときも見た目に気を配るように教えてきてよかった。いまはジョージのことだけ考えよう。

「とびきりハンサムな仔猫だよ」ぼくは愛情をこめて答えた。本当は泣き叫びたかったけど、我慢した。

「もう仔猫じゃないよ」ジョージが顔をこすりつけ、気にしてないと伝えてきた。

　クレアが合鍵で玄関をあけたとたん、ジョージが勇んでなかに駆けこんだが、リビングにいるのはハロルドとマーカスだけだった。やっぱり、これで最悪の不安が裏付けられた。新しい猫はいない。ぼくがその猫なのだ。ジョージは念のために家具の下を調べている。

そこにはいないよ。新しい猫なんていないんだよ。

「アルフィー、ジョージ。ずっと仲良くしてくれてありがとうな、特にジョージは」お気に入りのソファに座っているハロルドが声をかけてきた。「それに、わたしに猫をというのはおまえたちのアイデアだそうだな。すばらしいアイデアだ。でも新しい猫をおまえたちの代わりにしようとしてるなんて、これっぽっちも思わないでくれ」どういう意味だろう。新しい猫がぼくなら、ぼくはぼくの代わりにはなれない。ハロルドはちょっと混乱してるんだろうか。長いあいだ入院すれば、混乱しても無理はない。

「ミャオ」ジョージがハロルドの膝に飛び乗り、首元に顔をすり寄せた。やきもちのかけらも見せない姿に、成長を感じた。

クレアが腕時計をチェックした。

「そろそろ来るわよ」クレアが言った。「待ちきれないわ」

「ミャオ?」もう我慢できない。早く知りたい。そろそろ来るって、誰が? どういうこと? ぼくは大声でクレアに訴えた。どういうことか早く教えて。

「ジョナサンとマットが、ハロルドの猫を迎えに行ってるの」クレアが説明した。「そろそろ戻ってくるわ。だから温かく歓迎してあげてね」

一気にほっとした。じゃあ、ぼくは新しい猫じゃないのだ。ハロルドに譲られるわけじゃない。ここ数日の不安は無意味だった。なんだかちょっとまぬけな気分だ。

でも、だったらあの内緒話はなんだったんだろう。どうしてあんなに大騒ぎしてたんだろう。クレアはそわそわしていて、ハロルドは期待にあふれ、マーカスはにやにやしている。おかしい、やっぱりなにか変だ。

「きっと大喜びするわよ、アルフィー」クレアがさっきと同じことをくり返した。どういう意味か、さっぱりわからない。

「なんでみんな人間に話すみたいに猫に話しかけるのかな。シルビーもだし、コニーも内緒にしたいことはときどき日本語でハナに話してる」マーカスが笑っている。

「この子たちはなんでもわかってるんだ。ジョージほどの聞き上手はいない」ハロルドが言った。

「ミャオ」ジョージがお礼を言っている。

　待っている時間がやけに長く感じられた。おとなしくソファに座っているジョージとハロルドの横で、ぼくはじりじり足踏みした。なんでこんなに大げさなことになってるんだろう。そもそもクレアがちゃんと話してくれていれば、ぼくだって心配しなくてすんだのに。

　時間を持て余してきたころ、チャイムが鳴った。クレアが勢いよく立ちあがって玄関へ向かった。入ってきたマットとジョナサンを見てマーカスが立ちあがり、ハロルドも肘掛けに手をついて立ちあがった。

「なにも問題はなかった？」とクレア。

「ああ、なにも。まあ、離れ離れになる彼らを見るのは辛かったけど、少なくとも現状では最高の結果と言える」ジョナサンがぼくをさらにまごつかせる言葉を返した。

マットがキャリーを床に置き、屈んで扉をあけた。ジョージがキャリーに駆け寄ると、ようやくなかにいる猫が身じろぎして伸びをしたようだが、ぼくがいるところからはよく見えなかった。やがて白い前足が見え、その瞬間、全身に震えが走った。猫がキャリーから出てくる。あの前足は忘れようがない。このにおいも。そのとき、内緒にされていた意味が、クレアたちが声をひそめて話していた理由がわかった。ハロルドの猫は最初からぼくじゃなかったのだ。でも内緒にしていた理由はぼくだった。

「ミャオ、ミャオ、ミャオ」なにも知らないジョージは大喜びしている。ハロルドの猫がキャリーから出てきて、気づくとぼくはスノーボールと向き合っていた。

ぼくはスノーボールとじっと見つめ合った。まだ震えている足がカーペットに貼りついたように感じられた。目の前にいる初恋の相手は、ちっとも変わっていなかった。いくらか年は重ねているようだけど、白い毛はむかしのように見たことがないほどふわふわで、うっとりするような青い瞳をしている。なんでスノーボールがここに？

ジョージが不思議そうにぼくの顔を窺っている。スノーボールには一度も会ったことがないから、わからないのだ。タイガーをママと思っていたジョージがハロルドの猫の正体を知ったら、気に入らないだろう。

「よく来てくれたな、スノーボール」ハロルドがスノーボールを抱きあげて撫でた。ジョージがぎょっとした顔をして、ぼくを見た。事態を呑みこんだのだ。

「気の毒だったよ」ジョナサンが話しだした。「あのふたりはスノーボールと別れて寂しい思いをするだろうけど、いい家にもらわれたことはわかってるし、ここはこの子がむかし住んでた通りで友だちもいるからね。スノーボールがまたアルフィーと会えるのを、すごく喜んでたよ」ぼくも喜んだだろう。ジョージのことがなければ。

「スノーボール、どうか悲しまないでくれ。わたしと仲良くしよう。それにまたアルフィーにも会えただろう?」ハロルドに言われ、スノーボールもおとなしく撫でられている。もともと素直な性格だから、今度の引っ越しも黙って受け入れたのだろう。

「以前エドガー・ロードに住んでたスノーボールの家族は外国に行ったのよ、ティムとカレンの夫婦」クレアが説明した。誰に言ってるのかわからないが、知らないのはぼくとジョージだけらしい。

「そこはスノーボールには合わない国だってカレンたちから聞いたとき、ちょうど猫を探してたから、すぐ話がまとまったの」

「父さんの猫を探してたとき、その人たちもスノーボールに家族を探してたとはね」マーカスが言った。「なんだか運命を感じるよ」

「わたしもそう言ったのよ」クレアが意気込んでいる。「エドガー・ロードにいるころ、スノーボールはアルフィーとすごく仲がよくて、引っ越してしまったときアルフィーはすっかり落ちこんでたんだもの」ジョージがむっつりしている。

「本当によく来てくれた」ハロルドが言った。「とびきりの美人さんだ」すごく嬉しそうだが、ぼくはまだ目の前の出来事を呑みこめずにいた。スノーボールはぼくほど驚いていないようで、たぶん迎えに来たジョナサンとマットを見てわかったのだろう。カレンたちから話を聞いていたのかもしれない。でも家族と別れて寂しいはずだ。仔猫のころから一緒に暮らしていたんだから、さぞ辛いだろう。ただ、彼らの悲しみがぼくたちにとっては喜びになった。

訊きたいことは山ほどあったけど、怖い顔をしているジョージを見て、ジョージも同じだとわかった。

スノーボールもぼくも相手を見ないようにした。ジョージはぼくを無視している。クレアたちはスノーボールをもてはやして大騒ぎしていたが、ぼくはとにかくスノーボールとふたりきりで話したかった。

「猫ドアもつけておいたよ」ハロルドが言った。「だから好きなときに出入りできるぞ」すっかり夢中になっているが、スノーボールを見た人間はみんなそうなるし、それを言うなら猫だってそうだ。ぼくはジョージの気を引こうとした。珍しくソファの下でむくれている。

とりあえず落ち着こう。スノーボールと話さないと。なにがあったのか、だいじょうぶなのか知りたい。さっきからじっとハロルドを見つめるばかりで、よくわからない。ジョージとも話す必要がある。訊きたいことが山ほどあるに違いない。でもいまはどうしようもない。猫にとって、こんな気づまりな歓迎会があるだろうか。

離れ離れになってから何年もたつのに、いまもスノーボールが考えていることがわかるのは不思議だった。まるでずっとそばにいたみたいだ。ハロルドに譲られるという根拠のない不安が、新たな不安にとってかわっていた。ジョージがスノーボールを受け入れないんじゃないかという不安。クレアはぼくたちの反応が意外らしく、ジョナサンにそう言っている。再会を喜ぶと思っていたんだろうけど、ぼくからは説明しようがない。そもそも猫同士の複雑な関係を人間に理解できるはずがない。

家へ帰る途中でぼくとジョージはみんなと別れ、エドガー・ロードの端にある公園へ行った。

「どう思ってるの？」ずいぶん言葉足らずな質問だと自分でも思った。一緒に茂みのうしろでうずくまるジョージは、不機嫌に落ち葉を叩《たた》いている。

「わかんないよ」悲しそうだ。「スノーボールはパパのガールフレンドだったんでしょ？」

「気持ちはわかるよ。ぼくも同じぐらいびっくりした」

「でも、スノーボールはタイガーママの代わりにはなれないからね」核心をついてきたジヨージに感謝するべきなんだろう。

「もちろんなれない。おまえだってそんなふうには思えないだろう？　スノーボールがガールフレンドだったのは、ぼくがまだタイガーと友だちだったころだ。でも心配しなくていい。スノーボールとはまだまともに挨拶もしてない」

「ハロルドのところに猫が来るのがすごく楽しみで、仲良くなれると思ってたのに、いまはスノーボールと仲良くできるかわからないよ。タイガーママを裏切る気がする」しょんぼりしている。

「よくわかるよ。頭がごちゃごちゃなんだろう？　ぼくも同じだ。でもスノーボールがここに来たのは家族と別れなくちゃいけなかったからだし、クレアたちにハロルドが猫を飼うように仕向けたのはぼくたちだ。それを忘れちゃいけない」

「でも、パパのガールフレンドだったことは変わらないから、なんだか複雑な気分なんだ」

「ぼくもなんて言ったらいいかわからない。でも、ぼくの心のなかでスノーボールがタイガーの代わりになることはぜったいないよ。それだけは言える」ジョージを安心させようとしながら、自分も安心させようとした。少なくとも気持ちを整理したい。

「でも、むかしみたいに好きになるかもしれない」

「その質問には、正直いまは答えようがない。とにかく、おまえを傷つけるようなことはぜったいしないし、タイガーへの思いが色あせることもないから、それだけはわかってよ」

「ほんとにそうだといいけど。それと、スノーボールには、ぼくのママにはぜったいなれないって言うからね」苛立ち始めている。

「わざわざ言う必要ないよ。ジョージ、オリバーがバーカー夫妻の家に来たとき、ぼくが複雑な気分だったのを覚えてる？　あのときおまえは、タイガーを失って落ちこんでたバーカー夫妻にはオリバーが必要で、オリバーには住む家が必要だと言ったよね。それと同じだよ。ハロルドにはスノーボールが必要で、スノーボールにはハロルドが必要なんだ。オリバーと友だちになれたんだから、スノーボールともきっと友だちになれる」

「無理だよ。オリバーはパパのガールフレンドだったことはないし、ママの代わりになろうともしなかった。とにかく、もうこの話はしたくない。ハナに会いに行く」

息巻いて歩き去るジョージに、ぼくはなにも言えなかった。

重苦しい気持ちで家へ帰った。スノーボールに会いに戻ることも考えたけど、ぼくにもひとりになる時間が必要だと気づいた。

こっそり猫ドアを抜けてベッドへ向かった。あれこれ考えずにすむように眠ろうとしたのに、すぐ目が覚めてしまった。このままじゃだめだ。先延ばしにしても意味はない。スノーボールときちんと話さないうちは、落ち着けるはずがない。だいじょうぶなのか確かめたい。だからハロルドの家へ戻った。どうかジョージはハナとの時間を楽しんでいて、ぼくがスノーボールに会いに行ったと知っても腹を立てませんように。どうすればいいのかわからない。でもジョージの気持ちを考えるのが最優先で、次はスノーボールの気持ちで、ぼくの気持ちは最後でいい。

猫ドアから入ると、リビングで眠っているハロルドの膝にスノーボールが乗っていた。その姿を見ると、なぜかいくつもの感情が呼び起こされた。ずっと一緒にいた家族のように、どちらもすっかりくつろいで見える。それでもスノーボールにさよならを言ったときの辛さはいまでも忘れられないし、あれからいろいろあったことも事実だ。最初は不本意だったにせよ、ぼくは父親になった。タイガーと恋に落ち、何度も旅行に行き、ハロルドに出会った。最後にスノーボールに会ってから、一生分の時間が流れた気がする。掘り起こした花をくわえて木に登り、スノーボールの気を引こうとしたときのぼくといまのぼくは、似ても似つかない。あのときは消防隊員に助けてもらうはめになって大恥をかいたけど、いまあんなことはぜったいしない。あれで高いところが苦手だとわかったから、なおさらだ。

スノーボールと目が合った。変わらないわね——瞳にそう書いてある。ぼくは首を傾げてついてくるように合図し、裏口へ向かった。

「ハロルドはよく寝てたね」ひとことめにしては、ずいぶんつまらないせりふだ。

「大きないびきをかくのよ」スノーボールがにやりとした。

「どこから話そうか」

「最初から?」

「きみから話してよ。クレアの話じゃよくわからなかった。家族が遠くに引っ越したの?」顔をこすりつけたいが、そこまでするのはまだ早い気がする。

「子どもたちはとっくに独立して、ふたりともいまはアメリカに住んでるわ。家族が離れ離れなのは寂しいから、ティムとカレンもアメリカに行くことにしたんだけど、引っ越し先はすごく暑いところだから、わたしを連れていくべきか迷ったのよ。わたしの年齢を考えると、こっちに残るのがいちばんいいって言われたわ」

「ショックだったろうね」

「別れには慣れてるわ。最初はあなた、そのあとデイジーがモデルになって家を出ていったし、次はクリストファーも出ていった。もちろん毎回寂しかったけど、ティムとカレンが引っ越すとわかったときは胸が張り裂けそうだった。でもカレンたちからまたエドガー・ロードに住めるって聞いたときは、寂しいことに変わりはなかったけど、あなたのことを思いだして、きっとまた友だちになれると思ったの。それに少し気が楽になった。ゼロからやり直さなくてすむから。それでもさっきあなたに会ったときは、すごく変な気持ちだったわ。それにジョージはわたしが気に入らないみたいだったし。いろんなことがありすぎて、どうしていいかわからない」

「じゃあ、今度はぼくがきみが引っ越してからなにがあったか話すね」ぼくは新たな局面にどこから手をつけるか探りながら話しだした。

何時間も話した気がした。ぼくはスノーボールが引っ越してどれほど辛かったか、そんなぼくを慰めようと家族がジョージを連れてきたことを話した。ジョージと本当の親子みたいになるまでのこと、タイガーがガールフレンドになったこと、心躍る経験をいくつもしたこと、タイガーが天国へ行ってしまったこと、そしてタイガーの家に新しい猫が来たこと。いろんな話をしたので、しゃべり疲れてしまった。

スノーボールもエドガー・ロードを引っ越したあとの話をしてくれた。ここにいたころとはかなり違う暮らしをしていた。エドガー・ロードより細い道に面した庭のある家に住み、近所にはあまり猫がいなかったから、ぼくと違ってずっとかなり静かで寂しい毎日だったらしい。でもここに戻ってきたんだから、そんな暮らしももう終わる。

「エドガー・ロードでの暮らしは、相変わらず平穏や静けさとは程遠いよ」

「そうみたいね。それにわたしの記憶が確かなら、あなたがいる限り退屈しそうにないわ」そう応えたスノーボールにむかしの面影が垣間見えた。

「平穏な毎日がつづいてると思ったとたん、大事件が起きそうな気がして落ち着かなくなるんだ。必ずそうなるからね。今回は万事順調に行ってたところにピクルスが現れた。そのあとすぐハロルドが入院して、ジョージが仕事を見つけて、そしたらシルビーに赤ちゃんができたのがわかって、今度はきみが来た。退屈なんてしてる暇ないよ」

「会わないあいだに、お互いいろいろあったみたいね」スノーボールが言った。「わたしたち、これからどうする？」

「まずはまた友だちになるのはどう？」

「それがいちばんいいと思うわ。あとはジョージの気持ちを考えてあげないとね。かなり怒ってるみたいだから」

「混乱してるんだよ。きみがタイガーの代わりになろうとしてると思ってるから、そんなことないってわからせてやらないと。ぼくたちの関係がどうなろうと、ジョージをいやな気分にさせないことを第一に考える必要がある。ジョージとハロルドは仲がいいからね」

「わかったわ。それにしても、まだ五分しかたってないのに、もうとんでもない計画を立ててるつもりでいるのね」

「ぼくの計画はとんでもなくないよ」

ぼくたちは目を見合わせて微笑んだ。ずっと会っていなかったとしても、スノーボールが好きなことに変わりはない。タイガーへの気持ちとは違うけれど、これからどうするか考える必要がある。なによりもジョージの気持ちが最優先だ。あとのことは追い追い考えよう。

Chapter 27

　ジョージが頑固なのはわかっていたけど、ここまで頑固とは思わなかった。

「スノーボールが気に入らないからもうハロルドに会いに行かないなんてだめだよ。親友なのに」とにかくまずはハロルドを通してスノーボールを理解してもらうしかない。そうすれば、ぼく抜きで仲良くなれる。たぶん。

「ハロルドはぼくがいなくてもだいじょうぶだよ。スノーボールがいるから」ジョージが言った。うまくいかない。

「そんなことないよ。前にも話したけど、やきもちはなんの役にも立たない。それにハロルドはおまえが大好きなんだから気の毒だよ。なにも悪いことはしてないのに」

「どうせパパはしょっちゅうあの家に行くんでしょ。みんなもうぼくなんかいなくてもいいんだ」すねている。

「ぼくは違うよ」ピクルスが口をはさんできたが、ジョージの怒りは収まらない。

「ジョージ、スノーボールは一週間ちょっと前に越してきたばかりで、まだ少ししか話していないし、それはおまえのことを話したかったからだ。おまえはみんなにとって欠かせない存在だよ。ぼくにとっては特に。ハロルドにとっても」なかなか思いどおりにならない。

「ふん」とジョージ。

「スノーボールは来たくて来たわけじゃない。そうするしかなかったんだ。家族がいなくなってひとりぼっちになったから。タイガーの代わりになるために来たんじゃない」

「でもいやなんだよ。タイガーママの前にパパが好きだった相手が近所にいるなんて」

「ジョージ、それでももうスノーボールはここにいるんだから、なにがなんでもおまえに受け入れてもらえるようにしたいんだ。いちばん大事なのはおまえだから」

「ふん」

「これからハロルドとスノーボールに会いに行くけど、一緒に行く?」

「行かない。ハナと約束がある」

「ぼくも行ってもいい?」ピクルスが期待をこめて訊いてきた。

「だめ」ぼくとジョージは同時に答えた。ちょっと気が咎める。

「ピクルス。きみが出かけたらクレアがかんかんになるよ。ぼくはどうしても出かけなきゃいけないけど、そんなに長くはかからないし、いい子で留守番してたら帰ってから遊んであげる」

「ぜったい?」つぶらな瞳で見つめてくる。

「ぜったい」そうするしかない。

じれったくてたまらない。ぼくはひとりでハロルドの家へ向かった。スノーボールは新しい家にずいぶん慣れていたけど、家族をひどく恋しがっていた。ハロルドはスノーボールを気に入り、早くもすっかり夢中のようだが、会ったばかりだからとうぜんかもしれない。

「ジョージは来なかったのか?」ぼくを撫でながらハロルドが訊いた。そして食べ物を用意してくれた。ジョージは紅茶にひたしたビスケットを食べられなくなって残念がっているはずだ。この話をしてやろう。

「ミャオ」ぼくは答えた。ハロルドが会いたがっていたとジョージに言ってやらなくちゃ。ジョージの気持ちがほぐれてハロルドに会いに来るまで言いつづけよう。

ぼくはスノーボールと裏庭に出た。

「ほかのみんなにも早く会いたいわ。ちょっと出かけてもハロルドは気にしないかしら」

もうすぐマーカスが来るとさっきハロルドが話していたから、出かけてもだいじょうぶだろう。スノーボールはエドガー・ロードに住んでたんだから、初めて来た猫みたいに慣れるまで閉じこめておく必要はない。それにいまならぼくも一緒に行けるから、この機会にスノーボールをみんなに会わせよう。再会というやつだ。

「やあ、みんな」たまり場に行ったぼくはみんなに声をかけた。「誰が帰ってきたか見てよ」

「信じられない」ネリーがスノーボールに顔をこすりつけた。エルヴィスとロッキーもやってきた。「また会えて嬉しいわ。こんなことになるなんて思ってもみなかった。それに女友だちがいなくなって、ずっとつまらなかったの」

「誰だか知らないが、会えて嬉しいよ」オリバーが挨拶した。みんながいっせいにしゃべりだした。むかしみたいで、もちろんタイガーはいないけど、なんだか嬉しくなった。いや、ほんとに嬉しい。そのとき、声が聞こえた。

「やっぱりうまいこと仲間になってるんだね」ジョージが怒っている。ぼくたちはぱっと振り向き、見たこともないほど怒っているジョージと向き合った。

「ジョージ、そんなこと言うなんてあなたらしくないわ」ネリーが言った。「スノーボールとはむかし友だちだったのよ」

「みんな、その猫の魂胆がわからないの？　タイガーママの代わりになろうとしてるんだよ」

　みんな言葉を失い、傷ついたスノーボールはきれいな顔に皺を寄せている。

「違うわ、ジョージ。そんなつもりはない」スノーボールが消え入りそうな声を出した。

「大好きだった家族と離れ離れになって、ここに来たら懐かしい友だちに会った。新しい友だちもできたら嬉しいけど、それだけよ」くるりと背を向け、去っていく。ぼくはショックで悲しくて心配だった。でもなにより腹が立っていた。こんなふうにジョージを育てた覚えはない。

「ジョージ、いくらなんでも言いすぎだよ。一緒においで。スノーボールとぼくたちできちんと話し合おう」

「言われたとおりにしろ、ジョージ」ロッキーが冷静にたしなめた。「おまえのことは大好きだし、タイガーも大好きだったが、スノーボールとも友だちだったんだ」味方してくれて嬉しい。

「さあ、行くよ」ぼくは改めて声をかけ、歩きだした。振り向くとジョージがついてきていたのでほっとした。スノーボールに追いついたぼくは「落ち着いて話せるところに行こう」と言って公園へ向かった。

ジョージはずっとむっつりしていたので、ぼくとスノーボールも黙っていた。公園に入り、ジョージがよく登る大きな木があるところへ行った。

「ジョージ」ぼくは話しだした。「ハロルドが会いたがってたよ。おまえも同じだろ?」

「ぼくのせいじゃない」ジョージが答えた。ぼくはどう返せばいいかわからず、口ごもってしまった。

「ジョージ」スノーボールがやさしく声をかけた。「この機会に、なにがいやなのか教えてくれない？　わたしはタイガーの代わりになろうなんて思ってないのよ。なれるわけないわ」

「とにかくいやなんだよ」仔猫みたいにだだをこねている。

「スノーボールのことを知らないのに？」

「パパのガールフレンドだったことは知ってるよ。それがいまになって戻ってきたのが気に入らない」

「気持ちはわかったわ。でも、この問題を解決するには話し合うしかない。わたしはハロルドと暮らすしかないんだもの。それにハロルドはあなたが大好きなのよ」

「でも悲しくなるんだ。タイガーママを大好きだったのに。寂しいよ」

「ジョージ、わかるわ。あなたのパパも同じ気持ちだし、仲間もみんな寂しがってる。タイガーはすてきな猫だったもののね、友だちだったのよ、あなたのママとわたしは」

「そうなの？」半信半疑でいる。

「でも正直に言うと、あなたとタイガーには、わたしを好きじゃないっていう共通点があるわ」にやりとしている。

「え？」好奇心を隠しきれなくなっている。

「タイガーも最初はわたしを好きじゃなかったの」

「そうなの？　なんで？」

「あなたがわたしを嫌ってる理由と同じよ。わたしとあなたのパパが原因」

「でも好きになったの?」

「ええ、最終的には親友になった。タイガーはすばらしい猫だった」スノーボールが立ちあがった。「ジョージ、木登りは好き?」

「好きだよ」態度がやわらいでいる。

「一緒に木登りしない? あなたのパパがうちの庭で木からおりられなくなったときの話をしてあげる」

ジョージが目をぱちくりさせ、それから首を傾げてどうするか迷いだした。この話はもう知ってるはずだけど、スノーボールから聞いたことはない。

「わかった。そのあとあなたを好きになれるか決める。でも無理やり好きにさせようとしても無駄だよ」

「そんなこと考えてもいないわ」にっこりするスノーボールを見たとたん、誰だろうといつまでも好きにならずにいるなんて無理だと気づかされた。ジョージを含めて。

ぼくは木登りするふたりを見ていた。高い枝まで登っていくので、不安で見ていられなくなった。地面にいてもめまいがしそうだ。

暖かい茂みにもぐりこみ、戻ってきたときはふたりが仲良くなっているように祈った。戻ってきたふたりは静かで、それがなにかを物語っていた。ぼくは立ちあがって伸びをした。

「どうだった？」

「子どもじみたまねはやめて、スノーボールにチャンスをあげることにしたよ。エドガー・ロードに戻ってきたのはスノーボールのせいじゃないし、オリバーみたいに家族をなくしたんだから。オリバーと違ってシェルターに行ったわけじゃないけど、やさしくしていたわってあげなきゃ。それにハロルドに会いたいしね。紅茶にひたしたビスケットも食べたい」

「ジョージ、ほんとにおとなになったね。毎回びっくりするよ」子どもじみたまねをすることもあるが、それは言わずにおこう。

「わたしはタイガーの代わりになろうとしないって約束したの。そもそもなれるわけがないし。でも友だちになることはできるわ」

「ぼく、これからハロルドに会ってくる。いまも大好きだってわかってもらえるように」とジョージ。「反省してるんだ。ハロルドはなにも悪くないのに。それを言うならスノーボールも。パパも一緒に行く？」

　ぼくはふたりを見つめた。初恋の相手と世界一大切な息子のジョージ。仲良くなれそうで、本当によかった。それならぼくが行くまでもないだろう。

「ふたりで行ってくれれば？　そのほうがお互いのことがもっとよくわかる」

「あなたの昔話をもっとされるんじゃないかって、心配してるの?」スノーボールがにやりとした。

「してないよ」ぼくはしっぽをひと振りした。「消防隊員に助けられたことより恥ずかしい話はないからね」

「牛のうんちの上に転んだ話は?」まずい。うっかりしていた。

「なにそれ、教えてよ。行こう、スノーボール、早くハロルドに会いたい」

元気よく歩き去るふたりを見送りながら、また胸がいっぱいになった。きっとなにもかもうまくいくに違いない。

スノーボールに対していま自分がどう思っているのかはわからない。好きだったときの気持ちはよく覚えていて、でもお互いにむかしとは違うこともわかっている。あれからいろいろあったから、一から関係を築かなきゃいけないような気がする。それが怖くもあるし、楽しみでもある。でも時間はたっぷりあるし、どんなことになろうと、タイガーをないがしろにすることは決してない。ジョージの気持ちをないがしろにすることもない。ただ、スノーボールと再会して、なんだかちょっと生き返った気がするのも確かだ。

これまでぼくは人間やみんなの気持ちを心配ばかりしてきて、自分の心配をする余裕があまりなかった。バーカー家にオリバーがいるのを見たとき、タイガーがいないことをどれほど寂しく思っているか、心にあいた穴がどれほど大きいか、つくづく実感した。だからスノーボールに会えてすごく喜んでいる自分に気づいたとき、ぼくはまだちゃんと生きてるんだと思い知らされた。もう一度生きるときが来たんだと。

Chapter 28

ジョージはスノーボールにチャンスをあげると言ってくれたけど、まだ微妙な関係だから、ぼくはスノーボールと距離を置いたほうがいいだろう。

子どもたちはジョナサンとマットと出かけた。ピクルスはベッドにいて、ジョージはハナかハロルドの家だ。クレアとぼくが静けさを満喫していると、チャイムが鳴った。クレアと玄関に向かうと、嬉しいことにアレクセイがいた。ひとりだ。

「やあ、アルフィー、クレア」挨拶して入ってくる。そして屈んでぼくを撫でてくれた。寝ていたピクルスも起きてきた。

「ワン、ワン、ワン」アレクセイの脚を舐めている。

「しょうがないな。それじゃ番犬になれないぞ」抱きあげられたピクルスが顔を舐めた。

「スノーボールが戻ってきたんだってね。早く会いたいな」

「会いに行けばいいじゃない。コニーも連れて」クレアが言った。

「そうだね」

「ワン！」

「あとでピクルスを散歩させてもいい？」アレクセイが訊いた。

「ぜったいリードをはずさないって約束できれば」

「ワン」ピクルスがまたアレクセイの顔を舐めた。どうやらなにをしても許されるらしい。

「それで、わざわざ来てくれたのは、なにか理由があるんでしょう？」クレアが尋ねた。

「コニーにプレゼントをあげたいんだ。クリスマスプレゼントを」赤くなっている。「日本に行くことになったからクリスマス当日は会えないけど、コニーのことは気にかけてるし、日本に行くのをなんとも思ってないって伝えたい。でもなにをあげたらいいかわからなくて」

「ママに訊いてみたら？」

「無駄だよ。飛行機で使う、変な枕をあげなさいって言うのがおちだ」たしかに。フランチェスカは実用的なものにしかお金を使わない。

「あなたはなにがいいと思ってるの？」にっこりしている。自分にアドバイスを求めに来たことを微笑ましく思ってるんだろう。ぼくも同じだ。

「アクセサリーはどうかと思って。女の人は好きなんでしょ？」足元ばかり見ている。

「そのとおりよ」クレアが笑顔で答えた。「じゃあ、なんでうちに来たの？」

「クレアはセンスがいいし、買い物をするときはいつも全力だってジョナサンが言ってるから」クレアがあきれた顔をした。たしかにジョナサンはよくそう言っている。しょっちゆう。

「わかったわ。いらっしゃい。ネットで探してみましょう」クレアがアレクセイを連れて

キッチンのノートパソコンに向かった。

「ネットって、食べられるもの？」ピクルスが言った。

「違うよ。それに、なんでも食べようとしちゃだめだ」ぼくはたしなめた。

「わかった」ピクルスがぼくを舐めた。

ピクルスのことはアレクセイに任せ、この隙に仲間に会いに行くことにした。スノーボ

ールが戻ってから、気持ちの整理ができなくてあまり仲間に会っていない。外に出たとた

ん凍えそうになったけど、そのまま歩きだした。たまり場に仲間の姿はなく、がっかりし

たけど寒いから無理もない。戻ろうか迷っていると、こちらへ歩いてくるジョージが見え

た。

「おかえり」ぼくは大声で声をかけてジョージに駆け寄った。

「どうしてハロルドの家に来ないの？」並んで歩きながらジョージが訊いてきた。

「そのほうがハロルドとゆっくり過ごせると思っただけだよ。だから遠慮した。それで、

その後どう？」

「最初は腹が立ったけど、パパのむかしのガールフレンドがいきなり現れたんだからしょ

うがないよ。でもスノーボールを好きになってきた。それもかなり。一緒にいるとおもしろいし、タイガーママとぜんぜん似てないところも好き。タイガーママもおもしろかったけど、スノーボールとはぜんぜん似てない。パパには好みのタイプがないんだね」

「ないよ」つい笑ってしまった。「好きなタイプなんてない。でも感じるものはいろいろあって――」

「わかってる。その話はいましたくないけど、相談したいことがあるんだ」

「いいよ、なに？」

「ハロルドが考えた日曜日の昼食会のことだよ。近所に知り合いがいない人のリストをつくって、ノートに書き留めることまでしてる。スノーボールとも話したけど、実現できたらすてきだと思うんだ」

「そうだね。じゃあ、スノーボールと一緒に計画を立ててるんだね。このあいだまで口もきこうとしなかったくせに」ぼくは茶化した。

「やめてよ、パパ。でもぼくの仕事はわかってるでしょ？　病院ではもうできなくなったけど、ここでも仕事はできる。寂しい人たちの力になりたいんだ」

「偉いね、さすがはぼくの息子だ」

「でも、パパの協力が必要なんだよ」

いろいろあったけど、よくぞここまで来たものだ。ジョージとスノーボールが一緒になにかを計画しているのが嬉しいし、ハロルドがなにかやっているのも嬉しい。ただ、次にどうすればいいかわからない。

「ぼくの協力?」

「ハロルドは気おくれして誰にも打ち明けられずにいるんだ。実現できるように、ぼくたちでなにかできないかな」

いくら計画を実行してきたぼくでも、人間に他人のために料理をさせたり誰かの面倒を見させたりするのは無理がある。人間を巻きこむしかない。

「誰かに知ってもらうしかないよ。それにはハロルドから話してもらわないと」

「でも、どうやって? スノーボールとぼくには気楽に話してくれるけど、いまはそこまでなんだ」

「それなら、みんなにも話すように、なにか考えるしかない。そうなれば実現するように力を貸してくれるよ。きっと」

「でも、どうやって?」

「それをこれから考えるんだ」

「パパならそう言ってくれると思ってたよ。でも、スノーボールの意見も聞いたほうがいい気がする」

「そう?」どうやらスノーボールに対する考え方がすっかり変わったらしい。

「うん。パパがむかし立てた計画の話をしてくれたんだ。すごく危ない計画の話を。スノーボールに協力してもらえば、危ない目に遭わずにすむよ」

返す言葉がない。

「なんだか、むかしに戻ったみたいね」ハロルドの庭でさっきジョージに言われたことを話し合っていたとき、スノーボールが言った。

「家は違うけどね」ぼくは懐かしく思いながらも、どぎまぎしていた。凍えるほど寒いのに、スノーボールの隣にいるとうきうきする。

「アルフィー、ジョージとは仲良くなれた気がするけど、この状態もハロルドの計画がうまくいくかどうかで変わると思うの。もし日曜日の昼食会の話をみんなに打ち明けさせることができなかったら、ジョージはすごくがっかりするだろうし、あの子にそんな思いをさせたくないわ」

「ぼくもだよ。ぼくも昼食会を実現させたい。ジョージがこんなに早くきみを受け入れてくれたのが嬉しいから余計に」

「そんなに早くなかったわ。一週間以上わたしを無視してた」

「ジョージにしては早いほうだよ。ついこのあいだは、ずいぶん長くぼくと口をきこうとしなかったんだから。それはさておき、ハロルドに打ち明けさせるアイデアはある？　どうして誰にも話そうとしないんだろう」

「年寄りのたわごとだと思われて、まじめに聞いてもらえないと思ってるのよ」スノーボールが答えた。「そんなことないのに。すごくいいアイデアだから。でもハロルドは自分に自信がないみたい」

「気の毒に。すごくいいアイデアなのにね。ずいぶんあれこれ考えてきたんでしょ?」

「変な話だけど、ハロルドはジョージと一緒に考えたんだって言うのよ。どういう意味かしら」

「ノートに書き留めてあるんだよね」

「ええ。招待したい人のリストと、どんなふうにやればいいか思いついたこともいくつか書いたって言ってたわ」

「そのノートはどこにあるの?」

「いつも座ってるソファの肘掛けに置いてある、たいていは」とスノーボール。「どうして?」

「いや、ちょっと気になっただけだよ」

「むかしを思いだすわ」

「そういえばピクルスをどう思った?」アレクセイとこのあたりに散歩に来たはずなのに見ていない。きっとアレクセイがポリーの家まで連れて帰ったんだろう。

「おもしろいちびちゃんね。しきりにわたしを舐めようとしてた」

「慣れたほうがいいよ。引っ越したあと、誰かを好きになった?」この質問を直接するのは初めてだ。

「いいえ、なってない。あなたとタイガーのことはこのあいだ聞いたけど驚かなかった。タイガーはずっとあなたを好きだったもの」

「ぼくもタイガーを好きになったんだ。でもきみのときとはぜんぜん違う。どっちがいいとか悪いとかじゃなくて、とにかく違うものだった」

「わかってる。最初はちょっとやきもちを焼いたけど、自然なことだわ」

「うん、それにきみが初恋の相手なことに変わりはないよ。ぼくがどれだけ必死で気を引こうとしたか、覚えてる?」一緒に笑ってしまった。

「どうしてかわからないけど、いまだに今回のことではもやもやしてるの。家族が引っ越さなきゃいけなくなったのはわかってるし、わたしも一緒に連れていこうといろいろ考えてくれたのもわかってる。でも……」

「スノーボール。そんなときたまたまクレアから猫を探してるって聞いて、それで気持ちが固まったんだよ。きみを連れていけない理由はわかってたんでしょ?」

「ええ。暑いのは苦手。冬のほうがずっと好きよ」

「名前にぴったりだね」ぼくはジョークを返した。

「それに、ハロルドと暮らしてるのも変な感じ。誤解しないで、ハロルドはいい人よ。でもほとんどいつもふたりきりで、ほかの人はあちこち出かけるのにハロルドはそうじゃないから、前よりひとりでいる時間が減ったわ。ただハロルドはやさしいし、あなたにもまた会えたし、むかしの仲間に加えてジョージとも会えた」

「悪いことばかりじゃない？」

「ええ、悪いことばかりじゃない」スノーボールが少しすり寄ってきたので、ぼくたちは黙って寄り添っていた。そのとき、気づいた。誰でも大勢の相手に愛情を注ぐことができるのだ。だって、スノーボールを好きな気持ちは、ぼくのなかにいまもしっかり残っているんだから。

Chapter 29

恋愛とは縁遠いと思っていたのに、アリーといるようになってから、ごみばこはぜったいに変わった。雰囲気が少し穏やかになったし、明らかに幸せそうだ。足取りも軽くなった。恋をしてる証拠だ。十二月の凍《い》てつく朝、ぼくはごみばこに会いに行った。頭をはっきりさせたくて、そのためにはエドガー・ロードを離れる必要がある気がした。ピクルスの世話はこれまでぼくだけでずいぶんやってきたから、今日はジョージに任せてきた。ジョージはぼくの頼みをはりきって受け入れ、ハナとも一緒にいられるように隣に呼びに行った。ハナはすごくやさしい子だから、きっと来てくれるだろう。出かけるのは、ハロルドの〝寂しい人たちの会〟――ジョージがそう名付けた――を実行に移す作戦を練るためだと言ってある。実際、どんな作戦にするか悩んでいるけど、自分の気持ちにも悩んでいた。どこかで寂しさを感じているのがはっきりわかるからだ。

スノーボールが引っ越してしまったときは、イワシさえ食べる気にならないほどひどく落ちこんだ。でもクレアがジョージを引き取るという天才的なアイデアを思いつき、息子になったジョージのことは世界一愛してるけど、心には別の愛情でしか満たせない場所があって、そこは空っぽのままだ。タイガーを亡くしてから、もう恋をすることはないと思っていた。自分で自分がわからない。うしろめたい。ジョージに対しても、タイガーに対しても。そしてスノーボールに対しても。ぼくは手当たり次第に恋に落ちるタイプじゃないし、生まれてから恋をしたのは二度だけだ。スノーボールが戻ってきたのは運命だとクレアは話していて、ジョナサンは運命を信じてないけど、ぼくはある気がする。

ごみばこがいるレストランの裏庭に着くまで、ずっとそんなことを考えていた。

「よお、どうかしたのか、アルフィー？」

「誰かと話したかったんだ」ぼくは自分の気持ちを打ち明けた。「いまでもスノーボールが好きなんだ。むかしみたいな感情がよみがえってるのに、ジョージのことを考えるとどうすればいいかわからなくて」

「ジョージは辛い思いをしてきた。だからスノーボールが戻ってきたのが許せなかったんだろう」すべて話し終えたぼくにごみばこが言った。「無理もない。でもかなり早く乗り越えたじゃないか。おまえたちがつきあうのは気に入らないかもしれないが、いずれ機嫌を直すさ。賢い子だからな」

「そうだけど、誰も傷つけたくないんだよ」

「まあな、だが生きてたころのタイガーが心から望んでたのはおまえが幸せでいることだったから、きっといまも同じはずだ。タイガーは天国に旅立ち、それは胸が張り裂けるほど辛いことで、おまえはこれからも決してタイガーを忘れない。でもな、アルフィー、それでも残されたものは生きていかなきゃいけないんだ」

「たしかにそうだけど」ぼくは悲しみをこらえきれず、横になって小さく泣き声をあげた。

「命が永遠につづくわけじゃないのは、おまえもわかってるはずだ。だから精一杯生きなきゃいけない。アリーに出会ったときのおれは、話し相手なんて求めていなかった。友だちならおまえたちがいるしな。アリーに心を開けたのもおまえのおかげだ。おまえはいい友だちだよ、アルフィー。それどころか猫が望みうる最高の友だちだ。だからおまえも幸せになるべきだ」

「愛と友情。それさえあれば生きていけるよね」

「大事なのはそのふたつだと、おまえが教えてくれた」

「おいしいイワシも大事だよ。思いだしたら食べたくなってきちゃった」

「レストランの裏口に行って腹が減ってるふりをすれば、なにかもらえるかもしれない」

にやりとしている。

「そうこなくちゃ」

もらえたのはイワシじゃなくてサーモンだったけど、別にかまわなかった。そのあとハロルドの計画についてごみばこと相談した。

「去年のクリスマス、おまえはみんなをここに連れてきた。たぶんハロルドはあのときのことを思いだしたんだろう」

「そうかもしれないね。ハロルドは週に一度デイサービスとかいうところに通ってるんだけど、そこ以外では誰にも会わないお年寄りもいるんだって。その人たちは簡単なものを自分で料理するだけだから、まともな食事もあまりしてないらしいんだ」

「でもハロルドに名案があるんだから、あとはおまえが家族の誰かに伝わるようにすればいい」

「うん。クレアがいいと思うんだ。こういうことは得意だから。ハロルドが自分で話してくれたらいちばんいいんだけど」

「自信がなくて話せないんじゃないか?」さすがはごみばこだ。よくわかってる。

「年寄りのたわごとだって笑い飛ばされるのを心配してるんだ。スノーボールにそう言ったらしい」たしかにハロルドは病気になってからちょっと自信をなくしている。弱った自分に不安を覚えることがあるんだろう。ぼくは自信をなくしたことなんて一度もないけど、理解はできる。

「ノートに書き留めてあるなら、それを誰かに読ませればすむ」単純なことのようにごみばこが言った。言われてみれば、たしかにそうだ。

「すごいよ、ごみばこ。ほんとに頭がいいね。そうだよ、ノートを盗んでクレアのところに持っていけばいい」また頭がまわりだした。もう計画を立てるのは無理だと思ってたけど、そうじゃなかった。

「ノートがあるところにクレアを連れていくほうが簡単かもしれないぞ。そのほうが危険も少ない」ごみばこが目を細めた。

「そうだね。そのとおりだ」冷静に考えればごみばこの言うとおりだ。猫のぼくがノートを運ぶのは難しそうだ。

「ジョージにはおまえのアイデアだと言うんだぞ。あの子とハロルドのために成功させるんだ。そうすればスノーボールをどう思ってるかジョージに話しても、いくらかおまえに対する態度がやわらぐはずだ」

「いつから計画を立てるプロになったの?」ほんの少しプライドが傷ついていた。計画を立てるのはいつもぼくの役目なのに。

「スノーボールのことで、おまえの頭がごちゃごちゃになってからだ。心配するな、この役目はすぐ返上する」ごみばこがにやりとしたので、ぼくもにやりとしてみせた。

晴れ晴れした気分で家へ帰った。いろんなことがいい方向に動きだしたのがわかる。人間の家族はみんな幸せだし、猫の仲間も幸せだし、ピクルスも幸せだ。もっとも、ピクルスはいつも幸せだけど。ぼくも幸せだと断言できる。それなのに、猫ドアを抜けたとたん取り乱した声が聞こえた。まずい。ぼくは一気にうろたえた。留守番させたジョージとピクルスになにかあったんだろうか。

「わたしのせいよ」クレアの声だ。「わたしがばかだったの」

「落ち着いて、あなたのせいじゃないわ」シルビーがクレアを抱きしめた。そばにいるポリーが、抱えていたぼくたちのキャリーを床に置いた。

「クレア、クリスマスシーズンに子どもたちがその辺にチョコレートを置きっぱなしにするのはよくあることよ。これからすぐ獣医に連れていくわ。うちで起きていてもおかしくなかったんだから、気にしないで」

なにがあったのかわからないが、ピクルスが床に寝そべっている。息が荒く、ぐったり横たわる姿はいつもとぜんぜん違う。ぼくはパニックになった。ピクルスになにがあったの？　さっきから身じろぎもしていない。そばにいるジョージはすっかり怯えきり、見開いた目でピクルスを見つめている。

「なにがあったの？」ぼくは尋ねた。ポリーがピクルスをキャリーに入れている。

「ぼくのせいじゃない」

「うん、わかってる。でもなにがあったの？」

「ピクルスがリビングでチョコレートのコインを見つけて食べちゃったんだ。子どもたちが持ってたコイン。犬はチョコを食べちゃいけないみたいで、獣医さんに行くことになった。でもすごくおいしいって言ってたんだよ、包み紙まで食べてた」

「包み紙も食べたの?」

「全部じゃないけど。食べちゃだめって注意したのに、言うことを聞かなかったんだ」

「猫はチョコを食べないって言った?」

「ううん、それは思いつかなかった。あとで言っておくよ、元気になったら。元気になるよね? ああ、パパ、ならなかったらどうしよう」

「病院に行けばきちんと診てもらえるよ。入院してたときのハロルドみたいに。ピクルスもきっと元気になる」口ではそう言ったけど、ほんとはわからない。

「ぼく、ピクルスが大好きだったみたい」悲しそうにジョージがつぶやいた。

「みんなそうだよ、みんな」

計画について考えるのはいったん棚上げにして、ジョージを慰めた。ピクルスの無事を確認するまでどこにも行く気はないらしい。本心ではかなりピクルスが好きなのだ。そしておまえのせいじゃないと何度言っても聞く耳を持たず、自分を責めていた。

「ちょうどハナが帰ったところだったんだ。裏口まで見送って戻ってきたら、ピクルスはもうチョコを食べてた。ちょっと目を離しただけなのに」

「ジョージ、ピクルスは手当たり次第になんでも食べる。誰も止められないよ」事実だ。ぼくだってピクルスとあの子の食べ物のあいだには割って入れない。もっと言えば、誰の食べ物だろうと。

知らせを待つあいだ、クレアはいてもたってもいられない様子で、それはぼくたちも同じだった。誰もが自分を責めていて、その場にいなかったぼくにもなんらかの責任がある気がした。みんなでやきもきしながらうろうろ歩きまわり、ピクルスの無事を祈った。そのうちジョージは横になったが、眠れないのはわかっていたから、少しでも慰めになればと寄り添っていた。

ようやくポリーから待ちわびた連絡があり、ピクルスはだいじょうぶだとわかった。まだ少し具合が悪いので、〝観察〟とかいうものをするために少しのあいだ病院にいることになったけど、すぐ帰れるらしい。クレアはほっとしていた。誰もクレアを責めていないのに責任を感じていて、少しジョージに似ている。ぼくは泣いているクレアを慰めてあげた。泣きたくなる気持ちもわかる。

ピクルスが元気になるとわかったので、ぼくはハロルドとスノーボールに会いに行くようにジョージに勧めた。

「パパも行く？」

「ううん。ぼくは疲れたから休むよ」ノートについてはごみばこのアドバイスに従うつもりだけど、ぼくには別の計画もある。ジョージとスノーボールがもっと仲良くなってくれれば、スノーボールに対するぼくの気持ちを打ち明けるのも楽になるだろう。これがいまの最大の願いだ。もちろんスノーボールにも伝えなきゃいけないけど、言わなくてもも う伝わっている気もする。でもいまいちばん考えなきゃいけないのはジョージの気持ちで、父親のぼくにとっては自分の気持ちよりあの子の気持ちのほうが大事だ。

夕方ジョージが戻ってくるまで、ぼくは昼寝をしたり考えたりを何度かくり返した。考えることがありすぎて、疲れが取りきれなかった。

「ハロルドとスノーボールは元気にしてた？」

「うっかりしてたけど、今日はデイサービスの日だったから、ハロルドとは帰ってくるまで会えなかった。寂しい人たちの会の話をまたしてたよ。いまのところ、十人の名前をリストに書いてて、みんな近所に家族がいないから気の毒がってた。ぼくもそう思う。でもスノーボールには、パパに計画があるって言っておいた」

「うん、あるよ」

「それと、帰る途中でポリーの家に寄ったら、ピクルスが帰ってきてた。病院に行ったせいで具合が悪くなったって言ってたけど、すっかり元気になって、いまはすごくおなかが空いてるんだって」

「あの子はいつもおなかを空かせてるからね」

「うん、でも病院に行ったことはなんとも思ってなかった。また冒険したと思ってるんだ。猫はチョコも包み紙もぜったい食べないって釘を刺したら、よくわかったって言ってたけど、猫になるために必要なことが多すぎて、覚えていられるかわからないとも言ってた」

「ピクルスらしいね」

「ぼく、ピクルスが好きだよ。でもやっぱりピクルスはあくまで犬なんだ」

リビングへ行くと、サマーが泣いていた。仕事から戻ったばかりのジョナサンが困った顔で頭を掻いている。ぼくの頭も掻いてくれればいいのに。頭を掻いてもらうのは大好きだ。

「サマー、どうしたの？」クレアが訊いた。

「ぼくたちのせいでピクルスが死ぬところだったって、ヘンリーとマーサがすごく怒ってるんだ」トビーが説明した。

「食べちゃったのは、うちのチョコだったの」サマーがしゃくりあげている。

「そうね。でもこれでピクルスにチョコをあげちゃだめだってわかったから、これからはチョコを置きっぱなしにしないように気をつけましょう。そもそもリビングにチョコを置きっぱなしにしたらいけないわ、アルフィーたちがいるんだし」クレアがやさしく話しかけて娘を抱きしめた。「でも今回はうっかりしただけだし、ピクルスも無事だった。これから謝りに行きましょう」

「でももしまた怒られたら？」とトビー。

「ヘンリーもマーサもきっとすごく心配してたのよ。でもこういう失敗は誰だってすることだわ。だから謝りに行きましょう。きっと許してくれるわ」

「みんなで行こう」ジョナサンが言った。「家族みんなで」そして四人で出かけていった。

「なんだかピクルスのことでは、みんな自分を責めてるみたいだね」ジョージが言った。

「大切な存在ができると、誰だってそうなる。なにかあると自分のせいだと思うんだ」

「そうだね。パパもいつもぼくのことで自分を責めてるもんね」

「うん、そうだよ」

「でもぼくは完璧だから、そんなことしなくてもだいじょうぶだよ」

Chapter 30

とにかくすべて棚上げにして、計画を実行しよう。クリスマスが近づき、ピクルスの騒動のあと仲直りして以前に増して仲良くなった子どもたちの興奮レベルも数段階あがっている。でもトミーは別だ。トミーはちょっと仲間外れの気分でいる。小さい子たちの輪に加わるには大きすぎて、ふたりだけの世界にいるアレクセイとコニーの輪にも入れない。少し孤立しがちなのをフランチェスカも心配している。友だちはたくさんいるけれど、家族といるときはなんとなく上の空なのだ。今度家族が集まるとき友だちを連れてくればいいとクレアが勧めると、トミーは大喜びでその名案に飛びついた。フランチェスカもそれは思いつかなかったようで、家族の集まりは家族が集まる日なんだから無理もないが、うちの家族はしょっちゅう増えている。現にシルビー親子とハナに加え、マーカスとハロルドも家族になった。ハロルドの計画をクレアに伝えるのは、いまが絶好のタイミングな気がする。

クリスマス当日はコニーが日本に行っていないから、今度の家族の集まりはクリスマスみたいなものになる。コニーがいないのは寂しいけど、トミーはアレクセイとクリスマスを過ごせるからよかった。それにコニーのいないクリスマスが初めてでちょっと動揺しているシルビーには、マーカスとぼくたちがついている。

ぼくはたっぷり時間をかけてジョージと相談し、次にクレアがハロルドの家に行くときついていくことにした。ハロルドのノートをクレアに見せるのだ。どうやるかおおまかな方法は考えてあるけど、アドリブも必要なのはわかっていた。たいていの計画は、あまり細かいところまで決めておかないほうがいい。幸いクレアはほぼ毎日ハロルドの家に行ってるので、それほど待たずにすんだ。今日、クレアはハロルドにランチを届けるつもりでいる。ピクルスも連れていく。チョコレート事件以来、みんなピクルスから目を離す気になれず、どこにでも連れていくようになったのだ。ハロルドはシルビーの家でもポリーの家でもうちでも食事ができるのに、スノーボールが来てから自宅で食べたがるようになった。スノーボールはハロルドをひとりにしないようによく気をつけてくれているが、食事をしに行く場所にも会いに来てくれる人にも困らないからこそ、ハロルドは昼食会をやろうと思いついたのだろう。

「やあ、クレア、よく来たな。ピクルスも」ハロルドが玄関で出迎えてくれた。最近はかなり元気そうだ。自分に合った薬が見つかったうえにスノーボールが来たことで、寿命が延びたんだろう。「アルフィーとジョージも来てくれたのか。スノーボールはキッチンにいるぞ」みんなで家に入った。ピクルスも。ピクルスのことまで考えていなかったけど、計画を台無しにされないように祈るしかない。

「スープを持ってきたの。温めるわね」クレアが言った。

「いや、手間をかけては悪い」

「なに言ってるの。わたしも一緒に食べてもかまわない？」クレアはこういうことがうまい。ハロルドに負い目を感じさせないように、自分の頼みを聞いてもらってるような言い方をする。

「もちろん、かまわないよ。テーブルをセットしよう」

「ワン」ハロルドが食器を並べ始めると、ピクルスが椅子に飛び乗ろうとした。ハロルドは昔気質《かたぎ》のところがある。亡くなった奥さんも、なんでもきっちりやるのが好きだったらしい。ランチョンマットやナプキンなど、ひと通り準備するハロルドを、ぼくとジョージは座って見ていた。クレアがコンロで温めたスープとバターを塗ったパンを食器によそっている。

「ピクルス、こっちにおいで」ぼくは小声で呼びかけた。おとなしくしていてもらわないと困る。

「クリスマスの買い物があったら、お手伝いするわよ」クレアが言った。

「ありがとう。あんたは買い物の達人だとジョナサンから聞いたよ」

「あの人ったら、また余計なことを」笑っている。

「だがまじめな話、マーカスとシルビーになにか特別なプレゼントをしたいんだ。コニーにも。あんたたちにもね。今年はさんざん世話になったから」

「そんなふうに思わないで、ハロルド。みんなあなたを大事に思ってるだけよ」

「わかってる。でも長引く入院のあいだ、見舞いに来るのでみんな疲れきったはずだ」

「そこまで言うなら、マーカスたちのプレゼント選びは協力するわ。でもわたしたちはプレゼント交換をすることにしたの。子どもたちのためじゃない、どうせ山ほどプレゼントをもらうから。おとな同士でやるのよ。プレゼントする相手を選んで、五ポンドでなにか買うの」

「なかなか気の利いたやり方だな。わたしは金持ちとは言えないが、入院してるあいだにけっこう年金がたまってる」にやりとしている。

「いいえ、マーカスたちのことだけ考えて。わたしたちはあなたが来てくれるだけでじゅうぶんよ。来年のいまごろは、もうひとりちびちゃんが増えてることだし」

「信じられんよ、ハロルドおじいちゃんになるなんてな」嬉しそうだ。「そうだ、スノーボールとアルフィーとジョージにもプレゼントを用意してやらないと」

「ワン」

「ああ、おまえにもな、ピクルス」にっこりピクルスに微笑みかけている。

ジョージとスノーボールを連れてキッチンへ向かうと、ピクルスもよちよちついてきた。

「ノートはソファの肘掛けの上にあったから、大きな音がするように叩き落として、何事かとクレアが見に来るまで誰かが前足で押さえていよう」

「先にハロルドが来たらどうするの？」スノーボールが訊いた。

「なんの話？」ピクルスが口をはさんできた。

「なんでもないわ、ピクルス」スノーボールがごまかし、ジョージはピクルスをちらっとにらんで黙らせた。

「クレアのほうがずっと動きが速いからだいじょうぶ。ハロルドが立ちあがらないうちに着いてるよ、きっと」

「うまくいきそうだね」ジョージが言った。

「それに、今回は誰も危ない目に遭いそうにないしね」ひとこと多いスノーボールを、ぼくはにらんでやった。

「ねえ、なんの話？」ピクルスはまだあきらめていない。

ぼくはみんなを引き連れてリビングに戻った。ひとり掛けのソファに飛び乗り、ノートが置いてある肘掛けに移動した。そして前足をあげてノートを叩き落とした。すかさずジョージが駆け寄ったが、なにかのはずみでノートをソファの下に押しこんでしまった。

「ミャオ」ぼくの声でハロルドとクレアがこちらを見た。でもノートは見えないところにある。ぼくは床に飛びおり、ジョージとスノーボールと協力してノートを引きだそうとしたが、さらに奥に押しこんでしまった。

「なにしてるの？」クレアが不思議そうにしている。

「こうしよう」ぼくは小声で提案した。「ジョージ、おまえがいちばん小さいから取ってきてよ。うちのソファの下にももぐれるんだから、できるだろ？」はらはらしたが、ようやくノートが姿を現し、つづけて埃《ほこり》まみれのジョージも出てきた。くしゃみをしている。やった。これでノートが手に入った。ぼくはノートに前足を置き、大声を出した。

「ニャー」

「ミャー」ジョージも声の限りに叫んだ。

「ミャオ」スノーボールも叫んだけど、声がかわいすぎて緊急事態に聞こえない。

「ワン、ワン、ワン」ピクルスも加わって、ぐるぐる走りまわっている。

「どうした？」大声で鳴きつづけるぼくたちを、ハロルドが不思議がっている。思ったとおり、クレアが近づいてきた。

「なにを騒いでるの？」ぼくはノートに視線を落としてから、クレアを見た。

「ミャオ」今度は普通の声。

「それはなに？」クレアがノートを手に取った。予想どおり、ハロルドが立ちあがっている。

「それはわたしのものだ」口調が険しい。

「そう。でもなんでアルフィーたちが持ってるの？」そのとき、手に持ったノートがいつもペンをはさんでいる場所で開いた。

「見ないでくれ」ハロルドが怒鳴った。

「詩でも書いてるの？」

「まさか、ただの——」

「ミャオ」ジョージが本気の大声を張りあげ、クレアの足を踏みつけた。

「痛っ！　わたしに読んでほしいみたいよ」

「だめだ！」

「ミャオ」ぼくたちは同時に声をあげた。

「どうして読ませたくないの？」クレアが訊いた。「もちろんいやなら読んだりしないわ」ハロルドにノートを返している。まずい。クレアがでしゃばった真似をするタイプじゃないのを、うっかりしていた。

「ミャオ！」ぼくは叫んだ。

「ただの年寄りのたわごとだ」ハロルドが赤くなって、足元に視線を落とした。ジョージが膝に飛び乗り、喉を鳴らしながら首筋に顔をこすりつけている。

「そんな言い方しないで」クレアがやさしく話しかけ、ハロルドの震える手を握った。

「ほら」ハロルドがそれだけ言って、クレアにノートを渡した。

計画成功。ぼくたちは、中身を読み始めたクレアを期待をこめて見つめた。ハロルドはまだ震えている手でスープを飲もうとしながら、ちらちらクレアを窺っている。不安なのだ。そんな必要ないのに。

「すごい」読み終えたクレアがつぶやいた。「ハロルド、すばらしいアイデアだわ、なんで話してくれなかったの？」

「ほんとにそう思うか？」ハロルドが訊いた。「まともに取り合ってもらえないと思ったんだ。わたしは愚かなじいさんだが、入院して目が覚めた」

「愚かなんてとんでもないわ。あそこにいるお年寄りのことを、きちんと考えてこなかったのはわたしたちのほうだもの。しかも、声をかける人のリストまでつくったのね」

「デイサービスに来てる年寄りたちだ。みんなひとりぼっちで、温かい食べ物を届けてくれる知り合いもいない。あそこへ通うようになってから、自分がどれほど幸せ者かつくづく思い知らされた。入院してるときも、わたしにはみんなが来てくれたが、誰も見舞いが来ない年寄りもいて、だからジョージが重要な役割を果たしていたんだ。退院したあともジョージを連れていきたいとずっと思っていたが、ひとりでは無理だし、あんたたちが賛成してくれるとも思えなかった」

「それなら、まずわたしがあなたとジョージを病院に連れていくわ。クリスマスだから患者さんたちにクッキーとチョコレートを届けられたらすてきだもの。もっと早く思いつけばよかった」クレアがハロルドの手を取った。ハロルドの目に涙が浮かんでいる。「それから、あなたが思いついた日曜日の昼食会だけど、みんなで協力してやるのはどう？　力を合わせれば、すぐ始められるわ」

「本気なのか？」

「もちろん本気よ。今年のクリスマスはまたフランチェスカの店でランチをするつもりだから、みんながそろえば参加する人が増えてもたいして手間はかからないし、簡単に用意できる。そのあとは、この通りの人たちにも協力してもらえばいい。お年寄りを招いてくれるうちがきっとあるわ。毎週だとちょっと大変かもしれないけど、月に二回から始めたらどうかしら。うちはいつでも歓迎するし、ポリーやフランチェスカもぜったいやってくれるだろうし、ほかにもきっと協力してくれる人が見つかるわ」

「実現できると思うか？」

「ええ。まずはあなたのリストにある十人から始めましょう」

「ありがとう、クレア。わたしにとっては、とても大事なことだったんだ」

「ミャオ」とジョージ。

「そう、ジョージにとっても。孤独な人たちのためになにかしなければと、ジョージとずっと思っていた。わたしもついこのあいだまで孤独だった。マーカスとも仲たがいしていて、気難しい老人になっていた。それがいまはどうだ。この計画は、ジョージのものでもあるんだ」

ジョージが喉を鳴らしている。

「みんなが集まったとき、自分で話してちょうだい、ハロルド。すばらしい計画だし、たしかにあなたは変わったわ。息子がいて、もうすぐ義理の娘と孫娘ができるだけでなく、もうひとり孫も生まれるのよ」

「それにスノーボールとジョージとアルフィーもいる。もちろんハナも」

「ワン」

「あなたもね、ピクルス」クレアがピクルスを撫でた。「わたしはいつも、この子たちも家族の一員だと思ってるの」笑っている。「アルフィーと出会ったころ、わたしも孤独だったのよ。あれからずいぶんたって、なんだか自分のことじゃない気がするけど、あのときの気持ちはよく覚えてるから、誰にもあんな思いはしてほしくない」

「わたしもだ。だからどうしてもこれをやりたかった」ハロルドの目から涙があふれている。

「一緒に頑張りましょう」クレアがハロルドを抱きしめた。

「ミャオ」そう、ぼくたちならきっとできる。ハロルドとクレア、それにぼくたち猫が力を合わせれば、最高のチームになるだろう。そしてピクルスも、もちろんチームの一員だ。

Chapter 31

みんなが集まったシルビーの家は、例によって大にぎわいになっていた。本当のクリスマスじゃないけど、もうすぐだから子どもたちは興奮している。すっかり元気になったピクルスもだ。ジョナサンとマットは両手にボトルを持ち、トーマスとフランチェスカは料理を持ってきてくれた。いつもの光景だ。ハロルドとスノーボールを連れたマーカスも到着し、これが本来あるべき姿だとしみじみ思った。ただ、ジョージとハナはどこかに雲隠れしてしまった。ふたりの関係を確かめるチャンスかもしれない。

みんなが食事を始めたところで、ぼくはスノーボールに話しかけた。

「今日こそハナとジョージがつきあってるのか確かめないと」

「どうやって?」

「こっそりのぞくんだ。プライバシーの侵害なのはわかってるけど、どうしても知りたい」

「ジョージに直接訊いてみたら?」ピクルスが言った。話を聞かれていることに気づかずにいたけど、食器のそばにいるんだからピクルスがいないほうがおかしい。

「訊いたよ、何度もね。行こう」ぼくは階段をのぼり、そっと廊下を進んでコニーの部屋へ行った。ベッドの上でジョージとハナがくつろいでいる。

「静かにしてるんだよ」ぼくは注意した。

「こんなとこにいた！」ピクルスの大声で、隠れているのがばれてしまった。あわてて起きあがったジョージとハナのところへ、ピクルスがしっぽを振りながらよちよち近づいていく。

「ここでなにしてるの？」ジョージが訊いた。

「それはこっちのせりふだよ」

「ふたりきりでいただけよ、アルフィー、変なことはなにもしてないわ」ハナがかわいい声で答えた。不安そうに目を見開いている。

「ええ、わかってる」スノーボールがぼくに鋭い視線を投げてきた。あとで叱られそうだ。

「ジョージとハナがつきあってるのか知りたくて、こっそりのぞきに来たんだよ」遠回しな言い方をしないピクルスが、ぼくの下心をばらした。

「直接訊けばいいじゃない」とジョージ。

「ぼくもそう言ったんだ」ピクルスは得意げだ。

「訊いたよ。別荘から戻ってから何度も訊いた。自分で確かめようとしたこともあるけど、茂みに落ちちゃって――」まずい、口がすべった。

「いい加減にプライバシーを侵害するのはやめてよ」ジョージが息巻いた。するとハナが笑いだし、スノーボールも笑いだした。

「ジョージ、怒らないで。もうすぐクリスマスだし、あなたを大切に思ってくれるパパがいることだけは確かなんだから」ハナが言った。「怒らないであげて」

「そう、怒らないでほしい」ぼくはくり返した。「頼むよ」

「わかった。ハナのことは大好きだよ。でもお互いにまだ若いから、急ぐ必要はないと思ってる。認めるよ、ハナはガールフレンドだ。でもゆっくり時間をかけてる」

「そう、アレクセイとコニーみたいに」とハナ。「まだ若いから、時間はいくらでもあるわ」

「嬉しいよ。ふたりとも大好きだよ」ぼくはベッドに飛び乗ってふたりに顔をこすりつけた。

「やめてよ、パパ」ジョージが文句を言ったけど顔は笑っている。

「ぼくもやる！」ピクルスまでベッドに飛び乗ってぼくたちを舐めまわし始めたので、みんなで笑ってしまった。

一階ではおしゃべりの花が咲いていた。食事が進み、ぼくたちも少し分けてもらった。シルビーは笑顔だが、平気を装っていてもコニーがいなくなったら寂しい思いをするはずだ。

「日本に行くのが楽しみ？」マットに訊かれ、コニーが笑顔の母親に気遣う視線を送った。

「うん。でもひとりで飛行機に乗ると思うとちょっと心配。長いフライトだから」

「しっかり目を配ってもらえるからだいじょうぶよ、確認しておいた」シルビーが言った。

「それに、文句を言うわたしがいないから、好きなだけ映画を観られるわよ」健気《けなげ》に軽く笑ってみせている。

「寂しくなるわ」クレアが言った。「でもきっとわくわくする旅になるわよ。帰ってきたら、なにもかも話してね」

「あたしも日本に行きたい！」サマーが大声をあげた。

「日本がどこにあるか知ってるのか？」とジョナサン。

「知らない。でも行きたい」

「コニー、スーツケースにまだ入るスペースはある？」ジョナサンの冗談にみんなが笑った。

「わたしならとうてい耐えられそうにない。大勢の人間に囲まれたまま大きなブリキ缶で空を飛ぶなんて。しかも着いた先はおかしな食べ物ばかりと来てる」ハロルドがぼやいた。

「わたしはあっちで育ったのよ。わたしにとっては普通の食べ物だわ」

「わたしなら、パンと紅茶を持っていくがね。ロンドンが懐かしくなったときのために。

寂しくなるよ」やさしい言葉をかけられ、コニーがハロルドに駆け寄って抱きしめた。

「わたしも寂しくなるわ、おじいちゃん」

「おじいちゃん?」涙ぐんでいる。

「父さん、ちょっと感激してる?」とマーカス。

「してない。埃アレルギーなだけだ」

シルビーの家に埃なんてひとつもないのはみんな知っている。

アレクセイとコニーが庭に出たので、ぼくは見つからないようにあとを追った。ピクルスの気を引いておいてとスノーボールにお願いした。いまスノーボールは、自分のしっぽを追いかけるピクルスに、わたしもやりたいからもう一回やってみせてと頼んでいる。スノーボールが飽きるのと、ピクルスが目をまわすのと、どっちが先かわからない。

「日本に行く前に、クリスマスプレゼントを渡したかったんだ」アレクセイが照れくさそうに頬を染め、袋を差しだした。

「まあ、アレクセイ。あなたにあげるプレゼントは、あなたのママに渡してクリスマスの朝にツリーの下に置いてもらおうと思ってたのよ」

「ありがとう、楽しみにしてる。でもこれをきみにあげたかったんだ。ぼくたちの気持ちがいっぱいこもってるものだよ」恥ずかしそうに足元を見ている。

「ぼくたち?」

「いや、ぼくって意味だよ。さあ、あけてみて」

コニーが袋からまず本を、つづけてお守りを出した。旅の無事を祈るお守りだと説明するアレクセイを見て、ぼくはちょっと胸が熱くなった。袋には箱も入っていた。箱をあけたコニーがはっと息を呑んでいる。ぼくは見えるところまでこっそり近づいた。銀のネックレスで、Cをかたどったチャームがついている。

「こんなに心のこもったプレゼントをもらうの、初めてよ。ありがとう、アレクセイ」コニーがネックレスをつけてアレクセイにキスした。のぞき見なんてしちゃいけないのはわかってるけど、出会ったころはまだ幼かったアレクセイがここまで立派になったのが誇らしかった。

「大好きだよ、コニー。すてきなクリスマスになるといいね。でもぼくを忘れないでね」

「忘れるわけないわ。日本からすてきなおみやげを持ってくる」コニーがいったん口をつぐみ、つづけた。「ママのことお願いしてもいい？　マーカスやおなかの赤ちゃんがいてくれるのはわかってるけど、クリスマスを別々に過ごすのは初めてなの」

「だいじょうぶだよ、ぼくに任せて。みんなも気をつけてくれるし、きみが日本から戻って全員がそろえば、すぐ赤ちゃんも生まれてくる。一緒にベビーシッターをしよう」

「そうね、ありがとう、アレクセイ」

ぼくの胸はいまにもはちきれそうだった。

そのとき、みんながぞろぞろ庭に出てきた。

「お邪魔だった?」とポリー。

「そんなことないよ」アレクセイが答えた。コニーは赤くなっている。

「写真を撮ろうと思って。せっかく全員そろってるから」

家族全員が並び、ぼくたちは抱っこしてもらった。ピクルスはヘンリーが抱っこし、ジョージはトビーが抱っこすると言い張り、スノーボールは庭用の椅子に腰かけたハロルドの膝に乗り、ぼくはクレアに抱っこされた。ハナはもちろんコニーの腕のなかだ。マーカスが三脚を立て、カメラのタイマーをセットした。

「はい、チーズ」マーカスが掛け声をかけた。

「チーズ」全員が声を合わせた。

そのとたん、チーズが大好物のピクルスがヘンリーの腕から飛びだし、ハロルドの膝にいたスノーボールの上に乗ったものだから、スノーボールが悲鳴をあげて飛びのいたが、幸いシルビーがキャッチしてくれた。全員がそちらを向いた瞬間、シャッターが切れた。

「次は食べ物とは関係ない言葉を使ったほうがよさそうね」ポリーがつぶやいた。

その夜は寒いのが嫌いなハナも頑張って外に出てきてくれたので、スノーボールとジョージと一緒にうちの裏庭に集まった。

「この一年もいろいろあったね」ぼくは言った。

「もうどうなることかと思ったわ」スノーボールが応えた。

「幸せなのと悲しいのと、両方よね？」ハナが的を射たことをつぶやいた。「生きてるって、そういうことな気がする。幸せになったり、悲しくなったり、それをくり返すの」

「きみってほんとに頭がいいね、ハナ」ジョージが言った。「ぼくと同じぐらい頭がいい」

スノーボールとぼくは顔を見合わせたくなるのを必死でこらえた。

「でも、ぼくたちはひとりじゃない」ぼくは言った。「それに大事な人間がまわりにたくさんいる」

「多すぎることもあるけどね」とジョージ。

「そんなことないよ」ぼくは言い返した。「多すぎるなんてことはぜったいない。ぼくたちの心はすごく大きいから、いくらでも愛情を注げる」

「そして、そうやって生きていくべきなのよ」スノーボールが話を締めくくった。そろって夜空一面にまたたく星を無言で見あげたとき、そこにいるみんなが、自分たちがどれほど恵まれているかしみじみ嚙みしめているのがわかった。

Chapter 32

「お年寄りをもてなしてほしいのか?」ヴィク・グッドウィンが尋ねた。ヴィクとヘザーのグッドウィン夫妻はサーモンの飼い主で、エドガー・ロードの隣人監視活動のリーダーを自称している。

「まあ、そんなところです」クレアが答えた。声をかけたご近所さんがリビングに集まっていた。グッドウィン夫妻、タイガーの、そしていまはオリバーの家族のバーカー夫妻、それからぼくはあまり知らないけどハロルドの隣に住んでるキャロルとスティーブ。ハロルドはクレアとスノーボールに付き添ってもらい、勇気を出してお隣さんに声をかけたのだ。子どもたちは二階でアレクセイとコニーとトミーが見ている。

「ジョージのアイデアなのよ」にやつくポリーにぼくはひげを立てた。そんな言い方をしたらみんな混乱するのに。ぼくはジョージをつつき、ハロルドをつつくように伝えた。

「猫のアイデアだって言うの?」ヘザー・グッドウィンが言った。キャロルとスティーブは困惑しきっている。逃げ帰らずにいるのが不思議なくらいだが、大柄なトーマスが玄関をほぼふさいでいるから、誰も出られない。

「やれやれ」ジョナサンがあきれたように天を仰ぎ、笑いをこらえているマットに目をやった。

ジョージがハロルドをつついた。赤くなっていたハロルドが咳払《せきばら》いして話しだした。

「ジョージを見ていて思いついたんだ。知ってのとおり、わたしは入院を経験し、仲たがいしていた息子と去年和解するまでずっとひとり暮らしだった」マーカスが父親に歩み寄ってやさしく肩を叩いた。「孤独な年寄りに会う機会が近ごろとみに多くて、いたたまれない気分になる」

「お気の毒に」ミセス・バーカーがつぶやいた。「誰も寂しい思いをするべきじゃないわ」涙を浮かべている。脚に体をこすりつけてあげたら、嬉しそうな顔をした。

「ああ。それに多くの年寄りは、わたしが週に一度通ってるデイサービスを唯一の頼りにしている状態だ。わたしには面倒を見てくれる人間が大勢いるからそうでもないが、誰にも面倒を見てもらえない年寄りも来ている。病院では、ひとりも見舞いが来ない年寄りもいた。だからクレアと週に一度病院に通って、お菓子や新聞や笑顔を届けておしゃべりしてる。入院してたときのジョージのようにな」懸命に失礼がないようにしている。とっておきのスーツを着ているのは、みんなに真剣に話を聞いてほしいからだとジョージに打ち明けたらしい。

「話がまったく見えないんだが」スティーブがちらりと玄関を窺った。

「だいじょうぶ」トーマスが声をかけた。「一時間後には、すべてはっきりしてますよ。ならなかったら、冷蔵庫にたっぷりビールが入ってます」このせりふはスティーブをさらに戸惑わせてしまい、ジョナサンがキッチンへ行ってビールを取ってきた。

「要するに」マットが会話の主導権を取った。「ハロルドは孤独と闘ってる人のリストをつくったんです。ここから先は自分で説明しますか？」ハロルドを促している。

「ああ。クレアと相談して、日曜日の昼食会をやることにした。月に一度か二度、年寄りをランチに招いてもらえないだろうか。できれば知り合いにも訊いてみてほしい。そうすれば、少なくとも彼らにも行くところができるし、楽しみにすることができて手づくりの料理も食べられる。手づくりの料理を食べられない年寄りもいるんだ」

「あんまりな話だわ」ポリーがつぶやいた。

「これでわかってもらえたかな？」ジョナサンはこの手の話し合いが長引くのが嫌いなのだ。早くテレビの前でのんびりしたいんだろう。

「病院とどんな関係があるんだ？」ヴィクが尋ねた。

「たいしてないわ」クレアが説明した。「ただ、あそこにいるとき思いついたんです。ハロルドも言ったように、これからもふたりでお見舞いには行くつもりだけど、日曜日の昼食会をやってくれる家をさしあたって十軒探してます。どのお年寄りを招いてもらうかはこちらで決めてもいいけれど、車での送り迎えはしてもらうことになる」

「つまり、お年寄りをもてなすんだな？」ヴィクが同じ質問をした。ぼくはひげを立てた。呑みこみが悪い。

「ええ、そうですよ。で、協力してくれる人はいます？」ジョナサンがため息をついている。

「やらせてもらうよ」ミスター・バーカーが答えた。「喜んで協力する。週末はたいてい家にいるし、日曜のランチはいつも定番のグリル料理をつくるから、毎週来てもらってもかまわない」

「うちは毎週は無理だ」スティーブが言った。「ロンドンの反対側に住んでる子どもたちに会いに行くから。でも月に一度で始めるなら問題ないし、追い追い回数を増やせるかもしれない」

「うちも協力するわ」とフランチェスカ。

「ぼくには選択の余地がない」ジョナサンがぼやいたが、ウィンクして冗談だと伝えている。

　全員が協力することになり、今度はほかに協力してくれそうな人の話になった。

「わたしがスプレッドシートをつくろう」ヴィクが言った。

「なんだね、それは」ハロルドがぞっとしている。

「うちに来てくれればお見せしますよ。協力してくれる家のスプレッドシートをつくって、話し相手が必要なお年寄りとどう組み合わせるか決めるんです。極めて実用的かつ効率的だ」ヴィクがさも効率的な人間みたいに答えた。

「うまくいきそうね、ハロルド」クレアがハロルドの肩に手を置いた。

盛んに話し合いをつづけるみんなを見れば、きっとうまくいくとわかる。ヴィクとスプレッドシートが加われば、実現は確実だ。グッドウィン夫妻はおせっかいかもしれないけど、悪い人じゃない。ぼくはすっかりふたりが好きになった。

感激したまま、ジョージと二階にいる子どもたちの様子を見に行った。みんなサマーの部屋に集まって、ピクルスにバレリーナの服を着せていた。似合ってない。

「なにしてるの?」ぼくはピクルスに訊いた。

「ぼく、女の子になったんだよ。女の子っていいよね。これからは猫になるのはやめて女の子になろうかな」不格好にくるくるまわっている。

やれやれ。でもつい頬がほころんでしまう。

みんなが帰ったあと、ぼくはジョージを連れて夜の庭に出た。父親としてきちんと話しておかないと。緊張するけど迷いはない。最後にひとつ残ったこの問題を解決しなければ、先には進めない。

「ジョージ、スノーボールがエドガー・ロードで暮らすのはわかってるよね?」

「うん。ハロルドにもすごくかわいがってもらってるよ。まだ前の家族を恋しがってるけど、だいぶ落ち着いてきたみたい。来たばかりのころ、ひどいことを言ったりして反省してる。でもパパのガールフレンドだったから、タイガーママの代わりになろうとしてると思ったんだ」

「タイガーの代わりはいないよ、ジョージ、それだけはわかってほしい」ぼくはきっぱり断言し、いちばん明るい星を探して夜空を見あげた。タイガーはいつもあそこにいる。

「わかってる。スノーボールはすごくいい猫だし、一緒にいると楽しい。大好きだけど、だから気が咎めることもあるんだ。ママに悪い気がして」

「タイガーならスノーボールを好きになってほしいと思うよ。タイガーは最高の猫だった。自分のせいでおまえがスノーボールと仲良くしないなんて残念がるよ」

「そうだね。でも頭ではわかってても、気持ちがついていかないこともあるでしょ？」

「うん、ある。でもぼくはむかしスノーボールのことが大好きだったんだ。心のなかにいるタイガーの代わりにはならないけど、正直に言うといまでもスノーボールを好きなんだよ」ぼくは息を詰めてジョージの反応を待ちかまえた。

「知ってるよ。見ればわかる。ピクルスと違って鈍感じゃないからね」

「どう思う？」

「ぼくもスノーボールと友だちになったからわかる気がする。間違ったこととは思わないし、仲良くなれてよかったと思うけど、ママがいまいる場所でぼくたちに忘れられちゃったと思わないか心配になる」

「うん、ぼくも同じ気持ちだよ。でもタイガーを忘れることはぜったいない。ぼくたちのなかでタイガーの思い出はこれからもずっと薄れない。仲間のなかでも。ただ、タイガーがいなくなって、ぼくはちょっと寂しかったんだ。ハロルドの知り合いみたいに友だちがひとりもいないわけじゃないけど。わかってもらえる？」

「心の問題ってこと？」

「そう。よくわかったね」笑いが漏れた。

「パパとママの教育がよかったからね」ジョージが応え、ぼくたちは顔をこすりつけ合った。

「じゃあ、許してくれるの？　スノーボールのこと」ぼくは訊いた。

「うん。複雑な気持ちになるかもしれないけど、パパには幸せになってほしいし、タイガーママも同じ気持ちだと思う」ジョージと一緒に夜空を見あげると、いちばん明るく輝く星がウィンクするようにまたたいていて、ぼくたちもウィンクを返した。

Chapter 33

「一年でいちばん最高の日だね」ジョージがうっとりつぶやいた。クリスマス当日を迎えてうきうきしている。みんなが大好きな日。

「そうだね、メリークリスマス」ぼくはジョージに顔をこすりつけた。

当たり前だけど、まだ明け方だ。子どもたちはサンタが来てくれたか確かめるために夜明けに起きだす。そしてサンタはちゃんと来た。プレゼントをあけて歓声をあげる子どもたちを見ていると、ほのぼのした気分になって頭がちょっとぼうっとしてしまう。家族がいちばん幸せになるクリスマスは、自分たちがどれほど恵まれているかをこれ以上ないほど思い知らされる日でもある。そして、あまり恵まれていない誰かを思わずにいられなくなる。クリスマスはあげたりもらったりする日であると同時に、誰かに思いを寄せる日でもある。人間も猫も思いやりに欠けることがあって、切なくなる。でも悲しいことを考えるのはやめておこう。クリスマスに辛い気分になってはいけない。

今日にいたるまでの日々は例によって大騒ぎだったけど、今年は様子が違った。ハロルドの日曜日の昼食会は少しずつながらも実現に向けて動きだし、今日のランチには五人来ることになっている。五人ともこれがなければひとりでクリスマスを過ごすしかなかった人たちで、それどころか七面鳥も食べられなかった人たちだ。クリスマスの七面鳥を楽しみにしてるぼくに言わせれば、とうてい考えられない。ジョージは芽キャベツも大好きだけど、理解に苦しむ。

グッドウィン夫妻とバーカー夫妻はクリスマスを一緒に過ごすことになり、三人招待してくれた。日曜日の昼食会は年明けから定期的に開かれる予定で、ハロルドはすっかりご満悦だ。それはぼくも同じだし、きっかけをつくったジョージも得意満面でいる。クレアとグッドウィン夫妻はほかにも協力してくれる人を探しつづけている。さしあたってエドガー・ロードから始めているのは、かなり長い通りだから、名乗りをあげてくれる人が大勢いるはずだと考えたからだ。あの三人が力を合わせれば、失敗しようがない。クレアは人を丸めこむのがうまいし、ヴィクは相手がうんと言うまであきらめないし、ヘザーはノーという返事を受け入れない。みんな大いに期待している。

もちろん、毎年恒例のクリスマス前のお楽しみもあった。キリストの誕生劇にはトビーとヘンリーとサマーとマーサが参加した。ジョージが飼い葉おけのなかで赤ちゃんのイエスさまになった去年に比べたら、かなり平凡なものになった。大騒ぎを巻き起こした去年の誕生劇はいまだに話題になっていて、あのときはすごく楽しかったけど、今年はジョージもぼくも立ち入り禁止になってしまった。ぼくたちがぜったい外に出ないように、クレアは猫ドアに鍵までかけた。

今年は我が家のクリスマスツリーもわりと無事だった。ジョージがもうそんな年じゃないと言って登らなかったからだけど、ジョージからツリー登りを勧められていたピクルスのせいで、ポリーとマットのツリーは無事ではすまなかった。ジョージは生きがいを見つけたがるほど成長したくせにまだいたずら好きなところがあるし、ピクルスは女の子を目指すのをやめてまた猫になろうとしているから、ツリーをめちゃくちゃにしてしまったのだ。そこらじゅうに飾りが散らばったせいでポリーはかんかんになり、ピクルスは危うくツリーの下敷きになりかけた。叱られたジョージは、さすがにやりすぎたと反省し、もっと年上のいとこらしくきちんとすると約束したが、あまり期待はできない。幸いプレゼントはツリーのまわりに置かれていなかった。置いたらピクルスが食べてしまうと考えたポリーの判断によるもので、うちもそのやり方を見習っている。

ぼくはスノーボールやほかの仲間と過ごす時間が多くなり、大きなトラブルも起きていない。スノーボールのことでタイガーにうしろめたさを感じることもあるけれど、心の底ではタイガーはぼくの幸せを望んでいるとわかっている。ぼくは幸せだ。ときどき朝目が覚めたとき、こんなに幸せなのが不思議になることがある。そんなときは、タイガーを亡くしてからずっと自分で思うよりはるかに落ちこんでいたことを改めて思い知らされるけれど、いまは生き返った気分だ。

九つある命の四番めを生きてる気がする。また足取りが軽くなる日が来るなんて思ってもいなかったし、なにも怖くない感じだ。いまでもタイガーのことを考えない日はないし、ジョージとはしょっちゅうタイガーの話をするけれど、ぼくにもようやく前に進むときが来て、それが初恋の相手だったスノーボールと一緒だというのも納得できる気がしないでもない。ただ、スノーボールがタイガーの代わりになったわけじゃない。新しい相手を探してたわけじゃない。むかし好きだった相手をまた好きになったのだ。

ジョージはこの状況をかなり素直に受け入れている。ハナとはいっそう仲良くなり、病院に通うのもやめたけれど、スノーボールとハロルドにはしょっちゅう会いに行っている。たまに思春期の人間みたいに不機嫌になって、間違ってもスノーボールをママと呼ばせようとしないでと言ってくるが、そんなことはぜったいしないと答えて安心させている。それにジョージはすっかりスノーボールを好きになっていて、かなり仲がいいのだ。

そういうわけで、年末が近づくいまは家族みんなが幸せで、毎日がまた愛情と笑い声であふれている。その原因のひとつには、寂しがってるかもしれない人たちの力になっていることもある。ぼくが家族や仲間を大好きなのは、みんな自分がどれほど恵まれているかわかっていて、誰もがそうあってほしいと思っているからだ。そもそもみんな幸せでいるべきなのに、そうじゃないのが残念でたまらない。猫がこの世界をコントロールしていたら、ぜったいみんな幸せになっていた。

クリスマス当日は通りを歩く人影もまばらで、フランチェスカとトーマスの店を目指してぞろぞろ歩くおとなと子どもと猫と犬の一団に、何事かと怪しむ視線を向ける人はほとんどいなかった。身を切る寒さのなか歩いてこられないお年寄りとハロルドは、マーカスが迎えに行った。マーカスの車に乗りきれない人はマットが迎えに行っている。楽しそうにおしゃべりする子どもたちは、もう誰がピクルスのリードを持つかで喧嘩をすることもなくなった。物珍しさがいくらか薄れたせいもあるし、みんなもらったばかりのおもちゃを持っていきたがったのだ。ぼくは待ちきれなかった。大好きな家族やジョージやスノーボールやハナやピクルスとクリスマスを過ごせるうえに、ごみばことアリーにも会えるのだ。もちろん七面鳥ももらえる。ほんとに待ちきれない。

店のなかは暖かく、ぼくたちを歓迎するようにそこらじゅうでライトがまたたいていた。フランチェスカがキスとハグでみんなを出迎え、シルビーとクレアは料理をしているトーマスを手伝いに行った。ジョナサンが子どもたちを見ているあいだに、フランチェスカが飲み物を用意した。トミーとアレクセイは珍しく一緒にタブレットでゲームをしている。アレクセイはコニーがいなくて寂しがっているはずだけど、兄弟で過ごすのはいいことだし、これをきっかけにまた仲良くなってほしい。

ぼくたち猫はいそいそ裏庭に向かい、ごみばこにメリークリスマスを言った。

「まさかまた会えるとはな、スノーボール」ごみばこがひげを立てて挨拶した。「久しぶり」

「前に話したでしょう、ジョージ。わたしが家出をしたとき、ごみばこのおかげで命拾いしたのよ」スノーボールが説明した。

「ああ、だが本当の手柄はアルフィーにある」ごみばこが応え、ぼくたちはむかしに思いを馳せた。

「みんながそろってなによりだ」ごみばこがスノーボールとハナをアリーに紹介した。

「ハナ、出ておいでよ」ジョージが戸口から出ようとしないハナに声をかけた。

「でも肉球が冷たくなっちゃうんだもの」ハナが恐る恐る一方の前足を前に伸ばした。

「冷たい！」震えている姿がかわいくて、みんな笑顔になった。

　マットとマーカスが到着したのがわかり、ぼくはジョージとハナと店のなかに戻った。スノーボールはごみばことアリーにその後の話をするために外に残った。

　ハロルドが誇らしそうに友だちを連れてきた。レス、メアリ、ヴァル、ジャック、アラン。ぼくも誇らしい気分だったが、同時に悲しくもあった。ひとりぼっちでクリスマスを過ごす人がいるという事実を、いまだに受け入れられない。

「招いてくださって、どうもありがとう」メアリは物静かな人で、ちょっと緊張していた。とはいえ、きっとみんなが緊張をほぐしてくれるはずだ。なんとなく人が増えてしまうのはいつものことで、ぼくたちにはみんなに行き渡るほどたっぷり愛情があるからなにも問題はない。メンバーが増えれば、ジョージとぼくもいつも以上にたっぷりかわいがってもらえる。

ぼくはお年寄り全員の脚に体をこすりつけて挨拶したが、アランはちょっとぎょっとしていた。猫好きじゃないようで撫でてもらえなかったけど、ジョージと力を合わせれば猫好きになるのも時間の問題だろう。

「よく来てくださいました」フランチェスカが言った。「飲み物はなにがいいですか？スパークリングワインもありますよ」

「飲んだことないわ」ヴァルが答えた。「でも断ったりしないけど」にやりとしている。子どものいないヴァルは数年前に夫を亡くしてから、ずっとひとり暮らしだったらしい。

「わたしはシェリーをいただけるかしら」メアリは不安そうだ。たぶんぼくたちにまだ馴染めず、雰囲気に呑まれているのだろう。

「ミャオ」だいじょうぶだよ。

「わたしはビールがいい」ジャックが言った。

「シェリーもビールもワインもスパークリングワインもありますから、なんでも好きなものをどうぞ」ジョナサンが注文を取り始めた。

「コートをお預かりします」フランチェスカに声をかけられ、ようやくお年寄りたちがコートを脱いだ。そしてマットとハロルドにテーブルへ案内された。

「座ってくれ」ハロルドは明らかに仕切り役を楽しんでいる。

「席は決まってるの？」ヴァルが訊いた。

「どこでも好きなところでかまわない」ハロルドに言われ、お年寄りたちがどっこいしょと椅子に腰かけた。飲み物が配られたとき、子どもたちがやってきた。

「メリークリスマス！」元気いっぱいに声をかけるサマーとマーサは本物の天使みたいだった。いったいどんなご褒美をあげると言われてるんだろう。年上のアレクセイとトミーは礼儀正しくひとりひとりと握手し、トビーとヘンリーがピクルスを紹介した。お年寄りたちはまだちょっと戸惑っているけれど、すぐリラックスしてくれるだろう。ぼくたちと一緒にいれば、必ずそうなる。

シルビーがお年寄りと同じテーブルについた。まだおなかは目立たないが、疲れやすいから自分の体とおなかの赤ちゃんをいたわらないといけない。みんな生まれるのをすごく楽しみにしている。なかでもハナは家族が増えるのを待ちきれずにいる。

「みなさん、楽しんでくださいね」シルビーがにっこり微笑んだ。「わたしたちが全員集まると、ちょっとした大騒ぎになりますけど」大騒ぎどころじゃない。

「レストランにペットを連れてくる人を初めて見た」アランはまだ落ち着かないらしい。

「だが声をかけてくれてありがとう。最後にクリスマスの手料理を食べたのがいつだか思いだせない」

「まあ」感情的になりがちなシルビーがアランを抱きしめ、アランの動揺をさらに強めてしまった。「ごめんなさい」シルビーが頰の涙をぬぐった。「でも幼い娘が、もう十五歳だから幼いとは言えないけれど、日本にいる離婚した夫のところに行ってるんです。娘のいないクリスマスは初めてだから、すごく寂しくて」あふれだす涙を止められずにいる。ハナが膝に飛び乗って慰め、マーカスも慰めている。「わかってるの。あの子はだいじょうぶだし、わたしもだいじょうぶだって。でもあの子がいないとすごく変な感じなのよ。今朝も、いつもならクリスマスの朝は一緒に起きて娘のプレゼントをあけていたのに。ここにあの子がいたらいいのにとつい思ってしまうの。ごめんなさい」

「謝らなくていい、辛いのはとうぜんだ」ハロルドがシルビーの手を握った。

「ありがとう。でもせっかくのクリスマスだもの、みんなで楽しまなくちゃね」シルビーが涙をふき、手伝うことがあるか訊きに行った。

「うまく説明できるかわからないが」このすてきなパーティの仕切り役になったことを真剣に受けとめているハロルドが話しだした。「ここはトーマスとフランチェスカの店で、クリスマスはいつも休みにしてるからほかの客は来ない。だから誰かの家に招かれたようなものだ。それと猫だが、まあ、なんというか、この子たちはたいていどこにでも一緒に来る。ちなみに、寂しかったらぜひ猫を飼うといい。わたしには驚くほど効果があった」

「ミャオ」スノーボールがハロルドの膝に飛び乗った。

「でも、この年でいまから猫を飼えるものかしら？」ヴァルが訊いた。

「住むところをなくしたおとなの猫を引き取ればいい」ハロルドが説明した。この調子だと、食事が終わるころにはみんな猫を飼うことになりそうだ。たぶんアランを除いて。

「うわ、ピクルス、だめだよ、だめ」ヘンリーの大声で、みんなの目がそちらへ向いた。

「どうしたの？」ポリーがキッチンから出てきた。

「ピクルスがクリスマスクラッカーのなかにあったおもちゃを食べちゃったんだ」ヘンリーがピクルスの口からおもちゃを取りあげようとしている。ポリーがピクルスを抱きあげ、なんとか取りあげた。

「なんでおもちゃがあったんだ？」マットが頭を掻いている。まだ誰もクリスマスクラッカーをあけていない。子どもたちはとぼけて肩をすくめている。

「プレゼント交換をしよう」マーカスがそつなく話題を変えた。

おとなたちが交換したプレゼントを、子どもたちが届けた。サマーはマーサの番になってもプレゼントを届けたがり、これにはのんびり屋のマーサも腹を立てたので、ピクルスも吠えだした。

「サマー、順番でしょ」クレアが注意した。

「サマーは順番を守るのが好きじゃないんだよ」とトビー。「サマー、今日はクリスマスだから、ぼくの番のときやってもいいよ」

「やった！」サマーに抱きしめられるトビーを見て、ぼくはちょっと感動した。子どもたちも大きくなるにつれてぼくたちに似てきている。

「みんな、残った料理は持ち帰ってくださいよ。そのほうがこっちも助かる」トーマスがそう声をかけ、料理の最後の仕上げをしにキッチンへ戻った。お年寄りに向けて言ったのだ。みんなもうおなかいっぱいだけど、多めに料理をつくり、残ったものを持ち帰って食べてくれたら助かると思ってもらえるようにしようと事前に決めていた。これもハロルドのアイデアだ。ハロルドと同じで、お年寄りの多くはプライドが邪魔して寂しいことや助けが必要なことを認めないらしい。言われてみればたしかにそうだ。ぼくもプライドが高い猫だからよくわかる。

料理はどれもすばらしく、ぼくたち猫も一緒に食事をした。ダイエット中で料理に近寄らせてもらえないピクルスはちょっとかわいそうだったけど、七面鳥を少し分けてもらっていたからよかった。ぼくは食事をしながら、明るい話し声や笑い声に楽しく耳を傾けた。クリスマスクラッカーがあけられ、飲み物のお代わりが注がれるうちに、少し酔いがまわったメアリは頰を赤く染めて女の子みたいにくすくす笑いだした。ほかのお年寄りも、家族の一員になったみたいでリラックスしている。子どもたちはアレクセイとトミーの監視のもと喧嘩もせずに行儀よくしているし、みんなが楽しく過ごしているのがなにより大事だ。家族や友だちが幸せそうにしているのを見るのが、ぼくにとってはなにより大事なのだ。

猫にとってこれ以上の望みはない。

後片づけが始まったので、帰る前にみんなでごみばこにさよならを言いに行った。クリスマスだから、ピクルスも連れていくことにした。お酒のせいもあって気が緩み始めているクレアたちは、あまりピクルスの動きに注意しなくなっている。

「一緒に来てもいいよ」ぼくが言うと、ピクルスは嬉しそうによちよちついてきた。

「やあ、元気にしてたか、ピクルス」ごみばこはタイガーの日の集まりで、家を抜けだしてきたピクルスに会ったことがある。ぼくたちは改めてアリーにピクルスを紹介した。

「こんな言い方して悪いけど、変な顔ね」顔を舐められながらアリーが言った。

「ピクルスはなんでも舐めるんだよ」ジョージが説明すると、ピクルスがそばの窓を舐めてそれを証明してみせた。

「別に気にしないよ」ピクルスが言った。「でもぼく、もう犬より猫に近くなったよね？ ずっとジョージの言うとおりにしてきたから」

「これまででいちばん猫に近づいてるよ」ジョージが顔をこすりつけてやっている。

「やっぱり！　そうだと思ってたんだ」嬉しそうだ。「会えて嬉しいけど、そろそろ戻らなくちゃ。サマーがいっぱい食べ物をこぼしたから、きれいにしないと」そう言って、こぼれたものを食べによちよち帰っていった。

「ぜったい猫にはなれそうにないね」とジョージ。

「かわいそうだけど、猫ほど賢い犬も人間もいないのは常識だよ」ぼくは言った。「でも、ピクルスに言っちゃだめだよ」

「また一年が終わるな」ごみばこがつぶやいた。

「そして今年もいろいろあったね」ぼくはつけ加えた。「ピクルスが来たり、ハロルドが入院したり、ジョージが仕事を見つけたり。それにスノーボールのことも」ぼくはスノーボールに向かってにっこりした。いまでもスノーボールを見るたびに嬉しくなるし、エドガー・ロードに戻ってきたことがいまだに信じられずにいる。ぼくの日常に戻ってきたことが。

「家族が引っ越してしまって、新しい家に行くしかなくなったときはすごくショックだったけど、最終的にはすばらしい結果になったわ」スノーボールが言った。

「みんなそう思ってるよ」ジョージがやさしい言葉を返した。

「おれはアリーと出会ったしな」ごみばこが言った。「おかげでみんながそわそわする気持ちがよくわかった」地面を見つめる姿で、感情がこみあげているのがわかる。

「それに、わたしも来られたし」ハナが恐る恐る外に出てきて身震いした。ジョージが顔をこすりつけている。

「ぼくたちは仲間がいて幸せだよね」ジョージが言った。

「うん。そして今年ぼくたちが学んだことがあるとしたら、愛と人間の力になることと友情の大切さだ。友だちがいるのはなにより最高のことだよ」

「友だちがいるのって、すてきよね」ハナが言った。「あなたたちに会うまで猫の友だちがいなかったから、みんなに会えてよかったわ」

「わたしもみんなに会えなかったらすごく寂しかっただろうから、むかしの友だちに会えたり新しい友だちができたりしたのが奇跡みたい」とスノーボール。

「ぼくはみんなが大好きだよ。むかしからの友だちも、新しくできた友だちも、人間だろうと猫だろうと。友だちを大切にするのは、ぼくの仕事でもあるんだ」ジョージが真顔でつけ加えた。

「わたしこそ、みんなに会えて嬉しいわ」アリーが言った。「おかげで、毎日が信じられないほど楽しくなった」

「友情に乾杯しようよ」ジョージが一方の前足をあげた。人間が飲み物でしょっちゅうやっているのを見ているのだ。ぼくたちはいっせいに前足をあげた。凍るように寒いのに、心はぬくぬく温かかった。

「そもそも、アルフィーが友だちだと、誰とでもすぐ仲良くなれるのさ」ごみばこが話を締めくくった。

謝辞

シリーズ六作めを書けたなんて嘘のようです。アルフィーの物語を書きつづけられる幸せが、本当に信じられません。そして、それはたくさんの人たちのおかげです。

まず、〈エイボン〉のスタッフに感謝します。編集者のヘレン、広報のサバ、販売のドム、そしてアルフィーのために身を粉にして懸命に働いてくださったみなさん。あなたたちと仕事をするのは心から楽しく、ひとり残らず大好きです！

次に、エージェントである〈ノースバンク・タレント・マネージメント〉に感謝します。わたしをサポートするだけでなく、他の国でもアルフィーを出版できるように並々ならぬ努力をしてくれました。

様々なかたちで応援してくれた家族と友人にも感謝します。なかでもジェシカ、猫が持つありとあらゆる資質で執筆のヒントを与えてくれたあなたにこの本を捧げます。

最後に、わたしの本を読みつづけてくださる方たちに誰よりも感謝します。このシリーズをつづけられるのはみなさんのおかげです。わたしのＳＮＳをフォローしてくださっているみなさん、アルフィーのシリーズを楽しんでくださっているのを教えてくれるみなさん、言葉には出さなくても読んでくださっているみなさん、とくに自分の猫の写真を見せてくれるみなさん。あなたたちがいなければアルフィーは存在しなかったでしょう。わたしにとってみなさんの存在がどれほど大切か、どうぞわかってください。

先日、みなさんの猫と同じ名前の猫を作品に登場させるコンテストを行いました。できるものならすべての名前を使いたかったのですが、泣く泣くひとつを選ばせていただきました。この作品にはジャネット・ヒースの飼い猫と同じ名前を持つ猫、オリバーが登場します。みなさんがアルフィーの最新作を楽しみ、これからも応援していただけるように願ってやみません。

訳者あとがき

通い猫アルフィーのシリーズ六作めをお届けします。

前作『通い猫アルフィーの約束』から数カ月。エドガー・ロードには穏やかな時間が流れていますが、ガールフレンドのタイガーを失ったアルフィーの胸の痛みは癒えていません。乗り越えなければいけないとわかっていても、良き相談相手でもあった大切なタイガーが天国へ旅立ってしまった喪失感はあまりに大きく、心にはぽっかり大きな穴が空いたままです。それでも息子のジョージの前ではあからさまに悲しみを表に出すわけにもいかず、努めて気丈に振る舞っていました。

そんなある日、家族にパグの仔犬ピクルスが加わったことで、アルフィーはたちまち忙しくなってしまいます。もう仔猫ではなくなったジョージからようやく手が離れ、いくらか自分の時間が持てるようになったのに、またしても幼くて怖いもの知らずのピクルスに振りまわされる毎日が始まります。しかも相手はずっと目の敵にしてきた犬なのです。これまでまともに話したこともない犬にどう接すればいいのか、戸惑うばかりのアルフィーの気持ちなど知る由もなく、ピクルスはあくまで無邪気そのもので、ジョージの真似をすれば立派な猫になれると信じ、犬にはできないことまでやろうとするので目を離せません。しかも、目新しさから人気の的になったピクルスにやきもちを焼いたジョージがすねてしまう始末。そんな矢先、ジョージは連日長時間出かけるようになります。いったいどこでなにをしているのか、心配でたまらず尋ねても、はぐらかされるばかりでまともな答えが返ってこないので、余計に不安がつのるばかりでした。

ピクルスからは目を離せないし、ジョージのことは心配だしで、気の休まらない日々がつづくなか、家族のひとりが新たに猫を飼うことになり、ふさわしい猫探しが始まります。そしてそれは、アルフィーの暮らしに思ってもいなかった変化をもたらすことになるのでした。

相変わらずエドガー・ロードの平穏は長つづきしません。しかも家族が増えるにつれて気にかける相手も増えるのですから、常にみんなの幸せを願うアルフィーは大忙しです。ただ、そんなアルフィーを見て育つうちに自然と父親を見習うようになったジョージがだんだん頼もしくなってきたのも事実で、本書でも大きな役割を果たします。成長著しいジョージの活躍と、その天真爛漫ぶりでアルフィーたちの計画にことごとく水を差すピクルスの愛くるしさをどうぞお楽しみください。

さて、シリーズ四作めの『通い猫アルフィーと海辺の町』には著者の日本滞在記というおまけがありましたが、本書にはまたまた嬉しいおまけがあります。新型コロナウィルスの感染拡大でロックダウンに見舞われたアルフィーたちの暮らしぶりを描いた短編です。リモートワークや休校やステイホームなど、緊急事態宣言下の日本と同じような状態のなか、いったいアルフィーはどんな日々を送り、どんな思いに至ったのでしょうか。コロナ禍の収束はまだまだ先になりそうですが、この短編がみなさんにとって一時の安らぎとなれば幸いです。

二〇二〇年七月

中西和美

通い猫アルフィーのステイホーム

レイチェル・ウェルズ

中西和美＝訳

本作は著者が下記のウェブサイトに寄稿した短編
“Alfie the Lockdown Cat”を翻訳したものです。
https://www.avonbooks.co.uk/authors/rachel-wells/

二〇二〇年　四月二十九日

みるみるうちに世の中の様子がものすごくおかしくなった。困ったことにウィルスとかいうものが世界じゅうに広がり、人間が病気になっている。みんなびくびくしていて、こんなのは初めてだ。切なくてたまらない。自分を守るために、家にこもっているように言われている。少なくとも人間は。〝ステイホーム〟というのがどこまで猫にあてはまるのか、よくわからない。我が家ではこんな会話が交わされた。

「ベルギーでは猫もコロナにかかったそうよ」クレアが言った。

「その話はぼくも調べてみた。猫や犬が感染する確証はないみたいだよ」ジョナサンが応えた。

「念のためにアルフィーとジョージを外に出さないほうがいいかしら」

「ミャオ」とんでもない。ぼくはぞっとしてしっぽをひと振りした。ステイホームだけでもいろいろ大変なのに。はっきり言って、家族がずっと家にいるとのんびりできない。このうえぼくたちの自由まで制限されたらたまらない。ちなみに〝ぼくたち〟というのはぼくと仔猫のジョージのことで、ジョージはもう仔猫じゃないけどぼくにとってはいつまでも仔猫だ。

「かかりつけの獣医さんに訊いたら、ぼくたちが感染していなければ猫は普通にしていていいそうだよ」ジョナサンが話を締めくくった。

やれやれ、危なかった。普通には程遠いけど、当分はこれが新しい〝普通〟になるらしい。


ジョナサンは家で仕事をしなくちゃいけなくなり、うるさくて集中できないと文句を言っている。学校が休校になったせいでサマーとトビーがずっと家にいるのだ。もともと勉強が好きじゃないサマーは大喜びだけど、学校が大好きなトビーは寂しがっている。クレアは外で働いてはいないが、子どもたちやぼくたち猫やジョナサンの面倒を見ながら家事もこなしている。いまはいつもの料理や洗濯や買い物やみんなを幸せにする役目に加え、いきなりホームスクールの先生までやるはめになったから、疲れきっている。ただでさえやることがたくさんあるのに、さらに忙しくなってしまったのだ。どうやら学校の先生ほど大変な仕事はないと思うようになったらしく、改めて先生たちを尊敬すると言っている。

ジョージとぼくは家族がずっと家にいるのに慣れていない。最初は楽しくなるだろうと思ったけど、その目新しさはあっという間に薄れてしまった。ジョナサンが言うとおり、我が家はすごく騒がしいのだ。

しかもてんやわんやに拍車をかけるように、パグのピクルスを預かっている。ピクルスの家族で、ぼくたちと仲のいいポリー一家は、誰かが咳をしたかなにかで二週間家を出ないことにしたのだ。だから散歩が必要で世話の焼けるピクルスをうちで預かることになった。どうやら退屈だとぼやいている人間もいるようだけど、ぼくたち猫は家族とピクルスがトラブルを起こさないように抑え込むのでかつてないほど忙しい。そんなこんなでクレアもぼくたちもへとへとだけど、精一杯頑張っている。


リビングに〝学校コーナー〟がつくられ、子どもたちがテーブルで宿題をしている。

「ママ、サマーがずっと話しかけてくるから算数ができないよ」トビーが訴えた。

「算数なんてつまんない」サマーが言った。

「いいから喧嘩しないで宿題をしなさい。ワインを飲むのはまだ早すぎるかしら」

「ミャオ」早すぎる。まだ午前中だ。いくらステイホームのあいだでもお酒を飲むのはまだ早い。

「ほんとに先生たちには頭がさがるわ」クレアが途方に暮れている。

「サマーはいつも授業中におしゃべりばかりして叱られてるんだ」とトビー。

「トビーとはクラスが違うでしょ」サマーが言い返した。

「友だちがそう言ってたんだよ」またしても口喧嘩が始まった。ジョージがトビーの膝に飛び乗って、顔をこすりつけた。場の雰囲気をやわらげようとしているのだ。クレアが感謝のまなざしを送っている。

「だめだよ、ジョージ。いま宿題をやってるからね」トビーがやさしくジョージを床におろした。「宇宙飛行士になるには算数がすごく大事なんだ」ジョージがひげを立てたので、ぼくも立て返した。なにをやっても喜んでもらえないときもある。

「これから大事な取引先とビデオ会議をするんだ」仕事部屋に換えた二階の予備の部屋で、ジョナサンが怒鳴っている。「静かにしてくれないか?」

そんなの無理に決まってる。


「つまんない」ピクルスがぼやいた。ぼくたちはリビングから追い払われてしまった。宿題を食べるようにサマーにそそのかされたピクルスがほんとに食べようとしたものだから、クレアに叱られたのだ。いまピクルスはキッチンを嗅ぎまわって食べ物を探している。ジョージとぼくは、自分たちの食べ物を置きっぱなしにしてはいけないと早々に学んだ。犬の食べ物だろうが人間の食べ物だろうが猫の食べ物だろうが紙だろうが、ピクルスが相手だと無事ではすまない。

「そうだね」ジョージが肉球を眺めながら応えた。「ジョナサンがなにをしてるか見に行こうよ」

「だめだよ」きっぱり言ったのに、ジョージもピクルスも耳を貸さずに階段へ向かってしまった。おとなのぼくはジョージの父親でピクルスのおじさんみたいな存在なのに、どちらも言うことを聞かないので、あとを追うしかなかった。せめて被害を最小限にとどめたいけど、正直言ってできる自信がない。

仕事部屋に行くと、ジョナサンがデスクでパソコンに話しかけていた。ピクルスはすでに部屋に飛びこんでいたが、ジョージとぼくは戸口にとどまった。

「うわっ！」ジョナサンが叫んだ。

「どうした？」パソコンから男の人の声がした。

「いや、なんでもありません。さっきも言ったとおり、市場が変動してるから――おい、こら！」顔が赤くなっている。ピクルスが必死でジョナサンの脚をよじ登ろうとしているのだ。「つまり、ぼくの予測ははっきりしてる。スプレッドシートに……」下を向いて片手でそっとピクルスを脚から離そうとしている。

「ジョナサン？　だいじょうぶか？　顔色がおかしいぞ」パソコンから尋ねる声がした。

「だいじょうぶ。なんでもありません」声が変だ。

「パパ、どうやるかぼくがピクルスに見せてあげるね」ジョージがひげを立てた。

「だめだよ、ジョージ」歩きだしたジョージにぼくは小声で注意した。

見ていられなかったけど、目を離すこともできなかった。ジョージがジョナサンに駆け寄って膝に飛び乗った。

「うわっ！」不意を突かれたジョナサンが大声をあげ、傾いた椅子が自然にもとに戻った。ジョナサンの顔がさらに赤くなっている。

「それは猫かな？」パソコンが訊いた。

「ミャオ！」ジョージが得意げに答えた。

「ワン、ワン、ワン」ピクルスはまた脚をよじ登ろうとしている。

「犬もいるのか？」

ジョナサンがため息をついてピクルスを抱きあげた。

「ええ、こいつはジョージ」ジョージが前足をあげて挨拶した。「こっちはピクルス」ピクルスが画面を舐めている。それを戸口から見ていたぼくは我慢できなくなった。怒ったジョナサンにこの部屋を立ち入り禁止にされるかもしれないけど、ぼくも仲間に加わりたい。ティーンエイジャーが〝取り残される不安〟と呼んでるものがよくわかる。だからデスクに飛び乗った。

「ニャ！」そして自己紹介した。画面のなかにいる男の人が戸惑い顔でぼくたちを見ていた。ジョナサンより少し年上で、白髪まじりの髪にうっすら顎髭が伸びているが、にやにやしているから悪い人ではなさそうだ。

「その子は？」男の人が尋ねた。

「アルフィーです。最初に飼った猫」ジョナサンがぼそぼそ答えた。

「動物好きとは知らなかったよ」笑っている。

「やれやれ、これでぼくの評判もがた落ちだな」ジョナサンはまだちょっと顔が赤い。

幸い男の人は笑っていた。

「かわいいじゃないか。でも、そろそろ仕事の話に戻ろうか」

「もちろん。ちょっと待ってください」ジョナサンが片手にピクルスを、反対の手でジョージを抱えて立ちあがり、戸口へ歩きだした。「おまえもだ、アルフィー」強い口調で言われたので、後ろ足のあいだにしっぽを入れてあとを追うと、ジョナサンがぼくたちの前でぴしゃりとドアを閉めた。「あとでお仕置きだからな」閉める前に小声でそう言われたから、たっぷり叱られることになりそうだ。

キッチンに行くと、クレアがリストをつくっていた。サマーは映画を観ていて、トビーはレゴで遊んでいるからホームスクールはあきらめたらしい。

「みんな来たのね」クレアが話しかけてきた。まだぼくたちがジョナサンに叱られたとは知らずにいる。クレアの好きなところはたくさんあるけど、いつも人間にするように話しかけてくれるのもそのひとつだ。おかげでたいていなにが起きているかわかる。「買い物リストをつくってるの。うちの買い物と、ポリーの家の買い物と、ほかにふたり、この通りに住んでる人の分。そのあと電話もかけないと」

知り合いのなかにはひとり暮らしの人もたくさんいて、ステイホームになってからこれまで以上に孤立してしまったので、クレアはそういう人たちの名簿をつくって誰かと話ができるように電話をかけている。すばらしいアイデアだけど、実際はぼくのアイデアと言える。クレアの知恵はすべてぼくが授けたようなものなのだ。

「ミャオ」ぼくはクレアの膝に乗り、喉を鳴らして褒めてあげた。

「あなたたちは外に出られてうらやましいわ。でも知らない人に撫でてもらっちゃだめよ。ジョナサンは猫はコロナにかからないって言ってたけど、危険は冒してほしくないの」

「ミャオ」どういう意味かよくわからないが、いまはあまり遠くまで出かけないようにしているから、知らない人に撫でられることもないだろう。それより問題なのは、先週人間が〝買い占め〟とかいうものをしたせいで、ぼくたちが好きなごはんが手に入らなかったことだ。人間が自分の猫を気にかけてるのはわかるけど、自分勝手な気がする。なにしろ買いだめしているのはキャットフードだけでなく、なかでもトイレットペーパーは黄金みたいな扱いになってるらしい。ぼくに言わせれば他人への思いやりに欠ける行動で、特に一度にたくさん買うお金の余裕がない人が気の毒だ。もしぼくがスーパーの店長だったら、ぜったいそんなことはさせないのに。

「安心して、あなたたちのおやつもたっぷり買ってくるから。それと、わたしのワインもね。ジョナサンと子どもたちにはチョコレートを買ってくる。いまは気分を明るくしてくれるものが必要だもの」

ぼくはクレアに顔をこすりつけた。クレアは立派にみんなをまとめている。一日に一度しか外に出られない子どもたちは、家で過ごす時間が長くて気が滅入っているし、ジョナサンは足元にぼくたちがいる状態で（さっきは文字通りそうだった）家で仕事をするのをいやがっている。ぼくたちだって落ち着かない。特にピクルスは。これからはクレアを手伝って、精一杯力になろう。ぼくはそういう猫なんだから。電話をかけるのを代わってあげられないのは残念だけど、もう少し心の支えにはなれるし、ピクルスとジョージが問題を起こさないように頑張ろう。ただ、ピクルスとジョージの件は口で言うほど簡単じゃない。フルタイムの仕事になる。

そうした気持ちから、ピクルスを散歩に連れていくクレアと子どもたちに、ぼくとジョージも付き添った。ジョナサンはまだ仕事部屋にこもり、ドアに鍵をつけるとかなんとか言っていた。暖かい陽気のなか歩きだしたエドガー・ロードは、やけに静まり返っている。近所の人たちが窓や玄関から手を振ってきた。歩道に誰かいるときは、通りの反対側へ渡って近づきすぎないように気をつけた。猫の友だちとも遠くから挨拶したが、もちろんみんなにはあとで会える。猫はまだ外出制限を設けられていない。自由を満喫できる猫はやっぱり恵まれているのだ。だから家で家族にぼくのスペースを取られても文句は言わないようにしよう。

ポリーの家の前で足を止め、クレアがポリーに電話をすると、家族全員が窓まで来て手を振ってくれた。会えなくてすごく寂しいけど、みんな元気そうだし、それがなにより大事なことだ。一家を見たピクルスは大喜びで、お尻ごとしっぽをさかんに振って大声で吠えていた。かわいそうに、家族と離れ離れになってさぞ辛いだろう。しかもピクルスはしょせん犬だから、ぼくたち猫ほど事情を理解できずにいる。これからはもっとやさしくしてあげよう。ジョージにもそう言おう。

笑顔や手を振るようなささいなことが、最近はすごく大きなことになった気がする。ステイホームのあいだ、それがすべての人もいる。生きていると、悪いことが起きて初めてなんでもないありきたりなものに感謝できるようになることがあるけど、それこそ今回のことで学ぶべきことだと思う。猫にも人間にもずっとぼくが教えこもうとしてきたもの――思いやり、友情、ひとことで言えば愛。この世でいちばん大事なもので、いまの状況がきれいに解決したあとも、みんなそのことを忘れずにいてくれたらいい。みんながみんな忘れずにいてくれるとは思っていない。人間はちょっと自分勝手になることがある。でもぼくは楽観的な猫だから、希望は捨てていない。いずれにしても、世界がいい方向に変わってくれるように強く祈っている。

その夜、ジョナサンに叱られたあと――パソコンのなかにいた男の人はおもしろがっていたので、ジョナサンも本気で怒ってはいなかった——みんなでリビングに集まった。サマーはジョナサンの肘掛け椅子に一緒に座り、トビーとクレアとぼくたちはソファでくつろいだ。クレアたちは、コートを着てしゃべるクマの映画を観ていて、そんなクマはあまり現実的じゃない気がしたけど、家族が全員そろっているし、それが大事だ。

「あたし、そのうちまた学校に行くよ」自分が決められるみたいにサマーが宣言した。

「ああ、きっと行けるよ」ジョナサンが言った。

「早く学校に行って、勉強したり友だちに会ったりしたいな」トビーは悲しそうだ。

「あたしは友だちには会いたいけど勉強は恋しくない」とサマー。

「ぼくは会社が恋しいよ」ジョナサンがあてつけがましくぼくを見たので、しっぽをひと振りしてやった。仕事部屋に行こうと言いだしたのはぼくじゃない。

「でも、わたしたちは恵まれてるわ」クレアが言った。「みんな元気だし、友だちにも家族にも問題はない。ポリーたちも元気そうだったから、またすぐ会えるわ。食べ物とすてきな家もある。なにより家族がいるわ」

「クレア、ずいぶん感傷的になってるじゃないか」ジョナサンが茶化した。「でもたしかにきみの言うとおりだ」

「サマーとトビーもわかったでしょ。お金やおもちゃより大事なものがあるって」クレアがつづけた。「大事なのは人とのつながりなのよ」

「ミャオ！」ぼくはむっとして抗議した。

「もちろん猫も」クレアが楽しそうな笑い声をあげた。ピクルスは大きないびきをかいている。

「犬もだよ」とトビー。

「家族と友だち、そしてアルフィーたち。大事なのはみんながいることよ。わたしたちはひとりぼっちじゃない。それを忘れちゃいけないわ。わたしたちは幸せな一家なの、そうよね、アルフィー？」クレアがぼくを撫でた。

「ミャオ」そのとおり。ぼくたちは幸せ者だ。世界じゅうのイワシをもらっても否定するつもりはない。

訳者紹介　中西和美
横浜市生まれ。英米文学翻訳家。おもな訳書にウェルズ〈通い猫アルフィーシリーズ〉やプーリー『フィリグリー街の時計師』(以上、ハーパーBOOKS)などがある。

ハーパーBOOKS

通《かよ》い猫《ねこ》アルフィーのめぐりあい

2020年8月20日発行　第1刷

著　者　レイチェル・ウェルズ
訳　者　中西和美《なかにしかずみ》
発行人　鈴木幸辰
発行所　株式会社ハーパーコリンズ・ジャパン
東京都千代田区大手町1-5-1
03-6269-2883(営業)
0570-008091(読者サービス係)
印刷・製本　中央精版印刷株式会社

定価はカバーに表示してあります。

ISBN978-4-596-54140-6